N.C.E.R.T. के नवीनतम पाठ्यक्रम पर आधारित

भारतीय राजनीति
एवं
भारतीय अर्थव्यवस्था

(संघ लोक सेवा आयोग, राज्य लोक सेवा आयोग, कर्मचारी चयन आयोग (SSC), रेलवे भर्ती बोर्ड (RRB), संयुक्त रक्षा सेवा (CDS), राष्ट्रीय ग्रामीण छात्रवृत्ति, राष्ट्रीय प्रतिभा खोज एवं सभी प्रतियोगी परीक्षाओं के लिए एक उपयोगी पुस्तक)

I0660069

डी.एस. तिवारी

वी एण्ड एस पब्लिशर्स

प्रकाशक

वी एण्ड एस पब्लिशर्स

F-2/16, अंसारी रोड, दरियागंज, नई दिल्ली-110002
☎ 23240026, 23240027 • फैक्स: 011-23240028
E-mail: info@vspublishers.com • *Website:* www.vspublishers.com

क्षेत्रीय कार्यालय : हैदराबाद
5-1-707/1, ब्रिज भवन (सेन्ट्रल बैंक ऑफ इण्डिया लेन के पास)
बैंक स्ट्रीट, कोटी, हैदराबाद-500 095
☎ 040-24737290
E-mail: vspublishershyd@gmail.com

शाखा : मुम्बई
जयवंत इंडस्ट्रिअल इस्टेट, 1st फ्लोर-108, तारदेव रोड
अपोजिट सोबो सेन्ट्रल, मुम्बई - 400 034
☎ 022-23510736
E-mail: vspublishersmum@gmail.com

फ़ॉलो करें:

ISBN 978-93-579415-2-5

संस्करण 2018

DISCLAIMER

मुद्रक: रेप्रो नॉलेजकास्ट लिमीटेड, ठाणे

प्रकाशकीय

वी एण्ड एस पब्लिशर्स पिछले अनेकों वर्षों से जनरुचि एवं शिक्षा सम्बन्धी पुस्तकें प्रकाशित करते आ रहे हैं। जनमानस सम्बन्धी पुस्तकों में पाठकों द्वारा भरपूर सराहना पाने के बाद हमारे संपादक मंडल द्वारा बाजार में सामान्य ज्ञान के प्रत्येक विषय के अलग-अलग खण्डों पर आधारित एक उत्कृष्ट पुस्तक की कमी महसूस की गई। इसकी पूर्ति हेतु हम अपनी नवीनतम पुस्तक **सामान्य ज्ञान - भारतीय संविधान एवं भारतीय अर्थव्यवस्था** आपके समक्ष प्रस्तुत करते हैं।

पुस्तक को अधिक से अधिक उपयोगी बनाने के लिए सामान्य ज्ञान में भारतीय संविधान एवं अर्थव्यवस्था का सावधानीपूर्वक चयन किया गया है। इन विषय को अलग-अलग खण्डों में विभाजित किया गया है। पुस्तक के संकलन के दौरान हमारे संपादक मंडल ने इस बात का विशेष ध्यान रखा है कि प्रतियोगिता में शामिल होने जा रहे परीक्षार्थियों को इन विषयों के अध्ययन के दौरान किसी दूसरी पुस्तक की आवश्यकता महसूस नहीं हो। उनकी सुविधा हेतु प्रत्येक विषय से सम्बन्धित प्रमाणिक आँकड़ों को दर्शाने हेतु तालिकाओं का उपयोग किया गया है, जिससे छात्रों को इसे पढ़कर आत्मसात करने में आसानी हो।

प्रस्तुत पुस्तक **सामान्य ज्ञान - भारतीय संविधान एवं भारतीय अथव्यवस्था** में कोई भी त्रुटि शेष न रहे इसका पूरा ध्यान रखा गया है। सभी छात्रों से अनुरोध है, यदि पुस्तक पठन या पाठन के दौरान पुस्तक में कहीं भी कोई त्रुटि मिले, तो वे हमें इससे अवश्य अवगत करायें।

हमें पूर्ण विश्वास है कि हमारी अन्य पुस्तकों की भाँति इस पुस्तक को भी आपका निरंतर सहयोग मिलता रहेगा।

विषय-सूची

भारतीय राजनीति
एवं
भारतीय अर्थव्यवस्था

भारतीय संविधान

1. भारतीय संविधान का इतिहास

प्लासी की लड़ाई (1757) और बक्सर के युद्ध (1764) में अंग्रेजों की विजय ने बंगाल पर ब्रिटिश ईस्ट इंडिया कंपनी के शासन को सुदृढ़ बना दिया। इस शासन को अपने अनुकूल बनाये रखने के लिए अंग्रेजों ने समय-समय पर अनेक अधिनियम पारित किये, जो भारतीय संविधान के विकास की कड़ियाँ बनीं। वे निम्नलिखित हैं-

➫ **1773 का रेग्यूलेटिंग एक्ट :** इस एक्ट के अन्तर्गत कलकत्ता प्रेसीडेंसी में एक ऐसी सरकार स्थापित की गयी, जिसमें गवर्नर जनरल और उसकी परिषद् के चार सदस्य थे, जो अपनी सत्ता का उपयोग संयुक्त रूप से करते थे। इस अधिनियम की मुख्य बातें निम्नलिखित थीं-

    (i) कंपनी के शासन पर संसदीय नियंत्रण स्थापित किया गया।

    (ii) बंगाल के गवर्नर को तीनों प्रेसीडेंसियों का गवर्नर जनरल नियुक्त किया गया।

    (iii) कलकत्ता में एक सुप्रीम कोर्ट की स्थापना की गयी।

➫ **1784 का पिट्स इंडिया एक्ट :** इस एक्ट के द्वारा दोहरे शासन का प्रारंभ हुआ-

    (i) कोर्ट ऑफ डायरेक्टर्स- व्यापारिक मामलों के लिए।

    (ii) बोर्ड ऑफ कंट्रोलर- राजनीतिक मामलों के लिए।

➫ **1793 का चार्टर अधिनियम :** इसके द्वारा नियंत्रण बोर्ड के सदस्यों तथा कर्मचारियों के वेतन आदि को भारतीय राजस्व में से देने की व्यवस्था की गयी।

➫ **1813 का चार्टर अधिनियम :** इसके द्वारा निम्नलिखित व्यवस्था की गयी-

    (i) कंपनी के अधिकार पत्र को 20 वर्षों के लिए बढ़ा दिया गया।

    (ii) कंपनी के भारत के साथ व्यापार के एकाधिकार को छीन लिया गया, किन्तु उसे चीन के साथ व्यापार एवं पूर्वी देशों के साथ चाय के व्यापार के सम्बन्ध में 20 वर्षों के लिए एकाधिकार प्राप्त रहा।

    (iii) कुछ सीमाओं के अधीन सभी ब्रिटिश नागरिकों के लिए भारत के साथ व्यापार करने को मंजूरी दे दी गई।

    (iv) इसी एक्ट में पहली बार भारतीय शिक्षा के प्रचार-प्रसार के लिए एक लाख रुपये खर्च करने की व्यवस्था की गयी।

➫ **1833 का चार्टर अधिनियम :** इसके द्वारा निम्नलिखित व्यवस्था की गयी-

    (i) इसके द्वारा कंपनी के व्यापारिक अधिकार पूर्णतः समाप्त कर दिये गये।

    (ii) अब कंपनी का कार्य ब्रिटिश सरकार की ओर से मात्र भारत का शासन करना रह गया।

(iii) बंगाल के गवर्नर जनरल को भारत का गवर्नर जनरल कहा जाने लगा।

(iv) भारतीय कानूनों का वर्गीकरण किया गया तथा इस कार्य के लिए विधि आयोग की नियुक्ति की व्यवस्था की गयी।

➩ **1853 का चार्टर अधिनियम** : इस अधिनियम के द्वारा सेवाओं में नामजदगी का सिद्धान्त समाप्त कर कंपनी के महत्त्वपूर्ण पदों को प्रतियोगी परीक्षाओं के आधार पर भरने की व्यवस्था की गयी।

➩ **1858 का चार्टर अधिनियम** : इसके द्वारा निम्नलिखित व्यवस्था की गयी-

(i) भारत का शासन कंपनी से लेकर ब्रिटिश क्राउन के हाथों सौंपा गया।

(ii) भारत में मंत्रिपद की व्यवस्था की गयी।

(iii) पन्द्रह सदस्यों की भारत-परिषद् का सृजन किया गया।

(iv) भारतीय मामलों पर ब्रिटिश संसद का सीधा नियंत्रण स्थापित किया गया।

➩ **1861 का भारत शासन अधिनियम** : इसके द्वारा निम्नलिखित व्यवस्था की गयी-

(i) गवर्नर जनरल की कार्यकारिणी परिषद् का विस्तार किया गया।

(ii) विभागीय प्रणाली का आरंभ हुआ।

(iii) गवर्नर जनरल को पहली बार अध्यादेश जारी करने की शक्ति प्रदान की गयी।

(iv) गवर्नर जनरल को बंगाल, उत्तर-पश्चिमी सीमा प्रांत और पंजाब में विधान परिषद् स्थापित करने की शक्ति प्रदान की गयी।

➩ **1892 का भारत सरकार अधिनियम** : इसके द्वारा निम्नलिखित व्यवस्था की गयी-

(i) अप्रत्यक्ष चुनाव प्रणाली की शुरुआत हुई।

(ii) इसके द्वारा राजस्व एवं व्यय अथवा बजट पर बहस करने तथा कार्यकारिणी से प्रश्न पूछने की शक्ति दी गयी।

➩ **1909 का भारत शासन अधिनियम/मार्ले-मिन्टो सुधार** : इसके द्वारा निम्नलिखित व्यवस्था की गयी-

(i) पहली बार मुस्लिम समुदाय के लिए पृथक् प्रतिनिधित्व का उपबंध किया गया।

(ii) भारतीयों को भारत सचिव एवं गवर्नर जनरल की कार्यकारिणी परिषदों में नियुक्ति की गयी।

(iii) केन्द्रीय और प्रांतीय विधान परिषदों को पहली बार बजट पर वाद-विवाद करने, सार्वजनिक हित के विषयों पर प्रस्ताव करने, पूरक प्रश्न पूछने और मत देने का अधिकार मिला।

(iv) प्रांतीय विधान परिषदों की संख्या में वृद्धि की गयी।

➩ **1919 भारत शासन अधिनियम/मांटेग्यू चेम्सफोर्ड सुधार** : इसके द्वारा निम्नलिखित व्यवस्था की गयी-

(i) केन्द्र में द्विसदनात्मक विधायिका की स्थापना की गयी- **प्रथम** राज्य परिषद् तथा **दूसरी** केन्द्रीय विधान सभा। राज्य परिषद् के सदस्यों की संख्या 60 थी, जिसमें 34 निर्वाचित होते थे और उनका कार्यकाल 5 वर्षों का होता था। केन्द्रीय विधान सभा के सदस्यों की संख्या 145 थी, जिनमें 104 निर्वाचित तथा 41 मनोनीत होते थे। इनका कार्यकाल 3 वर्षों का था। दोनों सदनों के अधिकार समान थे। इनमें सिर्फ एक अंतर था कि बजट पर स्वीकृति प्रदान करने का अधिकार निचले सदन को था।

(ii) प्रातों में द्वैध शासन प्रणाली का प्रवर्तन किया गया। इस योजना के अनुसार प्रांतीय विषयों को दो उपवर्गों में विभाजित किया गया- **आरक्षित** तथा **हस्तांतरित**।

आरक्षित विषय थे : वित्त, भूमिकर, अकाल सहायता, न्याय, पुलिस, पेंशन, आपराधिक जातियाँ (Criminal Tribes), छापाखाना, समाचार पत्र, सिंचाई, जलमार्ग, खान, कारखाना, बिजली, गैस, ब्यॉलर, श्रमिक कल्याण, औद्योगिक विवाद, मोटरगाड़ियाँ, छोटे बंदरगाह और सार्वजनिक सेवाएँ आदि।

हस्तांतरित विषय थे : (i) शिक्षा, पुस्कालय, संग्रहालय, स्थानीय स्वायत्त शासन, चिकित्सा सहायता (ii) सार्वजनिक निर्माण विभाग, आबकारी, उद्योग, तौल तथा माप, सार्वजनिक मनोरंजन पर नियंत्रण, धार्मिक तथा अग्रहार दान आदि। (iii) आरक्षित विषय का प्रशासन गवर्नर अपनी कार्यकारी परिषद् के माध्यम से करता था; जबकि हस्तांतरित विषय का प्रशासन प्रांतीय विधान मंडल के प्रति उत्तरदायी भारतीय मंत्रियों के द्वारा किया जाता था। (iv) द्वैध शासन प्रणाली को 1935 के एक्ट के द्वारा समाप्त कर दिया गया। (v) भारत सचिव को अधिकार दिया गया कि वह भारत में महालेखा परीक्षक की नियुक्ति कर सकता है। (vi) इस अधिनियम ने भारत में एक लोक सेवा आयोग के गठन का प्रावधान किया।

➭ **1935 का भारत शासन अधिनियम :** इसमें 451 धाराएँ और 15 परिशिष्ट थे। इस अधिनियम की मुख्य विशेषताएँ निम्नलिखित थी-

(i) **अखिल भारतीय संघ :** इस संघ का निर्माण 11 ब्रिटिश प्रांतों 6 चीफ कमीशनर के क्षेत्रों और उन देशी रियासतों से मिलकर होना था, जो स्वेच्छा से संघ में सम्मिलित हों। प्रांतों के लिए संघ में सम्मिलित होना अनिवार्य था, किन्तु देशी रियासतों के लिए यह ऐच्छिक था। देशी रियासतें संघ में सम्मिलित नहीं हुई और प्रस्तावित संघ की स्थापना सम्बन्धी घोषणा पत्र जारी करने का अवसर ही नहीं आया।

(ii) **प्रांतीय स्वायत्तता :** इस अधिनियम के द्वारा प्रांतों में द्वैध शासन व्यवस्था का अंत कर उन्हें एक स्वतंत्र और स्वशासित संवैधानिक आधार प्रदान किया गया।

(iii) **केन्द्र में द्वैध शासन की स्थापना :** कुछ संघीय विषयों (सुरक्षा, वैदेशिक सम्बन्ध, धार्मिक मामले) को गवर्नर जनरल के हाथों में सुरक्षित रखा गया। अन्य संघीय विषयों की व्यवस्था के लिए गवर्नर जनरल को सहायता एवं परामर्श देने हेतु मंत्रिमंडल की व्यवस्था की गयी, यह मंत्रिमंडल व्यवस्थापिका के प्रति उत्तरदायी था।

(iv) **संघीय न्यायालय की व्यवस्था :** इसका अधिकार क्षेत्र प्रांतों तथा रियासतों तक विस्तृत था। इस न्यायालय में एक मुख्य न्यायाधीश तथा दो अन्य न्यायाधीशों की व्यवस्था की गयी। न्यायालय से सम्बन्धित अंतिम शक्ति प्रिवी कौंसिल (लंदन) को प्राप्त थी।

(v) **ब्रिटिश संसद की सर्वोच्चता :** इस अधिनियम में किसी भी प्रकार के परिवर्तन का अधिकार ब्रिटिश संसद के पास था। प्रांतीय विधानमंडल और संघीय व्यवस्थापिका इसमें किसी प्रकार का परिवर्तन नहीं कर सकते थे।

(vi) **भारत परिषद् का अंत :** इस अधिनियम के द्वारा भारत परिषद् का अंत कर दिया गया।

(vii) **सांप्रदायिक निर्वाचन पद्धति का विस्तार :** संघीय तथा प्रांतीय व्यवस्थापिकाओं में विभिन्न संप्रदायों को प्रतिनिधित्व देने के लिए सांप्रदायिक निर्वाचन पद्धति को जारी रखा गया और उसका विस्तार आंग्ल-भारतीयों, भारतीय ईसाइयों, यूरोपियनों और हरिजनों के लिए भी किया गया।

(viii) इस अधिनियम में प्रस्तावना का अभाव था।

(xi) इसके द्वारा बर्मा को अलग कर दिया गया। अदन को इंग्लैंड के औपनिवेशिक कार्यालय के अधीन कर दिया गया और बरार को मध्य प्रांत में शामिल कर लिया गया।

➲ **1947 का भारतीय स्वतंत्रता अधिनियम :** ब्रिटिश संसद में जुलाई 1947 को भारतीय स्वतंत्रता अधिनियम प्रस्तावति किया गया, जो 18 जुलाई, 1947 को स्वीकृत हो गया। इस अधिनियम में 20 धाराएँ थी। इस अधिनियम के प्रमुख प्रावधान निम्नलिखित थे-

(i) 15 अगस्त, 1947 को भारत और पाकिस्तान नामक दो अधिराज्य बना दिये जायेंगे और ब्रिटिश सरकार उनको सत्ता सौंप देगी। सत्ता का उत्तरदायित्व दोनों अधिराज्यों की संविधान सभा को सौंपी जायेगी।

(ii) भारत एवं पाकिस्तान दोनों अधिराज्यों में एक-एक गवर्नर जनरल होंगे, जिनकी नियुक्ति उनके मंत्रिमंडल की सलाह से की जायेगी।

(iii) संविधान सभा का विधान मंडल के रूप में कार्य करना- जब तक संविधान सभाएँ संविधान का निर्माण नहीं कर लेती तब तक वे विधान मंडल के रूप में कार्य करती रहेंगी।

(iv) भारत मंत्री के पद समाप्त कर दिये जायेंगे।

(v) 1935 के भारतीय शासन अधिनियम द्वारा शासन- जब तक संविधान सभा द्वारा नया संविधान बनाकर तैयार नहीं किया जाता है, उस समय तक 1935 के भारतीय शासन अधि नियम द्वारा ही शासन होगा।

(vi) देशी रियासतों पर ब्रिटेन की सर्वोपरिता का अंत कर दिया गया। उनको भारत या पाकिस्तान किसी भी अधिराज्य में सम्मिलित होने और अपने भावी सम्बन्धों का निश्चय करने की स्वतंत्रता प्रदान की गयी।

2. संविधान सभा

➲ कैबिनेट मिशन की सिफारिशों के आधार पर भारतीय संविधान की निर्माण करने वाली संविधान सभा का गठन जुलाई 1946 में किया गया।

➲ संविधान सभा के सदस्यों की कुल संख्या 389 निश्चित की गयी थी, जिनमें 292 ब्रिटिश प्रांतों के प्रतिनिधि, 4 चीफ कमिश्नर क्षेत्रों के प्रतिनिधि एवं 93 देशी रियासतों के प्रतिनिधि थे।

➲ कैबिनेट मिशन योजना के अनुसार जुलाई 1946 में संविधान सभा का चुनाव हुआ। कुल 389 सदस्यों में से प्रांतों के लिए निर्धारित 296 सदस्यों के लिए चुनाव हुए। इसमें कांग्रेस को 208, मुस्लिम लीग को 73 स्थान एवं 15 अन्य दलों के तथा स्वतंत्र उम्मीदवार निर्वाचित हुए।

➲ संविधान सभा की पहली बैठक 9 दिसंबर, 1946 को नई दिल्ली स्थित कौंसिल चैम्बर के पुस्तकालय भवन में हुई। डॉ. सच्चिदानंद सिन्हा को संविधान सभा का अस्थायी अध्यक्ष चुना गया। मुस्लिम लीग ने इस बैठक का बहिष्कार किया और पाकिस्तान के लिए बिल्कुल अलग

संविधान की माँग प्रारंभ कर दी।

- हैदराबाद एक देशी रियासत थी तथा इसके प्रतिनिधि संविधान सभा में सम्मिलिति नहीं हुए थे।
- प्रांतों या देशी रियासतों को उनकी जनसंख्या के अनुपात में संविधान सभा में प्रतिनिधित्व दिया गया था। साधारणत: 10 लाख की आबादी पर एक स्थान का आबंटन किया गया था।
- प्रांतों का प्रतिनिधित्व मुख्यत: तीन प्रमुख समुदायों की जनसंख्या के आधार पर विभाजित किया गया था, ये समुदाय थे- मुस्लिम सिक्ख एवं साधारण।
- संविधान सभा में ब्रिटिश प्रांतों के 296 प्रतिनिधियों का विभाजन सांप्रदायिक आधार पर किया गया- 213 सामान्य, 79 मुसलमान तथा सिक्ख।
- संविधान सभा के सदस्यों में अनुसूचित जनजाति के सदस्यों की संख्या 33 थी।
- संविधान सभा में महिला सदस्यों की संख्या 12 थी।
- डॉ. राजेन्द्र प्रसाद 11 दिसंबर, 1946 को संविधान सभा के स्थायी अध्यक्ष निर्वाचित हुए।
- संविधान सभा की कार्यवाही 13 दिसंबर, 1946 को जवाहरलाल नेहरू द्वारा पेश किये गये उद्देश्य प्रस्ताव के साथ प्रारंभ हुई।
- 22 जनवरी, 1947 को उद्देश्य प्रस्ताव की स्वीकृति के बाद संविधान सभा ने संविधान निर्माण हेतु अनेक समितियाँ नियुक्त की। इनमें प्रमुख थी- वार्ता समिति संघ संविधान समिति, प्रांतीय संविधान समिति, संघ शक्ति समिति, प्रारूप समिति।
- बी.एन.राव द्वारा तैयार किये गये संविधान के प्रारूप पर विचार-विमर्श करने के लिए संविधान सभा द्वारा 29 अगस्त, 1947 को एक संकल्प पारित करके प्रारूप समिति का गठन किया गया तथा इसके अध्यक्ष के रूप में डॉ. भीमराव अंबेडकर को चुना गया। प्रारूप समिति के सदस्यों की संख्या सात थी, जिनके नाम इस प्रकार थे- 1. डॉ. भीमराव अंबेडकर (अध्यक्ष) 2. एन. गोपाल स्वामी आयंगर 3. अलसादी कृष्णा स्वामी अय्यर 4. कन्हैयालाल मणिकलाल मुंशी 5. सैय्यद मोहम्मद सादुल्ला 6. एन. माधव राव (बीएल मित्र के स्थान पर) 7. डी.पी. खेतान (1948 में इनकी मृत्यु के बाद टी.टी. कृष्णाचारी को सदस्य बनाया गया)। संविधान सभा में अंबेडकर का निर्वाचन पश्चिम बंगाल से हुआ था।
- 3 जून, 1947 की योजना के अनुसार देश का बँटवारा हो जाने पर भारतीय संविधान सभा की कुल सदस्य संख्या 324 नियत की गयी, जिसमें 235 स्थान प्रांतों के लिए और 89 स्थान देशी राज्यों के लिए थे।

संविधान सभा की प्रमुख समितियाँ एवं उनके अध्यक्ष		
क्र.	**समिति के नाम**	**अध्यक्ष**
1.	संचालन समिति	डॉ. राजेन्द्र प्रसाद
2.	संघ संविधान समिति	पंडित जवाहरलाल नेहरू
3.	प्रांतीय संविधान समिति	सरदार बल्लभभाई पटेल
4.	प्रारूप समिति	डॉ. भीमराव अम्बेडकर
5.	झंडा समिति	जे. बी. कृपलानी
6.	संघ शक्ति समिति	पंडित जवाहरलाल नेहरू

- देश विभाजन के बाद संविधान सभा का पुनर्गठन 31 अक्टूबर, 1947 को किया गया। पुनर्गठन के बाद 31 दिसंबर, 1947 को संविधान सभा के सदस्यों की कुल संख्या 299 थी, जिसमें प्रांतीय सदस्यों की संख्या 229 एवं देशी रियासतों के सदस्यों की संख्या 70 थी।
- प्रारूप समिति ने संविधान के प्रारूप पर विचार-विमर्श करने के बाद 21 फरवरी, 1948 को संविधान सभा को अपनी रिपोर्ट पेश की।
- संविधान सभा में संविधान का **प्रथम वाचन** 4 नवंबर से 9 नवंबर, 1948 तक चला। संविधान सभा का **दूसरा वाचन** 15 नवंबर, 1948 को प्रारंभ हुआ जो 17 अक्टूबर, 1949 तक चला। संविधान सभा में संविधान का तीसरा एवं अंतिम वाचन 14 नवंबर, 1949 को प्रारंभ हुआ जो 26 नवंबर, 1949 तक चला और संविधान सभा द्वारा संविधान को पारित कर दिया गया। इस समय संविधान सभा के 284 सदस्य उपस्थिति थे।
- संविधान निर्माण की प्रक्रिया में कुल 2 वर्ष 11 महीने एवं 18 दिन लगे। संविधान निर्माण पर लगभग 6.4 करोड़ रुपये खर्च हुए।
- संविधान के प्रारूप पर कुल 114 दिन बहस हुई।
- संविधान को जब 26 नवंबर, 1949 को संविधान सभा द्वारा पारित किया गया तब इसमें कुल 22 भाग, 395 अनुच्छेद और 8 अनुसूचियाँ थी। वर्तमान समय में संविधान में 22 भाग, 395 अनुच्छेद एवं 12 अनुसूचियाँ हैं।
- संविधान के कुल अनुच्छेदों में से 15 (5,6,7,8,9,60,324,366,367,372,380,388,39) (392 तथा 393) अनुच्छेदों को 26 नवंबर, 1949 को ही प्रवर्तित कर दिया गया जबकि शेष अनुच्छेद को 26 जनवरी, 1950 को लागू किया गया।
- संविधान सभा की अंतिम बैठक 24 जनवरी, 1950 को हुई और उसी दिन संविधान सभा के द्वारा डॉ. राजेन्द्र प्रसाद को भारत का प्रथम राष्ट्रपति चुना गया।
- कैबिनेट मिशन के सदस्य सर स्टेफोर्ड क्रिप्स, लार्ड पेंथिक लारेंस तथा ए.बी. एलेग्जेण्डर थे।
  नोट : 26 जुलाई, 1947 को गवर्नर जनरल ने पाकिस्तान के लिए पृथक् संविधान सभा की स्थापना की घोषणा की।

	कैबिनेट मिशन (1945) के प्रस्ताव पर गठित अंतरिम मंत्रिमंडल	
1.	जवाहर लाल नेहरू	कार्यकारी परिषद् के उपाध्यक्ष, विदेशी मामले तथा राष्ट्रमंडल
2.	बल्लभभाई पटेल	गृह, सूचना तथा प्रसारण
3.	बलदेव सिंह	रक्षा
4.	जान मथाई	उद्योग तथा आपूर्ति
5.	सी. राजगोपालाचारी	शिक्षा
6.	सी.एच. भाभा	कार्य, खान एवं बंदरगाह
7.	राजेन्द्र प्रसाद	खाद्य एवं कृषि
8.	आसफ अली	रेलवे
9.	जगजीवन राम	श्रम

10.	लियाकत अली खाँ	वित्त
11.	आई.आई. चुन्दरीगर	वाणिज्य
12.	अब्दुल रब नश्तर	संचार
13.	जोगेन्द्र नाथ मंडल	विधि
14.	गजान्तर अली खाँ	स्वास्थ्य

3. भारतीय संविधान की प्रस्तावना/उद्देशिका

- नेहरू द्वारा प्रस्तुत उद्देश्य संकल्प में जो आदर्श प्रस्तुत किया गया उन्हें ही संविधान की प्रस्तावना में शामिल कर लिया गया। संविधान के 42वें संशोधन (1976) द्वारा यथा संशोधित यह प्रस्तावना निम्नलिखित प्रकार से है-

"हम भारत के लोग, भारत को एक सम्पूर्ण प्रभुत्व सम्पन्न, समाजवादी, पंथनिरपेक्ष, लोकतंत्रात्मक गणराज्य बनाने के लिए तथा उसके समस्त नागरिकों को सामाजिक, आर्थिक और राजनीतिक न्याय, विचार, अभिव्यक्ति, विश्वास, धर्म और उपासना की स्वतंत्रता, प्रतिष्ठा और अवसर की समता प्राप्त करने के लिए तथा उन सबमें व्यक्ति की गरिमा और राष्ट्र की एकता और अखंडता सुनिश्चित करने वाली बंधुता बढ़ाने के लिए दृढ़ संकल्प होकर अपनी इस संविधान सभा में आज तारीख 26 नवंबर, 1949 ई. (मिति मार्ग शीर्ष शुक्ल सप्तमी, संवत् दो हजार छह विक्रमी) को एतद् द्वारा इस संवधिान को अंगीकृत, अधिनियमित और आत्मार्पित करते हैं।"

प्रस्तावना की मुख्य बातें

- यह प्रस्तावना भारत को एक प्रभुसत्ता सम्पन्न, समाजवादी, धर्मनिरपेक्ष, लोकतांत्रिक गणराज्य घोषित करती है, जिसे समस्त शक्ति जनता से प्राप्त होती है तथा जो अपने नागरिकों को सामाजिक, आर्थिक तथा राजनैतिक न्याय प्रदान करना चाहता है। यह नागरिकों को विचार अभिव्यक्ति, विश्वास, धर्म व उपासना की स्वतंत्रता प्रदान करने का आश्वासन देती है तथा उन्हें समान स्थिति तथा अवसर प्रदान करती है।
- प्रस्तावना में प्रयोग किये गये शब्द 'प्रभुसत्ता सम्पन्न' से तात्पर्य है कि राज्य आंतरिक तथा बाह्य मामलों में पूरी तरह से स्वतंत्र है तथा किसी बाह्य शक्ति पर निर्भर नहीं हैं।
- 'समाजवाद' से तात्पर्य उस व्यवस्था से है जिसमें उत्पादन व वितरण का स्वामित्व राज्य के हाथ में रहता है।
- 'धर्म निरपेक्षता' से तात्पर्य है कि राज्य का कोई धर्म नहीं है तथा राज्य केवल नागरिकों के आपसी सम्बन्धों से सम्बन्धित है तथा इसका मानव व ईश्वर के आपसी सम्बन्धों से कोई सरोकार नहीं है।
- 'लोकतंत्र' का तात्पर्य है कि सरकार को समस्त शक्ति जनता से प्राप्त होती है। शासकों का निर्वाचन जनता द्वारा किया जाता है और वे उन्हीं के प्रति उत्तरदायी है।
- 'गणराज्य' से तात्पर्य है कि राज्य का अध्यक्ष एक निर्वाचित व्यक्ति है जो एक निश्चित अवधि के लिए पदग्रहण करता है।

- प्रस्तावना का बहुत अधिक महत्त्व है तथा इसे **संविधान की कुंजी** की संज्ञा दी गयी है।
- बेरूबाड़ी यूनियन वाद (1960) में सर्वोच्च न्यायालय ने निर्णय दिया कि जहाँ संविधान की भाषा संदिग्ध हो, वहाँ प्रस्तावना विधिक निर्वाचन में सहायता करती है।
- बेरूबाड़ी वाद में ही सर्वोच्च न्यायालय ने प्रस्तावना को संविधान का अंग नहीं माना। इसलिए विधायिका प्रस्तावना में संशोधन नहीं कर सकती, परन्तु सर्वोच्च न्यायालय ने केशवानंद भारती बनाम केरल राज्य वाद (1973) में कहा कि प्रस्तावना संविधान का अंग है। इसलिए विधायिका (संसद) उसमें संशोधन कर सकती है।
- केशवानंद भारती वाद में ही सर्वोच्च न्यायलय ने मूल ढाँचा का सिद्धान्त (Theory of Basic Structure) दिया तथा प्रस्तावना को संविधान का मूल ढाँचा माना।
- संसद संविधान की मूल ढाँचा में नकारात्मक संशोधन नहीं कर सकती है, स्पष्टतः संसद वैसा संशोधन कर सकती है, जिसमें मूल ढाँचा का विस्तार व मजबूतीकरण होता है।
- 42वें संविधान अधिनियम 1976 द्वारा प्रस्तावना में 'समाजवादी', 'पंथनिरपेक्ष' और 'राष्ट्र की एकता व अखंडता' शब्द जोड़े गये।

4. भारतीय संविधान के विभिन्न स्रोत

ब्रिटेन	संसदीय शासन, विधि निर्माण प्रक्रिया, एकल नागरिकता, संसदीय विशेषाधिकार, मंत्रिमंडल का लोकसभा के प्रति सामूहिक उत्तरदायित्व, औपचारिक प्रधान के रूप में राष्ट्रपति।
अमेरिका	मौलिक अधिकार, उपराष्ट्रपति, स्वतंत्र एवं निष्पक्ष न्यायालय, न्यायिक पुनर्विलोकन, सर्वोच्च न्यायालय का गठन एवं शक्तियाँ, सर्वोच्च व उच्च न्यायालय के न्यायाधीशों को हटाने की विधि।
कनाडा, 1935 एक्ट	संघात्मक व्यवस्था, अवशिष्ट शक्तियों (Residual Powers) का केन्द्र के पास होना।
आयरलैंड	नीति-निर्देशक तत्त्व।
जर्मनी, 1935 एक्ट	आपात उपबंध
सोवियत संघ (रूस)	मौलिक कर्तव्य, पंचवर्षीय योजना।
फ्रांस	गणतंत्र
ऑस्ट्रेलिया	समवर्ती सूची, प्रस्तावना की भाषा, केन्द्र-राज्य के बीच सम्बन्ध तथा शक्तियों का विभाजन।
दक्षिण अफ्रीका	संविधान संशोधन की प्रक्रिया।
जापान	'कानून द्वारा स्थापित' शब्दावली।

- **नोटः** भारतीय संविधान के अनेक देशी और विदेशी स्रोत हैं, लेकिन इस पर सबसे अधिक प्रभाव 'भारतीय शासन अधिनियम-1935 का है।' भारतीय संविधान के 395 अनुच्छेदों में से लगभग 250 अनुच्छेद ऐसे हैं, जो 1935 के अधिनियम से या तो शब्दशः लिए गये हैं या फिर उनमें थोड़ा बहुत परिवर्तन किया गया है।

5. भारतीय संविधान की अनुसूचियाँ

- मूल भारतीय संविधान में 8 अनुसूचियाँ थी, लेकिन वर्तमान में भारतीय संविधान में 12 अनुसूचियाँ हैं। संविधान की इन अनुसूचियों का विवरण निम्न प्रकार से है-
- **प्रथम अनुसूची :** इनमें भारतीय संघ के घटक राज्यों (29 राज्य) एवं संघ शासित (7 राज्य) क्षेत्रों का उल्लेख है।

  नोट : संविधान के 69वें संशोधन (1991) के द्वारा दिल्ली को राष्ट्रीय राजधानी क्षेत्र का दर्जा दिया गया।
- **द्वितीय अनुसूची :** इसमें भारतीय राज-व्यवस्था के विभिन्न पदाधिकारियों (राष्ट्रपति, राज्यपाल, लोकसभा के अध्यक्ष और उपाध्यक्ष, राज्य सभा के सभापति एवं उपसभापति, विधान सभा के अध्यक्ष और उपाध्यक्ष, विधान परिषद् के सभापति एवं उपसभापति, उच्चतम न्यायालय और उच्च न्यायालयों के न्यायाधीशों और भारत के नियत्रंक महालेखा परीक्षक आदि) को प्राप्त होने वाले वेतन, भत्ते और पेंशन आदि का उल्लेख किया गया है।
- **तृतीय अनुसूची :** इसमें विभिन्न पदाधिकारियों (राष्ट्रपति, उपराष्ट्रपति, मंत्री, उच्चतम एवं उच्च न्यायालय के न्यायाधीशों) द्वारा पद ग्रहण के समय ली जाने वाली शपथ का उल्लेख है।
- **चौथी अनुसूची :** इसमें विभिन्न राज्यों तथा संघीय क्षेत्रों की राज्य सभा में प्रतिनिधित्व का विवरण दिया गया है।
- **पाँचवीं अनुसूची :** इसमें विभिन्न अनुसूचित क्षेत्रों और अनुसूचित जनजाति के प्रशासन और नियंत्रण के बारे में उल्लेख है।
- **छठी अनुसूची :** इसमें असम, मेघालय, त्रिपुरा और मिजोरम राज्यों के जनजाति क्षेत्रों के प्रशासन के बारे में प्रावधान है।
- **सातवीं अनुसूची :** इसमें केन्द्र एवं राज्यों के बीच शक्तियों के बँटवारे के बारे में विवरण दिया गया है। इसके तहत तीन सूचियाँ हैं- संघ सूची, राज्य सूची एवं समवर्ती सूची।

  (i) **संघ सूची :** इस सूची में दिये गये विषय पर केन्द्र सरकार कानून बनाती है। संविधान के लागू होने के समय इसमें 97 विषय थे, वर्तमान समय में इसमें 98 विषय है।

  (ii) **राज्य सूची :** इस सूची में दिये गये विषय पर राज्य सरकार कानून बनाती है। राष्ट्रीय हित से सम्बन्धित होने पर केन्द्र सरकार भी कानून बना सकती है। संविधान के लागू होने के समय इसके अन्तर्गत 66 विषय थे, वर्तमान समय में इसमें 62 विषय हैं।

  (iii) **समवर्ती सूची :** इस सूची में दिये गये विषय पर केन्द्र एवं राज्य दोनों सरकारें कानून बना सकती हैं, परन्तु कानून के विषय समान होने पर केन्द्र सरकार द्वारा बनाया गया कानून ही मान्य होता है। राज्य सरकार द्वारा बनाया गया कानून केन्द्र सरकार के कानून बनाने के साथ ही समाप्त हो जाता है। संविधान के लागू होने के समय समवर्ती सूची में 47 विषय थे- वर्तमान समय में इसमें 52 विषय हैं।

  नोट : समवर्ती सूची का प्रावधान जम्मू-कश्मीर राज्य के सम्बन्ध में नहीं हैं।
- **आठवीं अनुसूची :** इसमें भारत की 22 भाषाओं का उल्लेख किया गया है। मूल रूप से इस सूची में 14 भाषाएँ थीं, 1967 में सिंधी को और 1992 में कोंकणी, मणिपुरी तथा नेपाली को

आठवीं अनुसूची में शामिल किया गया। 2004 में मैथिली, संथाली, डोगरी और बोडो को आठवीं अनुसूची में शामिल किया गया।

- **नौवीं अनुसूची :** संविधान में यह अनुसूची प्रथम संविधान संशोधन अधिनियम (1951) के द्वारा जोड़ी गयी। इसके अन्तर्गत राज्य द्वारा सम्पत्ति के अधिग्रहण की विधियों का उल्लेख किया गया है। इस अनुसूची में सम्मिलित विषयों को न्यायालय में चुनौती नहीं दी जा सकती है। वर्तमान में इस अनुसूची में 284 अधिनियम हैं।

  नोट : अब तक यह मान्यता थी कि संविधान की नौंवी अनुसूची में सम्मिलित कानूनों की न्यायिक समीक्षा नहीं की जा सकती। 11 जनवरी, 2007 के संविधान पीठ के एक निर्णय द्वारा स्थापित किया गया है कि नौंवी अनुसूची में सम्मिलित किसी भी कानून को इस आधार पर चुनौती दी जा सकती है कि वह मौलिक अधिकारों का उल्लंघन करता है तथा उच्चतम न्यायालय इन कानूनों की समीक्षा कर सकता है।

राज्य	गठन वर्ष
आन्ध्र प्रदेश	1 अक्टूबर, 1953
महाराष्ट्र	1 मई, 1960
गुजरात	1 मई, 1960
नगालैंड	1 दिसम्बर, 1963
हरियाणा	1 नवम्बर, 1966
हिमाचल प्रदेश	25 जनवरी, 1971
मेघालय	21 जनवरी, 1972
मणिपुर	21 जनवरी, 1972
त्रिपुरा	21 जनवरी, 1972
सिक्किम	26 अप्रैल, 1975
मिजोरम	20 फरवरी, 1987
अरुणाचल प्रदेश	20 फरवरी, 1987
गोवा (25वाँ)	30 मई, 1987
छत्तीसगढ़ (26वाँ)	1 नवम्बर, 2000
उत्तराखण्ड (27वाँ)	9 नवम्बर, 2000
झारखण्ड (28वाँ)	15 नवम्बर, 2000
तेलंगाना (29वाँ)	2 जून, 2014

- **दसवीं अनुसूची :** यह संविधान के 52वें संशोधन (1985) के द्वारा जोड़ी गयी है। इसमें दल-बदल से सम्बन्धित प्रावधानों का उल्लेख है।
- **ग्यारहवीं अनुसूची :** यह अनुसूची संविधान के 97वें संशोधन (1993) के द्वारा जोड़ी गयी है। इसमें पंचायती राज संस्थाओं को कार्य करने के लिए 29 विषय प्रदान किये गये हैं।
- **बारहवीं अनुसूची :** यह अनुसूची संविधान के 74वें संशोधन (1993) के द्वारा जोड़ी गयी है। इसमें शहरी क्षेत्र की स्थानीय स्वशासन संस्थाओं को कार्य करने के लिए 18 विषय प्रदान किये गये हैं।

6. भारतीय नागरिकता

- भारत में एकल नागरिकता का प्रावधान है। भारतीय संविधान के भाग-2 के अनुच्छेद 5-11 में नागरिकता के सम्बन्ध में उल्लेख है।
- भारत जैसे संप्रभु राष्ट्र की ओर से नागरिकों को कुछ ऐसे अधिकार प्राप्त हैं जो विदेशियों को प्रदान नहीं किये जाते हैं। ये अधिकार निम्नलिखित हैं-

  (i) अनुच्छेद 15, 16, 19, 29 और 30 में प्रदत्त मौलिक अधिकार केवल देश के नागरिकों को ही प्राप्त है।

  (ii) केवल नागरिक ही कुछ उच्च पदों पर आसीन हो सकते हैं। जैसे- राष्ट्रपति, उपराष्ट्रपति, राज्यपाल, उच्चतम न्यायालय तथा उच्च न्यायालय के न्यायाधीश, महान्यायवादी और महाधिवक्ता।

(iii) मतदान करने का अधिकर और संसद तथा राज्यों के विधानमंडलों के सदस्य बनने का अधिकार केवल नागरिकों को ही हासिल है।

भारतीय संविधान के प्रमुख भाग	
भाग	**अनुच्छेद**
1 : संघ एवं उसका राज्य क्षेत्र	1 से 4
2 : नागरिकता	5 से 11
3 : मौलिक अधिकार	12 से 35
4 : नीति-निर्देशक तत्त्व	36 से 51
4 : (क) मूल कर्त्तव्य	51 (क)
5 : संघ	52 से 151
6 : राज्य	152 से 237
8 : संघ राज्य क्षेत्र	239 से 242
11 : संघ और राज्यों के बीच संबंध	245 से 263
14 : संघ एवं राज्यों के अधीन सेवाएँ	308 से 323
15 : निर्वाचन	324 से 329
17 : राजभाषा	343 से 351
18 : आपात उपबंध	352 से 360
20 : संविधान संशोधन	368

➲ **भारतीय नागरिकता अधिनियम, 1955:** इसके अनुसार निम्न में से किसी एक आधार पर नागरिकता प्राप्त की जा सकती है-

(i) **जन्म से :** प्रत्येक व्यक्ति जिसका जन्म संविधान लागू होने अर्थात् 26 जनवरी, 1950 को या उसके बाद भारत में हुआ हो, वह जन्म से भारत का नागरिक होगा। इसका अपवाद है- राजनयिकों के बच्चे और विदेशियों के बच्चे।

(ii) **वंश परंपरा द्वारा नागरिकता :** भारत के बाहर अन्य देशों में 26 जनवरी, 1950 के बाद जन्म लेने वाला व्यक्ति भारत का नागरिक माना जायेगा, यदि उसके जन्म के समय उसके माता-पिता में से कोई भारत का नागरिक हो।

नोट : माता की नागरिकता के आधार पर विदेश में जन्म लेने वाले व्यक्ति को नागरिकता प्रदान करने का प्रावधान नागरिकता संशोधन अधिनियम 1992 द्वारा किया गया है।

(iii) **देशीयकरण द्वारा नागरिकता :** भारत सरकार से देशीयकरण का प्रमाण पत्र प्राप्त कर भारत की नागरिकता प्राप्त की जा सकती है।

(iv) **पंजीकरण द्वारा नागरिकता :** निम्न वर्गों में आने वाले लोग पंजीकरण के द्वारा भारत की नागरिकता प्राप्त कर सकते हैं-

(a) वे व्यक्ति जो पंजीकरण प्रार्थना पत्र देने की तिथि से छह माह पूर्व (अब पाँच वर्ष) से भारत में रह रहे हों।

(b) वे भारतीय जो अविभाज्य भारत से बाहर किसी देश में निवास कर रहे हों।

(c) वे स्त्रियाँ जो भारतीयों से विवाह कर चुकी हैं या भविष्य में विवाह करेंगी।

(d) भारतीय नागरिकों के नाबालिग बच्चे।

(e) राष्ट्रमंडलीय देशों के नागरिक, जो भारत में रहते हों या भारत सरकार की नौकरी कर रहे हों। आवेदन पत्र देकर भारत की नागरिकता प्राप्त कर सकते हैं।

(v) **भूमि विस्तार द्वारा :** यदि किसी नये भू-भाग को भारत में शामिल किया जाता है, तो उस क्षेत्र में निवास करने वाले व्यक्तियों को स्वत: भारत की नागरिकता प्राप्त हो जाती है।

⟲ **भारतीय नागरिकता संशोधन अधिनियम, 1986 :** इस अधिनियम के आधार पर भारतीय नागरिकता संशोधन अधिनियम, 1955 में निम्न संशोधन किये गये हैं-

(i) अब भारत में जन्म लेने वाले उस व्यक्ति को ही नागरिकता प्रदान की जायेगी, जिसके माता-पिता में से एक भारत का नागरिक हो।

(ii) जो व्यक्ति पंजीकरण के माध्यम से भारतीय नागरिकता प्राप्त करना चाहते हैं, उन्हें अब भारत में कम से कम पाँच वर्षों तक निवास करना होगा। पहले यह अवधि छह माह थी।

(iii) देशीयकरण द्वारा नागरिकता तभी प्रदान की जायेगी जबकि सम्बन्धित व्यक्ति कम से कम 10 वर्षों तक भारत में रह चुका हो। पहले यह अवधि 5 वर्ष थी।

(iv) नागरिकता संशोधन अधिनियम, 1986 जम्मू-कश्मीर व असम सहित भारत के सभी राज्यों पर लागू होगा।

⟲ **भारतीय नागरिकता का अंत :** भारतीय नागरिकता का अंत निम्नलिखित प्रकार से होता है-

(i) नागरिकता का परित्याग करने पर।

(ii) किसी अन्य देश की नागरिकता स्वीकार कर लेने पर।

(iii) सरकार द्वारा नागरिकता छीनने पर।

नोट : जम्मू-कश्मीर राज्य के विधानमंडल को निम्नलिखित विषयों के सम्बन्ध में राज्य में स्थायी रूप से निवास करने वाले व्यक्तियों को अधिकार तथा विशेषाधिकार प्रदान करने की शक्ति प्रदान की गयी है-

(i) राज्य के अधीन नियोजन के सम्बन्ध में।

(ii) राज्य में अचल सम्पत्ति के अर्जन के सम्बन्ध में।

(iii) राज्य में स्थायी रूप से बस जाने के सम्बन्ध में।

(iv) छात्रवृत्तियाँ अथवा इसी प्रकार की सहायता, जो राज्य सरकार प्रदान करे।

7. मूल अधिकार

⟲ भारतीय संविधान में मूल अधिकार संयुक्त राज्य अमेरिका के संविधान से लिया गया है। भारतीय संविधान के भाग-3 के अनुच्छेद 12-35 तक में मूलाधिकारों का उल्लेख है।

⟲ मूलाधिकारों में संशोधन हो सकता है एवं राष्ट्रीय आपात के दौरान (अनुच्छेद 352)) जीवन एवं व्यक्तिगत स्वतंत्रता के अधिकारों को छोड़कर अन्य मूलाधिकारों को स्थगित किया जा सकता है।

⟲ मूल संविधान में मूलाधिकारों की संख्या सात थी, लेकिन 44वें संविधान संशोधन (1979) के द्वारा सम्पत्ति के मूलाधिकार (अनुच्छेद 31 एवं 19f) को मूलाधिकार की सूची से हटाकर इसे संविधान के अनुच्छेद 300(a) के तहत कानूनी अधिकार के रूप में रखा गया है।

⟲ वर्तमान में भारतीय नागरिकों को छह मूलाधिकार प्राप्त हैं, जो निम्नलिखित हैं-

1. समता/समानता का अधिकार

2. स्वतंत्रता का अधिकार

3. शोषण के विरुद्ध अधिकार
4. धार्मिक स्वतंत्रता का अधिकार
5. संस्कृति और शिक्षा सम्बन्धी अधिकार
6. संवैधानिक उपचारों का अधिकार

1. समता/समानता का अधिकार (अनुच्छेद 14–18)

- **अनुच्छेद 14- विधि के समक्ष समता :** इसका अर्थ यह है कि राज्य सभी व्यक्तियों के लिए एक समान कानून बनायेगा तथा उन पर एक समान लागू करेगा।
- **अनुच्छेद 15- धर्म, नस्ल, जाति, लिंग या जन्म-स्थान के आधार पर भेदभाव का प्रतिषेध:** राज्य के द्वारा धर्म, मूलवंश, जाति, लिंग एवं जन्म स्थान आदि के आधार पर नागरिकों के प्रति जीवन के किसी भी क्षेत्र में भेदभाव नहीं किया जायेगा।
- **अनुच्छेद 16- लोक नियोजन के विषय में अवसर की समता :** राज्य के अधीन किसी पद पर नियोजन या नियुक्ति से सम्बन्धित विषयों में सभी नागरिकों के लिए अवसर की समानता होगी। केवल अनुसूचित जाति/जनजाति एवं अन्य पिछड़ा वर्ग को छोड़कर।
- **अनुच्छेद 17- अस्पृश्यता का अंत :** अस्पृश्यता के उन्मूलन के लिए इसे दंडनीय अपराध घोषित किया गया है।
- **अनच्छेद 18- उपाधियों का अंत :** सेना या विधा सम्बन्धी सम्मान के सिवाए अन्य कोई भी उपाधि राज्य द्वारा प्रदान नहीं की जायेगी। भारत का कोई नागरिक किसी अन्य देश से राष्ट्रपति की आज्ञा के बिना कोई उपाधि स्वीकार नहीं कर सकता है।

2. स्वतंत्रता का अधिकार (अनुच्छेद 19–22)

- **अनुच्छेद 19 :** मूल संविधान में सात प्रकार की स्वतंत्रता का उल्लेख था। वर्तमान में इसकी संख्या छह है, जो निम्नलिखित हैं-

  19(a)-बोलने की स्वतंत्रता

  19(b)-शान्तिपूर्वक बिना हथियारों के एकत्रित होने और सभा तथा सम्मेलन करने की स्वतंत्रता।

  19(c)-संघ बनाने की स्वतंत्रता

  19(d)-देश के किसी भी क्षेत्र में आवागमन की स्वतंत्रता

  (19(e)-देश के किसी भी क्षेत्र में निवास करने और बसने की स्वतंत्रता। (अपवाद जम्मू-कश्मीर)

  19(f)-सम्पत्ति का अधिकार (निरसित)

  (19(g)-कोई भी व्यापार एवं आजीविका चलाने की स्वतंत्रता
- **अनुच्छेद 20- अपराधों के लिए दोष सिद्धि के सम्बन्ध में सरंक्षण :** इसके अन्तर्गत तीन प्रकार की स्वतंत्रता का वर्णन है-

  (i) किसी भी व्यक्ति को एक अपराध के लिए सिर्फ एक बार सजा मिलेगी।

  (ii) अपराध करने के समय जो कानून है उसी के तहत सजा मिलेगी न कि पहले और बाद में बनने वाले कानून के तहत।

  (iii) किसी भी व्यक्ति को स्वयं के विरुद्ध न्यायालय में गवाही देने के लिए बाध्य नहीं किया जायेगा।

➩ **अनुच्छेद 21- प्राण एवं दैहिक स्वतंत्रता का संरक्षण :** किसी भी व्यक्ति को विधि द्वारा स्थापित प्रक्रिया के अतिरिक्त उसके जीवन और वैयक्तिक स्वतंत्रता के अधिकार से वंचित नहीं किया जा सकता है।

➩ **अनुच्छेद 21(क) :** राज्य 6 से 14 वर्ष के आयु के समस्त बच्चों को ऐसे ढंग से जैसा कि राज्य, विधि द्वारा निर्धारित करें, नि:शुल्क तथा अनिवार्य शिक्षा उपलब्ध करायेगा। (86वाँ संशोधन-2002 द्वारा संस्थापित)।

➩ **अनुच्छेद 22- कुछ दशाओं में गिरफ्तारी और निरोध में सरंक्षण :** अगर किसी भी व्यक्ति को मनमाने ढंग से हिरासत में लिया गया हो तो उसे तीन प्रकार की स्वतंत्रता प्रदान की गयी है-

(i) हिरासत में लेने का कारण बताना होगा।

(ii) 24 घंटे के अंदर (आने-जाने में लगने वाले समय को छोड़कर) उसे दंडाधिकारी के समक्ष पेश करना होगा।

(iii) उसे अपने पसंद के अधिवक्ता से सलाह लेने का अधिकार होगा।

➩ **निवारक निरोध :** भारतीय संविधान के अनुच्छेद 22 के खंड-3,4,5 एवं 6 में तप्तसम्बन्धी प्रावधानों का उल्लेख है। निवारक निरोध कानून के तहत किसी व्यक्ति को अपराध करने के पूर्व ही गिरफ्तार किया जाता है। निवारक निरोध का उद्देश्य व्यक्ति को अपराध के लिए दण्ड देना नहीं, बल्कि उसे अपराध से रोकना है। वस्तुत: यह निवारक निरोध राज्य की सुरक्षा तथा लोक व्यवस्था बनाये रखने या भारत की सुरक्षा सम्बन्धी कारणों से हो सकता है। जब किसी व्यक्ति को निवारक निरोध की किसी विधि के अधीन गिरफ्तार किया जाता है, तब-

(i) सरकार ऐसे व्यक्ति को केवल तीन महीने तक अभिरक्षा में निरूद्ध कर सकती है। यदि गिरफ्तार व्यक्ति को तीन माह से अधिक समय के लिए निरूद्ध करना होता है, तो इसके लिए सलाहकार बोर्ड का प्रतिवेदन प्राप्त करना पड़ता है।

(ii) इस प्रकार निरूद्ध व्यक्ति को यथाशीघ्र निरोध के आधार पर सूचित किये जायेंगे, किन्तु जिन तथ्यों को निरस्त करना लोकहित के विरुद्ध समझा जायेगा उन्हें प्रकट करना आवश्यक नहीं है।

(iii) निरूद्ध व्यक्ति को निरोध आदेश के विरुद्ध अभ्यावेदन करने के लिए जल्द से जल्द अवसर दिया जाना चाहिए।

निवारक निरोध से सम्बन्धित अब तक बने कानून

1. **निवारक निरोध अधिनियम, 1950 :** भारतीय संसद ने 26 फरवरी, 1950 को पहला निवारक निरोध अधिनियम पारित किया था। इसका उद्देश्य राष्ट्र विरोधी तत्त्वों को भारत की प्रतिरक्षा के प्रतिकूल कार्य को रोकना था। इस कानून को 1 अप्रैल, 1951 को समाप्त हो जाना था, किन्तु समय-समय पर इसके अवधि को बढ़ाया गया। अंतत: 31 दिसंबर, 1971 को यह कानून समाप्त हो गया।
2. **आंतरिक सुरक्षा व्यवस्था अधिनियम, 1971(MISA) :** 44वाँ संवैधानिक संशोधन (1979) इसके प्रतिकूल था। इस कारण अप्रैल 1979 में यह कानून समाप्त हो गया।
3. **विदेशी मुद्रा संरक्षण व तस्करी निरोध अधिनियम, 1974 :** इस कानून में तस्करों के लिए

नजरबंदी की अवधि एक वर्ष थी, जिसे 13 जुलाई, 1984 को एक अध्यादेश के द्वारा बढ़ाकर दो वर्ष कर दिया गया।

4. **राष्ट्रीय सुरक्षा कानून, 1980** : जम्मू-कश्मीर के अतिरिक्त इसे सभी राज्यों में लागू किया गया है।
5. **आतंकवादी एवं विध्वंसकारी गतिविधियाँ निरोधक कानून (TADA)** : निवारक निरोध व्यवस्था के तहत अब तक जो कानून बने उनमें यह सबसे अधिक प्रभावी और सर्वाधिक कठोर कानून था। इस कानून को 23 मई, 1995 को समाप्त कर दिया गया।
6. **पोटा (POTA- Prevention of Terrorism Ordinance, 2001)** : इसे 25 अक्टूबर, 2001 को लागू किया गया। 'पोटा' टाडा का ही एक रूप है। इसके अन्तर्गत कुल 23 आतंकवादी गुटों को प्रतिबंधित किया गया है। आतंकवादी और आतंकवादियों से सम्बन्धित सूचना को छिपाने वालों को भी दंडित करने का प्रावधान किया गया है। पुलिस शक के आधार पर किसी को भी गिरफ्तार कर सकती है, किन्तु बिना आरोप पत्र तीन माह से अधिक हिरासत में नहीं रख सकती। पोटा के अन्तर्गत गिरफ्तार व्यक्ति हाईकोर्ट या सुप्रीम कोर्ट में अपील कर सकता है, लेकिन यह अपील भी गिरफ्तारी के तीन माह बाद ही हो सकती है। 21 सितंबर, 2004 को इस कानून को एक अध्यादेश द्वारा समाप्त कर दिया गया।

3. शोषण के विरुद्ध अधिकार (अनुच्छेद 23 – 24)

- **अनुच्छेद 23- मानव खरीद फरोख्त और बलात् श्रम का प्रतिषेध** : इसके द्वारा किसी व्यक्ति की खरीद-बिक्री, बेगारी तथा इसी प्रकार का अन्य जबरदस्ती लिया हुआ श्रम निषिद्ध ठहराया गया है, जिसका उल्लंघन विधि के अनुसार दंडनीय अपराध है।
- **अनुच्छेद 24- बालकों के नियोजन का प्रतिषेध** : 14 वर्ष से कम आयु वाले किसी बच्चे को कारखानों, खानों या अन्य किसी जोखिम भरे काम पर नियुक्त नहीं किया जा सकता है।

4. धार्मिक स्वतंत्रता का अधिकार (अनुच्छेद 25 – 28)

- **अनुच्छेद 25- अंतःकरण की और धर्म को अबाध रूप से मानने, आचरण और प्रचार करने की स्वतंत्रता** : कोई भी व्यक्ति किसी भी धर्म को मान सकता है और उसका प्रचार-प्रसार कर सकता है।
- **अनुच्छेद 26- धार्मिक कार्यों की स्वतंत्रता** : व्यक्ति को अपने धर्म के लिए संस्थाओं की स्थापना व पोषण करने, विधि सम्मत सम्पत्ति के अर्जन, स्वामित्व व प्रशासन का अधिकार है।
- **अनुच्छेद 27** : राज्य किसी भी व्यक्ति को ऐसे कर देने के लिए बाध्य नहीं कर सकता है जिसकी आय किसी विशेष धर्म अथवा धार्मिक सम्प्रदाय की उन्नति या पोषण में व्यय करने के लिए विशेष रूप से निश्चित कर दी गयी है।
- **अनुच्छेद 28** : राज्य विधि से पूर्णतः पोषित किसी शिक्षा संस्था में कोई धार्मिक शिक्षा नहीं दी जायेगी। ऐसे शिक्षण संस्थान अपने विद्यार्थियों को किसी धार्मिक अनुष्ठान में भाग लेने या किसी धर्मोपदेश को बलात् सुनने हेतु बाध्य नहीं कर सकते हैं।

5. संस्कृति और शिक्षा सम्बन्धी अधिकार (अनुच्छेद 29 – 30)

- **अनुच्छेद 29- अल्पसंख्यक वर्गों के हितों का संरक्षण** : कोई भी अल्पसंख्यक वर्ग अपनी भाषा, लिपि और संस्कृति को सुरक्षित रख सकता है और केवल भाषा, जाति, धर्म और संस्कृति के आधार पर उसे किसी भी सरकारी शैक्षिक संस्था में प्रवेश से नहीं रोका जायेगा।

➩ **अनुच्छेद 30- शिक्षा संस्थाओं की स्थापना और प्रशासन करने का अल्पसंख्यक वर्गों का अधिकार** : कोई भी अल्पसंख्यक वर्ग अपनी पसंद का शैक्षणिक संस्था चला सकता है और सरकार उसे अनुदान देने में किसी भी तरह की भेदभाव नहीं करेगी।

6. संवैधानिक उपचारों का अधिकार (अनुच्छेद 32)

➩ संवैधानिक उपचारों के अधिकार को डॉ. भीमराव अंबेडकर ने **संविधान की आत्मा** कहा है।

➩ **अनुच्छेद 32** : इसके अन्तर्गत मौलिक अधिकारों को प्रवर्तित कराने के लिए समुचित कार्रवाइयों द्वारा उच्चतम न्यायालय में आवेदन करने का अधिकार प्रदान किया गया है। इस संदर्भ में सर्वोच्च न्यायालय को पाँच तरह के रिट (Writ) जारी करने की शक्ति प्रदान की गयी है-

(i) **बंदी प्रत्यक्षीकरण (Habeas Corpus)** : यह उस व्यक्ति की प्रार्थना पर जारी किया जाता है, जो यह समझता है कि उसे अवैध रूप से बंदी बनाया गया है। इसके द्वारा न्यायालय बंदीकरण करने वाले अधिकारी को आदेश देता है कि वह बंदी बनाये गये व्यक्ति को निश्चित स्थान और निश्चित समय के अंदर उपस्थित करे, जिससे न्यायालय बंदी बनाये जाने के कारणों पर विचार कर सके।

(ii) **परमादेश (Mandamus)** : यह उस समय जारी किया जाता है, जब कोई पदाधिकारी अपने सार्वजनिक कर्तव्य का निर्वाह नहीं करता है। इस प्रकार के आज्ञापत्र के आधार पर पदाधिकारी को उसके कर्तव्य का पालन करने का आदेश जारी किया जाता है।

(iii) प्रतिषेध लेख (Prohibition) : यह आज्ञापत्र सर्वोच्च न्यायालय तथा उच्च न्यायालयों द्वारा निम्न न्यायालयों तथा अर्द्धन्यायिक न्यायाधिकरणों को जारी करते हुए आदेश दिया जाता है कि इस मामले में अपने यहाँ कार्यवाही न करें, क्योंकि यह मामला उनके अधिकार क्षेत्र के बाहर है।

(iv) उत्प्रेषण (Certiorari) : इसके द्वारा अधीनस्थ न्यायालयों को यह निर्देश दिया जाता है कि वे अपने पास लंबित मुकदमों के न्याय निर्णयन के लिए वरिष्ठ न्यायालय को भेजे।

(v) अधिकार पृच्छा लेख (Quo-Warranto) : जब कोई व्यक्ति ऐसे पदाधिकारी के रूप में कार्य करने लगता है, जिसके रूप में कार्य करने का उसे वैधानिक रूप से अधिकार नहीं है तो न्यायालय अधिकार पृच्छा के आदेश के द्वारा उस व्यक्ति से पूछता है कि वह किस अधिकार से कार्य कर रहा है और जब तक वह संतोषजनक उत्तर नहीं देता, वह कार्य नहीं कर सकता है।

8. राज्य के नीति निर्देशक तत्त्व

➩ संविधान के भाग-4 के अनुच्छेद 36-51 तक में राज्य के नीति निर्देशक तत्त्वों का वर्णन है। इसकी प्रेरणा आयरलैंड की संविधान से मिली है।

➩ ये उन उद्देश्यों को प्रतिबिंबित करते हैं जो राज्य को हासिल करने चाहिए।

➩ ये वे तत्त्व हैं जो हमारे संविधान की प्रतिज्ञाओं और आकांक्षाओं को वाणी प्रदान करते हैं। इस प्रकार ये सिद्धान्त देश के प्रशासकों के लिए एक आचार संहिता है।

➩ नीति निर्देशक तत्त्व केवल अनुदेश है, ये न्यायालय द्वारा लागू नहीं कराये जा सकते अर्थात् ये वाद योग्य नहीं है। इनमें और मौलिक अधिकारों में यही सबसे बड़ा अन्तर है।

- सुप्रीम कोर्ट ने तमिलनाडु राज्य बनाम अबु कवूर बाई मामले (1984) में कहा था कि 'यद्यपि नीति निर्देशक तत्त्व बाध्यकारी नहीं है फिर भी न्यायालयों को इनकी अनदेखी नहीं करनी चाहिए।' इससे सिद्ध होता है कि ये तत्त्व देश के शासन में मूलभूत हैं।

नीति निर्देशक तत्त्व से सम्बन्धित महत्त्वपूर्ण अनुच्छेद

- **अनुच्छेद 38 :** राज्य लोक कल्याण की अभिवृद्धि के लिए सामाजिक व्यवस्था बनायेगा, जिससे नागरिक को सामाजिक, आर्थिक एवं राजनीतिक न्याय मिलेगा।
- **अनुच्छेद 39(क) :** समान न्याय और नि:शुल्क विधिक सहायता, समान कार्य के लिए समान वेतन की व्यवस्था इसी में हैं।
- **अनुच्छेद 39(ख) :** सार्वजनिक धन का स्वामित्व तथा नियंत्रण इस प्रकार करना ताकि सार्वजनिक हित का सर्वोत्तम साधन हो सके।
- **अनुच्छेद 39(ग) :** धन का समान वितरण
- **अनुच्छेद 40 :** ग्राम पंचायतों का संगठन।
- **अनुच्छेद 41 :** कुछ दशाओं में काम, शिक्षा और लोक सहायता पाने का अधिकार।
- **अनुच्छेद 42 :** काम की न्यायसंगत और मानवोचित दशाओं तथा प्रसूति सहायता का उपबंध।
- **अनुच्छेद 43 :** कर्मकारों के लिए निर्वाचन मजदूरी एवं कुटीर उद्योग को प्रोत्साहन देना।
- **अनुच्छेद 44 :** नागरिक के लिए एक समान सिविल संहिता।
- **अनुच्छेद 46 :** अनुसूचित जातियों/जनजातियों और अन्य दुर्बल वर्गों के शिक्षा और अर्थ-सम्बन्धी हितों की अभिवृद्धि।
- **अनुच्छेद 47 :** पोषाहार स्तर, जीवन स्तर को ऊँचर करने तथा लोक स्वास्थ्य का सुधार करने का राज्य का कर्तव्य।
- **अनुच्छेद 48 :** कृषि एवं पशुपालन का संगठन।
- **अनुच्छेद 48(क) :** पर्यावरण का संरक्षण तथा संवर्धन और वन एवं वन्य जीवों की रक्षा।
- **अनुच्छेद 49 :** राष्ट्रीय महत्त्व के स्मारकों, स्थानों और वस्तुओं का संरक्षण।
- **अनुच्छेद 50 :** कार्यपालिका एवं न्यायपालिका का पृथक्करण।
- **अनुच्छेद 51 :** अन्तरराष्ट्रीय शांति और सुरक्षा की अभिवृद्धि।

उपर्युक्त अनुच्छेदों के अतिरिक्त कुछ ऐसे अनुच्छेद भी हैं, जो राज्य के लिए निर्देशक तत्त्व के रूप में कार्य करते हैं, जैसे-

- **अनुच्छेद 350(क) :** प्राथमिक स्तर पर मातृभाषा में शिक्षा देना।
- **अनुच्छेद 351 :** हिन्दी को प्रोत्साहन देना।

मौलिक अधिकार एवं नीति निर्देशक सिद्धान्त में अन्तर

क्र.	नीति निर्देशक सिद्धान्त	क्र.	मौलिक अधिकार
1.	यह आयरलैंड के संविधान से लिया गया है।	1.	यह संयुक्त राज्य अमेरिका के संविधान से लिया है।
2.	इसका वर्णन संविधान के भाग-4 में किया गया है।	2.	इसका वर्णन संविधान के भाग-3 में किया गया है।
3.	इसे लागू कराने के लिए न्यायालय नहीं जाया जा सकता है।	3.	इसे लागू कराने के लिए न्यायालय की शरण ले सकते हैं।
4.	यह समाज की भलाई के लिए है।	4.	यह व्यक्ति के अधिकार के लिए है।

5.	इसके पीछे राजनीतिक मान्यता है।	5.	मौलिक अधिकार के पीछे कानूनी मान्यता है।
6.	यह सरकार के अधिकारों को बढ़ाता है।	6.	यह सरकार के महत्त्व को घटाता है।
7.	यह राज्य सरकार के द्वारा लागू करने के बाद ही नागरिक को प्राप्त होता है।	7.	यह अधिकार नागरिकों को स्वतः प्राप्त हो जाता है।

9. मौलिक कर्तव्य

- मौलिक कर्तव्य भारतीय संविधान में सरदार स्वर्ण सिंह समिति की अनुशंसा पर संविधान के 42वें संशोधन (1976) के द्वारा जोड़ा गया। इसे रूस के संविधान से लिया गया है।
- इसे संविधान के भाग 4(क) के अनुच्छेद 51(क) के तहत रखा गया है।
- मौलिक कर्तव्यों की संख्या वर्तमान में 11 है, जो इस प्रकार है-
  1. प्रत्येक नागरिक का यह कर्तव्य होगा कि वह संविधान का पालन करे और उसके आदर्शों, संस्थाओं, राष्ट्र ध्वज और राष्ट्रगान का आदर करे।
  2. स्वतंत्रता के लिए हमारे राष्ट्रीय आंदोलन को प्रेरित करने वाले उच्च आदर्शों को हृदय में संजोये रखे और उनका पालन करे।
  3. भारत की प्रभुता, एकता और अखंडता की रक्षा करे और उसे अक्षुण्ण रखे।
  4. देश की रक्षा करे।
  5. भारत के सभी लोगों में समरसता और समान भ्रातृत्व की भावना का निर्माण करे।
  6. हमारी सामाजिक संस्कृति की गौरवशाली परंपरा का महत्त्व समझे और उसका परीक्षण करे।
  7. प्राकृतिक पर्यावरण की रक्षा और उसका संवर्धन करे।
  8. वैज्ञानिक दृष्टिकोण और ज्ञानार्जन की भावना का विकास करे।
  9. सार्वजनिक सम्पत्ति को सुरक्षित रखे।
  10. व्यक्तिगत एवं सामूहिक गतिविधियों के सभी क्षेत्रों में उत्कर्ष की ओर बढ़ने का सतत प्रयास करे।
  11. माता-पिता/संरक्षक द्वारा 6-14 वर्ष के बच्चों हेतु प्राथमिक शिक्षा प्रदान करना (86वाँ संशोधन, 2002)।

10. संघीय कार्यपालिका

- भारतीय संघ की कार्यपालिका के प्रधान को राष्ट्रपति कहा जाता है।
- भारत में संसदीय व्यवस्था को अपनाया गया है। अतः राष्ट्रपति नाममात्र की कार्यपालिका का प्रधान है। जबकि प्रधानमंत्री तथा उसका मंत्रिमंडल वास्तविक कार्यपालिका है।

राष्ट्रपति

- राष्ट्रपति भारत का संवैधानिक प्रधान होता है।
- राष्ट्रपति भारत का प्रथम नागरिक कहलाता है।

योग्यता

- वह भारत का नागरिक हो।
- वह 35 वर्ष की आयु पूरी कर चुका हो।
- वह लोकसभा का सदस्य निर्वाचित होने की योग्यता रखता हो।
- उसे किसी भी सरकारी लाभ के पद पर आसीन नहीं होना चाहिए। निम्न पद लाभ के पद नहीं माने जाते- राष्ट्रपति, उपराष्ट्रपति, राज्यपाल, केन्द्रीय अथवा राज्यमंत्री।

⇨ राष्ट्रपति पद के लिए नाम का प्रस्ताव तथा उसका अनुमोदन कम से कम 50-50 निर्वाचकों द्वारा किया जाना चाहिए।

निर्वाचन प्रक्रिया

⇨ भारत का राष्ट्रपति अप्रत्यक्ष रूप से एक निर्वाचक मंडल द्वारा चुना जाता है जिसमें संसद के दोनों सदनों के निर्वाचित सदस्य और राज्य विधान सभाओं और संघीय क्षेत्रों की विधान सभाओं के निर्वाचित सदस्य भाग लेते हैं। राष्ट्रपति के निर्वाचक मंडल में संसद के मनोनीत सदस्य, राज्य विधानसभाओं के मनोनीत सदस्य तथा राज्य विधान परिषदों के सदस्य शामिल नहीं किये जाते हैं।

भारत के राष्ट्रपति		
क्र.	नाम	कार्यकाल
1.	डॉ. राजेन्द्र प्रसाद	26.01.1950–13.05.1962
2.	डॉ. एस. राधाकृष्णन	13.05.1962–13.05.1967
3.	डॉ. जाकिर हुसैन	13.05.1967–03.05.1969
4.	वी. वी. गिरि	24.08.1969–24.08.1974
5.	फखरूद्दीन अली अहमद	24.08.1974–11.02.1977
6.	नीलम संजीव रेड्डी	25.07.1977–25.07.1982
7.	ज्ञानी जैल सिंह	25.07.1982–25.07.1987
8.	आर. वेंकटरमण	25.07.1987–25.07.1992
9.	डॉ. शंकर दयाल शर्मा	25.07.1992–25.07.1997
10.	के. आर. नारायण	25.07.1997–25.07.2002
11.	डॉ. ए. पी. जे. अब्दुल कलाम	25.07.2002–25.07.2007
12.	प्रतिभा पाटिल	25.07.2007–25.07.2012
13.	प्रणव मुखर्जी	25.07.2012––

नोट : वी. वी. गिरि 3 मई, 1969 से 20 जुलाई, 1969 तक, न्यायमूर्ति मुहम्मद हिदायतुल्ला 20 जुलाई, 1969 से 24 अगस्त, 1969 तक एवं बी. डी. जत्ती 11 फरवरी, 1977 से 25 जुलाई, 1977 तक कार्यवाहक राष्ट्रपति के पद पर रहे।

⇨ एक व्यक्ति जितनी बार चाहे राष्ट्रपति के पद पर निर्वाचित हो सकता है।

⇨ राष्ट्रपति के चुनाव के लिए आनुपातिक प्रतिनिधित्व की एकल संक्रमणीय मत प्रणाली को अपनाया गया है।

⇨ मतदान गुप्त मतपत्र द्वारा होता है और चुनाव में सफलता प्राप्त करने के लिए उम्मीदवार को 'न्यूनतम कोटा' प्राप्त होना आवश्यक होता है। न्यूनतम कोटा निर्धारित करने के लिए निम्न सूत्र अपनाया जाता है :

$$न्यूनतम\ कोटा = \frac{दिये\ गये\ मतो\ की\ संख्या}{राष्ट्रपति\ पद\ हेतु\ प्रत्याशियों\ की\ संख्या\ +\ 1} + 1$$

⇨ न्यूनतम कोटा की व्यवस्था इसलिए की गयी है ताकि स्पष्ट बहुमत प्राप्त होने पर ही एक व्यक्ति को राष्ट्रपति का पद प्राप्त हो सके।

- राष्ट्रपति के निर्वाचक मंडल के प्रत्येक सदस्य के मत का मूल्य समान नहीं होता। प्रत्येक सदस्य के मत का मूल्य निम्नलिखित दो सिद्धान्तों के आधार पर निश्चित किया जाता है–
  1. किसी भी राज्य का संघीय क्षेत्र की विधानसभा के सदस्य के मतों की संख्या (मूल्य)

$$= \dfrac{\text{राज्य या संघीय क्षेत्र की जनसंख्या}}{\text{राज्य विधान सभा, संघीय क्षेत्र की विधान सभा के निर्वाचित सदस्यों की संख्या}} \div 1000$$

  2. संसद के प्रत्येक सदन के प्रत्येक निर्वाचित सदस्य के मतों की संख्या (मूल्य)

$$= \dfrac{\text{समस्त राज्यों और संघीय क्षेत्रों की विधान सभाओं के समस्त सदस्यों को प्राप्त मतों की संख्याओं का कुल योग}}{\text{संसद के दोनों सदनों के निर्वाचित सदस्यों की संख्या}}$$

- राष्ट्रपति के चुनाव के पश्चात् उसी व्यक्ति को निर्वाचित घोषित किया जाता है, जो आधे से अधिक मत प्राप्त करता है। यदि किसी उम्मीदवार को नियत कोटे के बराबर मत मूल्य नहीं प्राप्त होता है, तो मतगणना के और दौर होते हैं।
- राष्ट्रपति के निर्वाचन से सम्बन्धित विवादों का निपटारा उच्चतम न्यायालय द्वारा किया जाता है। निर्वाचन अवैध घोषित होने पर उसके द्वारा किये गये कार्य अवैध नहीं होते हैं।
- राष्ट्रपति अपने पद ग्रहण की तिथि से पाँच वर्ष की अवधि तक पद धारण करता है। अपने पद की समाप्ति के बाद भी वह पद पर तब तक बना रहेगा जब तक उसका उत्तराधिकारी पद ग्रहण नहीं कर लेता है।
- पद धारण करने से पूर्व राष्ट्रपति को एक निर्धारित प्रपत्र पर भारत के मुख्य न्यायाधीश अथवा उनकी अनुपस्थिति में उच्चतम न्यायालय के वरिष्ठतम न्यायाधीश के सम्मुख शपथ लेनी पड़ती है।
- राष्ट्रपति निम्न दशाओं में पाँच वर्ष के पहले भी पद त्याग कर सकता है–
  (i) उपराष्ट्रपति को संबोधित अपने त्यागपत्र द्वारा।
  (ii) महाभियोग द्वारा हटाये जाने पर (अनुच्छेद 56 एवं 61)। महाभियोग के लिए केवल एक ही आधार है, जो अनुच्छेद 61(1) में वर्णित है, वह है संविधान का अतिक्रमण।
- **राष्ट्रपति पर महाभियोग :** राष्ट्रपति द्वारा संविधान के प्रावधानों के उल्लंघन पर संसद के किसी भी सदन द्वारा इस पर महाभियोग लगाया जा सकता है, परन्तु इसके लिए आवश्यक है कि राष्ट्रपति को 14 दिन पहले लिखित सूचना दी जाये, जिस पर उस सदन के 1/4 सदस्यों के हस्ताक्षर हों। संसद के उस सदन जिसमें महाभियोग का प्रस्ताव पेश है, के दो-तिहाई सदस्यों द्वारा पारित कर देने पर प्रस्ताव दूसरे सदन में जायेगा, तब दूसरा सदन राष्ट्रपति पर लगाये गये आरोपों की जाँच करेगा या करायेगा और ऐसी जाँच में राष्ट्रपति के ऊपर लगाये गये आरोपों को सिद्ध करने वाला प्रस्ताव दो-तिहाई बहुमत से पारित हो जाता है, तब राष्ट्रपति पर महाभियोग की प्रक्रिया पूरी समझी जायेगी और उसी तिथि से राष्ट्रपति को पदत्याग करना होगा।
- राष्ट्रपति की रिक्ति को छह महीने के अंदर भरना होता है।
- जब राष्ट्रपति पद की रिक्ति पदावधि (पाँच वर्ष) की समाप्ति से हुई है, तो राष्ट्रपति का निर्वाचन पदावधि की समाप्ति के पहले ही कर लिया जायेगा [अनुच्छेद 62(1)] किन्तु यदि उसे पूरा करने में कोई विलंब हो जाता है, तो 'राज अंतराल' न हो जाये इसलिए यह उपबंध है कि राष्ट्रपति अपने पद की अवधि समाप्त हो जाने पर भी तब तक पद धारण करता रहेगा, जब तक उसका उत्तराधिकारी पद धारण नहीं कर लेता है [अनुच्छेद 56(1)]। ऐसी दशा में उपराष्ट्रपति, राष्ट्रपति के रूप में कार्य नहीं कर सकेगा।

राष्ट्रपति के वेतन एवं भत्ते

- ➡ राष्ट्रपति का मासिक वेतन डेढ़ लाख रुपया है।
- ➡ राष्ट्रपति का वेतन आयकर से मुक्त होता है।
- ➡ राष्ट्रपति के कार्यकाल के दौरान उनके वेतन तथा भत्ते में किसी प्रकार की कमी नहीं की जा सकती है।
- ➡ राष्ट्रपति को नि:शुल्क निवास स्थान व संसद द्वारा स्वीकृत अन्य भत्ते प्राप्त होते हैं।
- ➡ राष्ट्रपति के लिए 9 लाख रुपये वार्षिक पेंशन निर्धारित किया गया है।

राष्ट्रपति के अधिकार एवं कर्तव्य

1. **नियुक्ति सम्बन्धी अधिकार :** राष्ट्रपति निम्न व्यक्तियों की नियुक्ति करता है—
    - (i) भारत का प्रधानमंत्री
    - (ii) प्रधानमंत्री की सलाह पर मंत्रिपरिषद् के अन्य सदस्यों
    - (iii) सर्वोच्च एवं उच्च न्यायालय के मुख्य न्यायाधीशों
    - (iv) भारत के नियंत्रक एवं महालेखा परीक्षक
    - (v) राज्यों के राज्यपाल
    - (vi) मुख्य चुनाव आयुक्त एवं अन्य चुनाव आयुक्त
    - (vii) भारत के महान्यायवादी
    - (viii) राज्यों के मध्य समन्वय के लिए अन्तरराज्यीय परिषद् के सदस्य
    - (ix) संघीय लोक सेवा आयोग के अध्यक्ष और अन्य सदस्यों
    - (x) संघीय क्षेत्रों के मुख्य आयुक्तों
    - (xi) वित्त आयोग के अध्यक्ष एवं सदस्यों
    - (xii) भाषा आयोग के सदस्यों
    - (xiii) पिछड़ा वर्ग आयोग के सदस्यों
    - (xiv) अल्पसंख्यक आयोग के सदस्यों
    - (xv) भारत के राजदूतों एवं अन्य राजनयिकों
    - (xvi) अनुसूचित क्षेत्रों के प्रशासन के सम्बन्ध में रिपोर्ट देने वाले आयोग के सदस्यों आदि।

2. **विधायी शक्तियाँ :** राष्ट्रपति संसद का अभिन्न अंग होता है। इसे निम्न विधायी शक्तियाँ प्राप्त हैं—
    - (i) संसद के सत्र को आहूत करने, सत्रावसान करने तथा लोकसभा भंग करने सम्बन्धी अधिकार।
    - (ii) संसद के एक सदन में या एक साथ सम्मिलित रूप में दोनों सदनों में अभिभाषण करने की शक्ति।
    - (iii) लोकसभा के लिए प्रत्येक साधारण निर्वाचन के पश्चात् प्रथम सत्र के प्रारंभ में और प्रत्येक वर्ष के प्रथम सत्र के आरंभ में सम्मिलित रूप से संसद में अभिभाषण करने की शक्ति।
    - (iv) संसद द्वारा पारित विधेयक राष्ट्रपति के अनुमोदन के बाद ही कानून बनता है।
    - (v) संसद में निम्न विधेयक को पेश करने के लिए राष्ट्रपति की पूर्व सहमति आवश्यक है—
        - (a) नये राज्यों का निर्माण और वर्तमान राज्य के क्षेत्रों, सीमाओं या नामों में परिवर्तन सम्बन्धी विधेयक।
        - (b) धन विधेयक [अनुच्छेद 110]।
        - (c) संचित निधि में व्यय करने वाले विधेयक [अनुच्छेद 117(3)]।
        - (d) ऐसे कराधान पर जिसमें राज्यहित जुड़े हैं, प्रभाव डालने वाले विधेयक।
        - (e) राज्यों के बीच व्यापार, वाणिज्य और समागम पर निर्बन्धन लगाने वाले विधेयक। [अनुच्छेद 304]।

3. **संसद सदस्यों के मनोनयन का अधिकार :** जब राष्ट्रपति को यह लगे कि लोकसभा में आंग्ल-भारतीय समुदाय के व्यक्तियों का समुचित प्रतिनिधित्व नहीं है, तब वह उस समुदाय के दो व्यक्तियों को लोकसभा के सदस्य के रूप में नामांकित कर सकता है। इसी प्रकार वह कला, साहित्य, पत्रकारिता, विज्ञान तथा सामाजिक कार्यों में पर्याप्त अनुभव एवं दक्षता रखने वाले 12 व्यक्तियों को राज्यसभा में नामजद कर सकता है।
4. **अध्यादेश जारी करने की शक्ति :** वह संसद के स्थगन के समय अनुच्छेद 123 के तहत अध्यादेश जारी कर सकता है, जिसका प्रभाव संसद के अधिनियम के समान होता है। इसके प्रभाव से संसद सत्र के शुरू होने के छह सप्ताह तक रहता है। परन्तु राष्ट्रपति राज्य सूची के विषयों पर अध्यादेश नहीं जारी कर सकता, जब दोनों सदन सत्र में होते हैं, तब राष्ट्रपति को यह शक्ति नहीं होती है।
5. **सैनिक नीति :** सैन्य बलों की सर्वोच्च शक्ति राष्ट्रपति में सन्निहित है, किन्तु इसका प्रयोग विधि द्वारा नियमित होता है।
6. **राजनैतिक शक्ति :** दूसरे देशो के साथ कोई भी समझौता या संधि राष्ट्रपति के नाम से ही की जाती है। राष्ट्रपति विदेशों के लिए भारतीय राजदूतों की नियुक्ति करता है एवं भारत में विदेशों के राजदूतों की नियुक्ति का अनुमोदन करता है।
7. **क्षमादान की शक्ति :** संविधान के अनुच्छेद 72 के तहत राष्ट्रपति को किसी अपराध के लिए दोषी ठहराए गये किसी व्यक्ति के दण्ड को क्षमा करने, उसका प्रविलंबन, परिहार और लघुकरण की शक्ति प्राप्त है।
8. **राष्ट्रपति की आपातकालीन शक्तियाँ :** भारतीय संविधान के भाग-18 के अनुच्छेद 352-360 के तहत आपातकाल से सम्बन्धित उपबंध का वर्णन है। मंत्रिपरिषद् के परामर्श से राष्ट्रपति तीन प्रकार के आपातकाल लागू कर सकता है-
   (a) युद्ध या बाह्य आक्रमण या सशक्त विद्रोह के कारण लगाया गया आपात अर्थात् राष्ट्रीय आपात (अनुच्छेद 352)।
   (b) राज्यों में सांविधानिक तंत्र के विफल होने से उत्पन्न आपात अर्थात् राष्ट्रपति शासन (अनुच्छेद 356)।
   (c) वित्तीय आपात (अनुच्छेद 360)। वित्तीय आपात की न्यूनतम अवधि दो माह होती है।
9. राष्ट्रपति किसी सार्वजनिक महत्त्व के प्रश्न पर सर्वोच्च न्यायालय से अनुच्छेद 143 के अधीन परामर्श ले सकता है, लेकिन वह यह परामर्श मानने के लिए बाध्य नहीं है।
10. किसी विधेयक पर अनुमति देने या न देने के निर्णय लेने की सीमा का अभाव होने के कारण राष्ट्रपति जेबी वीटो (Pocket Veto) का प्रयोग कर सकता है, क्योंकि अनुच्छेद 111 केवल यह कहता है कि यदि राष्ट्रपति विधेयक लौटाना चाहता है, तो विधेयक को उसे प्रस्तुत किये जाने के बाद यथाशीघ्र लौटा देगा। जेबी वीटो शक्ति के प्रयोग का उदाहरण है, 1986 में संसद द्वारा भारतीय डाकघर संशोधन विधेयक, जिस पर तत्कालीन राष्ट्रपति ज्ञानी जैल सिंह ने कोई निर्णय नहीं लिया।

राष्ट्रपति से संबन्धित अन्य महत्त्वपूर्ण तथ्य

- डॉ. राजेन्द्र प्रसाद भारत के प्रथम राष्ट्रपति थे। वह लगातार दो बार राष्ट्रपति निर्वाचित हुए।
- डॉ. एस. राधाकृष्णन लगातार दो बार उपराष्ट्रपति तथा एक बार राष्ट्रपति के पद पर रहे।
- केवल वी.वी. गिरि के निर्वाचन के समय दूसरे चक्र की मतगणना करनी पड़ी।
- केवल नीलम संजीव रेड्डी ऐसे राष्ट्रपति हुए जो एक बार चुनाव में हार गये, किन्तु बाद में निर्विरोध राष्ट्रपति निर्वाचित हुए।

- भारत की प्रथम महिला राष्ट्रपति प्रतिभा देवी सिंह पाटिल थीं।

उपराष्ट्रपति

- संविधान के अनुच्छेद 63 के अनुसार भारत में उपराष्ट्रपति पद का प्रावधान किया गया है।
- उपराष्ट्रपति का कार्यकाल 5 वर्ष का होता है।
- संविधान में उपराष्ट्रपति से सम्बन्धित प्रावधान अमेरिका के संविधान से ग्रहण किया गया है।
- उपराष्ट्रपति राज्यसभा का पदेन सभापति होता है।
- उपराष्ट्रपति राज्यसभा का सदस्य नहीं होता है अतः इसे मतदान का अधिकार नहीं है, किन्तु सभापति के रूप में निर्णायक मत देने का अधिकार उसे प्राप्त है।

योग्यता

- भारत का नागरिक हो।
- 35 वर्ष की आयु पूरी कर चुका हो।
- राज्यसभा का सदस्य निर्वाचित होने के योग्य हो।
- निर्वाचन के समय किसी प्रकार के लाभ के पद पर नहीं हो।
- वह संसद के किसी सदन या राज्य विधानमंडल के किसी सदन का सदस्य नहीं हो सकता और यदि ऐसा व्यक्ति उपराष्ट्रपति निर्वाचित हो जाता है, तो वह समझा जायेगा कि उसने उस सदन का अपना स्थान अपने पद ग्रहण की तारीख से रिक्त कर दिया है।

निर्वाचन प्रक्रिया

- उपराष्ट्रपति के निर्वाचन मंडल में संसद के दोनों सदनों के सभी सदस्य शामिल होते हैं।
- उपराष्ट्रपति का निर्वाचन संसद के दोनों सदनों की संयुक्त बैठक में आनुपातिक प्रतिनिधित्व की पद्धति के अनुसार एकल संक्रमणीय मत से तथा गुप्त मतदान द्वारा होता है।

कुछ अन्य महत्त्वपूर्ण तथ्य

- उपराष्ट्रपति को अपना पद ग्रहण करने से पूर्व राष्ट्रपति अथवा उसके द्वारा नियुक्त किसी व्यक्ति के समक्ष शपथ लेनी पड़ती है।
- राष्ट्रपति के पद खाली रहने पर उपराष्ट्रपति राष्ट्रपति की हैसियत से कार्य करता है। उपराष्ट्रपति को राष्ट्रपति के रूप में कार्य करने की अधिकतम अवधि छह महीने होती है। इस दौरान राष्ट्रपपति का चुनाव करा लेना अनिवार्य होता है। राष्ट्रपति के रूप में कार्य करते समय उपराष्ट्रपति राष्ट्रपति को मिलने वाली वेतन तथा सभी सुविधाओं का उपभोग करता हे।
- वर्तमान में उपराष्ट्रपति को 1,25,000 रुपये प्रतिमाह वेतन मिलता है।

प्रधानमंत्री एवं मंत्रिपरिषद्

- संविधान के अनुच्छेद 74 के अनुसार राष्ट्रपति को उसके कार्यों के संपादन व सलाह देने हेतु एक मंत्रिपरिषद् होती है, जिसका प्रधान प्रधानमंत्री होता है।
- संविधान के अनुच्छेद 75 के अनुसार प्रधानमंत्री की नियुक्ति राष्ट्रपति करेगा और अन्य मंत्रियों की नियुक्ति राष्ट्रपति प्रधानमंत्री की सलाह पर करेगा।
- मंत्रिपरिषद् का सदस्य बनने के लिए वैधानिक दृष्टि से यह आवश्यक है कि व्यक्ति संसद के किसी सदन का सदस्य हो, यदि व्यक्ति मंत्री बनते समय संसद सदस्य नहीं हो, तो उसे छः महीने के अंदर संसद सदस्य बनना अनिवार्य है, नहीं तो उसे अपना पद छोड़ना होगा।
- पद ग्रहण से पूर्व प्रधानमंत्री सहित प्रत्येक मंत्री को राष्ट्रपति के समाने पद और गोपनीयता की शपथ लेनी पड़ती है।

भारत के प्रधानमंत्री			
क्र.	**नाम**	**कार्यकाल**	**विशेष**
1.	जवाहरलाल नेहरू	15.08.1947-27.05.1964	सबसे लंबा कार्यकाल (16 वर्ष 286 दिन)
2.	लालबहादुर शास्त्री	09.06.1964-11.011966	
3.	इंदिरा गांधी	24.01.1966-24.03.1977	
4.	मोरारजी देसाई	24.03.1977-28.07.1979	प्रथम गैर-कांग्रेसी प्रधानमंत्री एवं प्रधानमंत्री पद से त्यागपत्र देने वाले प्रथम प्रधानमंत्री
5.	चौधरी चरण सिंह	28.07.1979-14.01.1980	लोकसभा का सामना न करने वाले प्रधानमंत्री
6.	इंदिरा गांधी	14.01.1980-31.10.1984	
7.	राजीव गांधी	31.10.1984-02.12.1989	
8.	विश्वनाथ प्रताप सिंह	02.12.1989-10.11.1990	अविश्वास प्रस्ताव के द्वारा हटाये जाने वाले प्रथम प्रधानमंत्री
9.	चन्द्रशेखर	10.11.1990-21.06.1991	
10.	पी. वी. नरसिम्हाराव	21.06.1991-16.05.1996	पद ग्रहण करने के समय किसी भी सदन के सदस्य नहीं
11.	अटल बिहारी वाजपेयी	16.05.1996-01.06.1996	सबसे छोटा कार्यकाल (13 दिन)
12.	एच. डी. देवगौड़ा	01.06.1996-21.04.1997	पद ग्रहण करते समय विधानसभा सदस्य
13.	आई. के. गुजराल	21.04.1997-19.03.1998	
14.	अटल बिहारी वाजपेयी	19.03.1998-13.10.1999	
15.	अटल बिहारी वाजपेयी	13.10.1999-22.05.2004	
16.	डॉ. मनमोहन सिंह	22.02.2004-26.05.2004	
17.	नरेन्द्र मोदी	26.05.2014	

* भारत के तीन प्रधानमंत्रियों (जवाहरलाल नेहरू, लाल बहादुर शास्त्री तथा श्रीमती इंदिरा गांधी) की मृत्यु उनकी पदावधि के दौरान हो गयी थी।
* लाल बहादुर शास्त्री की मृत्यु 11 जनवरी, 1966 को भारत से बाहर ताशकंद में हुई थी।
* मोरारजी देसाई सबसे अधिक उम्र में एवं राजीव गांधी सबसे कम उम्र में प्रधानमंत्री बने।
* गुलजारी लाल नंदा 27 मई, 1964 से 09 जून, 1964 तक एवं 11 जनवरी, 1966 से 24 जनवरी 1966 तक कार्यवाहक प्रधानमंत्री बने।

➪ सभी मंत्रियों, राज्य मंत्रियों और उपमंत्रियों को नि:शुल्क आवास तथा अन्य सुविधाएँ प्राप्त होती है।

➪ मंत्रिपरिषद् सामूहिक रूप से लोकसभा के प्रति उत्तरदायी होती है।

- यदि लोकसभा किसी एक मंत्री के विरुद्ध अविश्वास प्रस्ताव पारित करे अथवा उस विभाग से सम्बन्धित विधेयक को रद्द कर दे, तो समस्त मंत्रिमंडल को त्यागपत्र देना होता है।
- मंत्री **तीन प्रकार** के होते हैं- कैबिनेट मंत्री, राज्य मंत्री एवं उपमंत्री।
- कैबिनेट मंत्री विभाग के अध्यक्ष होते हैं। प्रधानमंत्री एवं कैबिनेट मंत्री को मिलाकर मंत्रिमंडल का निर्माण होता है।
- प्रधानमंत्री की सलाह पर ही राष्ट्रपति लोकसभा भंग करता है।
- प्रधानमंत्री नीति आयोग का पदेन अध्यक्ष होता है।
- प्रधानमंत्री में सबसे बड़ा कार्यकाल प्रथम प्रधानमंत्री जवाहरलाल नेहरू का था। वे कुल 16 वर्ष 9 महीने और 13 दिन तक अपने पद पर रहे।
- देश की प्रथम महिला प्रधानमंत्री श्रीमती इंदिरा गांधी बनीं। वे ऐसी पहली महिला थी जो दो अलग-अलग अवधियों में प्रधानमंत्री रहीं।
- इंदिरा गांधी जब पहली बार प्रधानमंत्री बनीं तो वह राज्य सभा की सदस्य थी।
- चरण सिंह एकमात्र ऐसे प्रधानमंत्री थे जो कभी लोकसभा में उपस्थित नहीं हुए।
- विश्वास मत प्राप्त करने में असफल होने वाले प्रथम प्रधानमंत्री विश्वनाथ प्रताप सिंह थे।
- सबसे कम समय तक एक कार्यकाल में प्रधानमंत्री के पद पर रहने वाले प्रधानमंत्री अटल बिहारी वाजपेयी थे (मात्र 13 दिन)।
- कैबिनेट मंत्रियों में सबसे बड़ा कार्यकाल जगजीवन राम का रहा, जो लगभग 32 वर्ष केन्द्रीय मंत्रिमंडल में रहे।

11. भारतीय संसद

- भारत में संसद का निर्माण-राष्ट्रपति, राज्यसभा तथा लोकसभा से मिलकर होता है।
- संसद के निम्न सदन को लोकसभा और उच्च सदन को राज्यसभा कहते हैं।

राज्यसभा

- राज्यसभा के सदस्यों की अधिकतम संख्या 250 हो सकती है।
- वर्तमान समय में यह संख्या 245 है। इनमें 12 सदस्य राष्ट्रपति द्वारा मनोनीत किये जाते हैं। वैसे व्यक्तियों को मनोनीत किया जाता है जिन्हें कला, साहित्य, विज्ञान समाजसेवा या सहकारिता के क्षेत्र में विशेष ज्ञान तथा अनुभव हो। शेष 233 सदस्य संघ की इकाइयों का प्रतिनिधित्व करते हैं।
- राज्यसभा की सदस्यता के लिए न्यूनतम उम्र सीमा 30 वर्ष है।
- राज्यसभा के सदस्य के लिए जरूरी है कि उसका नाम उस राज्य के किसी निर्वाचन क्षेत्र की सूची में हो जिस राज्य से वह राज्यसभा का चुनाव लड़ना चाहता है।
- राज्यसभा एक स्थायी सदन है जो कभी भंग नहीं होता है। इसके एक-तिहाई सदस्य प्रति दो वर्ष बाद सेवानिवृति हो जाते हैं।
- भारत का उपराष्ट्रपति राज्यसभा का पदेन सभापति होता है।

राज्यों एवं संघीय क्षेत्रों में राज्यसभा सदस्यों की संख्या			
राज्य	सदस्य संख्या	राज्य	सदस्य संख्या
उत्तरप्रदेश	31	हरियाणा	5
महाराष्ट्र	19	जम्मू-कश्मीर	4
आंध्रप्रदेश	11	हिमाचल प्रदेश	3
तमिलनाडु	18	उत्तराखंड	3
बिहार	16	नगालैंड	1
पश्चिम बंगाल	16	मिजोरम	1
कर्नाटक	12	मेघालय	1
मध्यप्रदेश	11	मणिपुर	1
गुजरात	11	त्रिपुरा	1
ओडिशा	10	सिक्किम	1
राजस्थान	10	अरुणाचल प्रदेश	1
केरल	9	गोवा	1
पंजाब	7	**संघीय क्षेत्र**	
असम	7	दिल्ली	3
तेलंगाना	7	पुदुचेरी	1
झारखंड	6		
छत्तीसगढ़	5		

- राज्यसभा अपने सदस्यों में से किसी एक को 6 वर्ष के लिए उपसभापति निर्वाचित करती है।
- मंत्रिपरिषद राज्यसभा के प्रति उत्तरदायी नहीं होती है।
- केवल राज्यसभा को राज्य सूची के किसी विषय को राज्यसभा में उपस्थित तथा मतदान देने वाले सदस्यों के कम-से-कम दो तिहाई सदस्यों के समर्पित संकल्प द्वारा राष्ट्रीय महत्त्व को घोषित करने का अधिकार है। (अनुच्छेद 249)।

राज्यसभा सदस्य जो प्रधानमंत्री बने	
इंदिरा गांधी	1966-1967
एच.डी. देवगौड़ा	1996-1997
आई.के. गुजराल	1997-1998
डॉ. मनमोहन सिंह	2004-2014

- केवल राज्यसभा को राज्यसभा में उपस्थित तथा मतदान करने वाले सदस्यों के कम-से-कम दो-तिहाई सदस्यों के बहुमत से अखिल भारतीय सेवाओं (All India Services) का सृजन का अधिकार है। (अनुच्छेद 312)।
- धन विधेयक के सम्बन्ध में राज्यसभा को केवल सिफारिशें करने का अधिकार है, जिसे मानने के लिए लोकसभा बाध्य नहीं है। इसके लिए राज्यसभा को 14 दिन का समय मिलता है। यदि इस समय में विधेयक वापस नहीं होता तो उसे पारित समझा जाता है। राज्यसभा धन विधेयक को न अस्वीकार कर सकती है और न ही उसमें कोई संशोधन कर सकती है।
- राष्ट्रपति वर्ष में कम से कम दो बार राज्यसभा का अधिवेशन आहूत करता है। राज्यसभा के एक सत्र की अंतिम बैठक तथा अगले सत्र की प्रथम बैठक के लिए नियत तिथि के बीच 6 माह से अधिक का अंतर नहीं होना चाहिए।

- 3 अगस्त, 1952 को राज्यसभा का पहली बार गठन किया गया था।
- अंडमान निकोबार, चंडीगढ़, दादर व नागर हवेली, दमन व दीप और लक्षद्वीप जैसे संघ शासित पाँच राज्यों में राज्य सभा का **कोई प्रतिनिधित्व** नहीं है।

लोकसभा

- लोकसभा संसद का प्रथम या निम्न सदन है। इसे लोकप्रिय सदन भी कहा जाता है। लोकसभा का सभापतित्व करने के लिए एक अध्यक्ष होता है। लोकसभा अपनी पहली बैठक के पश्चात् यथाशीघ्र अपने दो सदस्यों को अध्यक्ष और उपाध्यक्ष के रूप में चुनती है (अनुच्छेद 93)।
- मूल संविधान में लोकसभा की सदस्य संख्या 500 निश्चित की गयी है। अभी इसके सदस्यों की अधिकतम संख्या 552 हो सकती है। इनमें से अधिकतम 530 सदस्य राज्यों के निर्वाचन क्षेत्रों से व अधिकतम 20 सदस्य संघीय क्षेत्रों से निर्वाचित किये जा सकते हैं एवं राष्ट्रपति आंग्ल-भारतीय वर्ग के अधिकतम दो सदस्यों का मनोनयन कर सकते हैं।
- वर्तमान में लोकसभा की सदस्या संख्या 545 है। इन सदस्यों में 530 सदस्य 29 राज्यों से 13 सदस्य केन्द्र शासित प्रदेशों से निर्वाचित होते हैं तथा 2 सदस्य आंग्ल-भारतीय वर्ग के प्रतिनिधि के रूप में राष्ट्रपति द्वारा मनोनीत होते हैं।

राज्यों एवं संघीय क्षेत्रों में लोकसभा सदस्यों की संख्या			
राज्य	**सदस्य संख्या**	**राज्य**	**सदस्य संख्या**
उत्तरप्रदेश	80	हिमाचल प्रदेश	4
महाराष्ट्र	48	उत्तराखंड	5
आंध्रप्रदेश	25	नगालैंड	1
तमिलनाडु	39	मिजोरम	1
बिहार	40	मेघालय	2
पश्चिम बंगाल	42	मणिपुर	2
कर्नाटक	28	त्रिपुरा	2
मध्यप्रदेश	29	सिक्किम	1
गुजरात	26	अरुणाचल प्रदेश	2
ओडिशा	21	गोवा	2
राजस्थान	25	**संघीय क्षेत्र**	
केरल	20	दिल्ली	7
तेलंगाना	17	पुदुचेरी	1
पंजाब	13	चंडीगढ़	1
असम	14	दादर तथा नागर हवेली	1
झारखंड	14	अंडमान निकोबार	1
छत्तीसगढ़	11	लक्षद्वीप	1
हरियाणा	10	दमन एवं दीव	1
जम्मू-कश्मीर	6		

- 84वें संविधान संशोधन अधिनियम (2001) के अनुसार लोकसभा एवं विधानसभाओं की सीटों की संख्या में 2026 तक कोई परिवर्तन नहीं किया जायेगा।
- लोकसभा के सदस्यों का चुनाव गुप्त मतदान के द्वारा व्यस्क मताधिकार (18 वर्ष) के आधार पर किया जाता है।
- 61वें संवैधानिक संशोधन (1989) के अनुसार भारत में अब 18 वर्ष की आयु प्राप्त व्यक्ति को व्यस्क माना गया है।

लोकसभा सदस्यता के लिए योग्यता

(i) वह भारत का नागरिक हो।

(ii) उसकी आयु 25 वर्ष या इससे अधिक हो।

(iii) वह भारत सरकार या राज्य सरकार के अन्तर्गत कोई लाभ के पद पर न हो।

(iv) वह पागल तथा दिवालिया न हो।

- लोकसभा का अधिकतम कार्यकाल सामान्यत: 5 वर्ष का होता है। मंत्रिपरिषद् लोकसभा के प्रति सामूहिक रूप से उत्तरदायी होती है। [अनुच्छेद 75(3)]।
- प्रधानमंत्री के परामर्श के आधार पर राष्ट्रपति लोकसभा को समय से पूर्व भी भंग कर सकता है, ऐसा अब तक 8 बार किया गया है।
- आपातकाल की घोषणा लागू होने पर विधि द्वारा संसद लोकसभा के कार्यकाल में वृद्धि कर सकती है, जो एक बार में एक वर्ष से अधिक नहीं होगी। 1976 में लोकसभा का कार्यकाल दो बार एक-एक वर्ष के लिए बढ़ाया गया था।
- लोकसभा एवं राज्यसभा का अधिवेशन राष्ट्रपति के द्वारा बुलाया और स्थगित किया जाता है। लोकसभा की दो बैठकों में 6 माह से अधिक का अंतराल नहीं होना चाहिए।
- लोकसभा की गणपूर्ति या कोरम कुल सदस्य संख्या का दसवाँ भाग (55 सदस्य) होता है।

संसद का संयुक्त अधिवेशन

- संविधान के अनुच्छेद 108 में संसद के संयुक्त अधिवेशन की व्यवस्था है। संयुक्त अधिवेशन राष्ट्रपति द्वारा निम्नलिखित तीन स्थितियों में बुलाया जा सकता है-

  (i) जब एक सदन द्वारा पारित विधेयक को दूसरे सदन द्वारा अस्वीकार कर दिया जाये।

  (ii) जब किसी भी विधेयक में एक सदन द्वारा सुझाये गये संशोधन को दूसरा स्वीकार न करे।

  (iii) जब एक सदन द्वारा पारित विधेयक दूसरे सदन के पास भेजा जाये और वह उस पर 6 मास तक कोई कार्यवाही न करे।

- संयुक्त अधिवेशन की अध्यक्षता लोकसभा के अध्यक्ष के द्वारा की जाती है। संयुक्त बैठक से अध्यक्ष की अनुपस्थिति के दौरान सदन का उपाध्यक्ष या यदि, वह भी अनुपस्थित है, तो ऐसा अन्य व्यक्ति पीठासीन होगा, जो उस बैठक में उपस्थित सदस्यों द्वारा अवधारित किया जाये।
- धन विधेयक के सम्बन्ध में लोकसभा का निर्णय अंतिम होता है। इस सम्बन्ध में संयुक्त अधिवेशन की व्यवस्था नहीं है।
- संविधान संशोधन विधेयक पर संयुक्त अधिवेशन की व्यवस्था नहीं है, संविधान संशोधन विधेयक दोनों सदनों में अलग-अलग पारित होना चाहिए।

लोकसभा के पदाधिकारी

- संविधान के अनुच्छेद 93 के अनुसार लोकसभा स्वयं ही अपने सदस्यों में से एक अध्यक्ष और एक उपाध्यक्ष का निर्वाचन करेगी।
- अध्यक्ष उपाध्यक्ष को तथा उपाध्यक्ष अध्यक्ष को त्याग पत्र देता है।
- लोकसभा का अध्यक्ष, अध्यक्ष के रूप में शपथ नहीं लेता, बल्कि सामान्य सदस्य के रूप में शपथ लेता है।
- 14 दिन के पूर्व सूचना देकर लोकसभा के तत्कालीन समस्त सदस्यों के बहुमत से पारित संकल्प द्वारा लोकसभा के अध्यक्ष तथा उपाध्यक्ष को पद से हटाया जा सकता है।
- लोकसभा के भंग होने की स्थिति में अध्यक्ष अपना पद अगली लोकसभा की पहली बैठक होने तक रिक्त नहीं करता है।
- लोकसभा में अध्यक्ष की अनुपस्थिति में उपाध्यक्ष, उपाध्यक्ष की अनुपस्थिति में राष्ट्रपति द्वारा बनाये गये वरिष्ठ सदस्यों का पैनल में से कोई व्यक्ति, पीठासीन होता है। इस पैनल में आमतौर पर 6 सदस्य होते हैं।

लोकसभाध्यक्ष के कार्य एवं अधिकार

(i) सदन के सदस्यों के प्रश्नों को स्वीकार करना, उन्हें नियमित करना व नियम के विरुद्ध घोषित करना।

(ii) किसी विषय को लेकर प्रस्तुत किया जाने वाला 'कार्य स्थगन प्रस्ताव' अध्यक्ष की अनुमति से पेश किया जा सकता है।

(iii) वह विचाराधीन विधेयक पर बहस रुकवा सकता है।

(iv) संसद सदस्यों को भाषण देने की अनुमति देना और भाषणों का क्रम व समय निर्धारित करना।

(v) विभिन्न विधेयक व प्रस्तावों पर मतदान करवाना व परिणाम घोषित करना तथा मतों की समानता की स्थिति में निर्णायक मत देने का अधिकार है।

(vi) संसद व राष्ट्रपति के मध्य होने वाला पत्र-व्यवहार करना तथा कोई विधेयक, धन विधेयक है या नहीं, इसका निर्णय करना।

(vii) अध्यक्ष द्वारा धन विधेयक के रूप में प्रमाणित विधेयक की प्रकृति के प्रश्न पर न्यायालय में या किसी सदन में या राष्ट्रपति द्वारा विचार नहीं किया जायेगा।

- लोकसभा में विपक्ष के नेता को राजकोष से वेतन प्राप्त होता है तथा उसे कैबिनेट स्तर के मंत्री के समान समस्त सुविधाएँ प्राप्त होती हैं।

संसद सदस्यों के विशेषाधिकार

- किसी संसद-सदस्य की योग्यता अथवा अयोग्यता से सम्बन्धित प्रश्न का अंतिम विनिश्चय चुनाव आयोग की सलाह से राष्ट्रपति करता है।
- एक समय एक व्यक्ति केवल एक ही सदन का सदस्य रह सकता है।
- यदि कोई सदस्य सदन की अनुमति के बिना 60 दिनों की अवधि से अधिक समय के लिए सदन के सभी अधिवेशनों से अनुपस्थित रहता है तो सदन उसकी सदस्यता समाप्त कर सकता है।
- संसद सदस्यों को संसद की बैठक से पूर्व या बाद 40 दिन की अवधि के दौरान गिरफ्तारी से मुक्ति प्रदान की गयी है। गिरफ्तारी से यह मुक्ति केवल सिविल मामलों में है। आपराधिक

मामले अर्थात् निवारक निरोध की विधि के अधीन गिरफ्तारी से छूट नहीं है।

लोकसभा के अध्यक्ष	
लोकसभा	**अध्यक्ष**
पहली	गणेश वासुदेव मावलंकर, एम अनंतशयनम आयंगर
दूसरी	एम अनंतशयनम आयंगर
तीसरी	हुकम सिंह
चौथी	नीलम संजीव रेड्डी, गुरुदयाल सिंह ढिल्लों
पाँचवीं	गुरुदयाल सिंह ढिल्लों, बलिराम भगत
छठी	नीलम संजीव रेड्डी, के एस हेगड़े
सातवीं	बलराम जाखड़
आठवीं	बलराम जाखड़
नौवीं	रवि राय
दसवीं	शिवराज वी. पाटिल
ग्यारहवीं	पी.ए. संगमा
बारहवीं	जी.एम.सी. बालयोगी
तेरहवीं	जी.एम.सी. बालयोगी, मनोहर गजानंद जोशी
चौदहवीं	सोमनाथ चटर्जी
पन्द्रहवीं	मीरा कुमार
सोलहवीं	सुमित्रा महाजन

12. भारत की संचित निधि

▷ भारत की संचित निधि (Consolidated Fund of India) का उल्लेख भारतीय संविधान के अनुच्छेद 266(1) में है। इस निधि पर भारित व्यय निम्नलिखित है-

(i) राष्ट्रपति का वेतन एवं भत्ता और अन्य व्यय।

(ii) राज्य सभा के सभापति और उपसभापति तथा लोकसभा अध्यक्ष और उपाध्यक्ष के वेतन एवं भत्ते।

(iii) सर्वोच्च न्यायालय एवं उच्च न्यायालय के न्यायाधीशों के वेतन, भत्ता तथा पेंशन।

(iv) भारत के नियंत्रक-महालेखा परीक्षक का वेतन, भत्ता तथा पेंशन।

(v) ऐसा ऋण-भार जिसका दायित्व भारत सरकार पर है।

(vi) भारत सरकार पर किसी न्यायालय द्वारा दी गयी डिक्री या पंचाट।

(vii) कोई अन्य व्यय जो संविधान द्वारा या संसद विधि द्वारा इस प्रकार भारित घोषित करें।

13. भारत की आकस्मिकता निधि

- भारतीय संविधान का अनुच्छेद 267 संसद और राज्य विधानमंडल को यथास्थिति, भारत या राज्य की आकस्मिकता निधि सृजित करने की शक्ति प्रदान करता है।

- यह निधि, 1950 द्वारा गठित की गयी है। यह निधि कार्यपालिका के व्यय के अधीन है।

- जब तक विधान मंडल अनुपूरक, अतिरिक्त या अधिक अनुदान द्वारा ऐसे व्यय को प्राधिकृत नहीं करता है, तब तक समय-समय पर अनवेक्षित व्यय करने के प्रयोजन के लिए कार्यपालिका इस निधियों से अग्रिम धन दे सकती है।

- इस निधि में कितनी रकम हो यह समुचित विधानमंडल विनियमित करेगा।

14. भारत का महान्यायवादी

- भारतीय संविधान के अनुच्छेद 76 में महान्यायवादी का उल्लेख है।

- महान्यायवादी भारत सरकार का प्रथम विधि अधिकारी होता है।

- भारत का महान्यायवादी न तो संसद का सदस्य होता है और न ही मंत्रिमंडल का सदस्य होता है, लेकिन वह किसी भी सदन में अथवा उनकी समितियों में वक्तव्य दे सकता है, किन्तु उसे मत देने का अधिकार नहीं है (अनुच्छेद 88)।

- महान्यायवादी की नियुक्ति राष्ट्रपति करता है तथा वह उसके प्रसादपर्यंत पद धारण करता है।

- महान्यायवादी बनने के लिए वही अर्हताएँ होनी चाहिए जो उच्चतम न्यायालय के न्यायाधीश बनने के लिए होती है।

- महान्यायवादी को भारत के राज्य क्षेत्र के सभी न्यायालयों में सुनवाई का अधिकार है।

- माहन्यायवादी को सहायता देने के लिए एक सॉलिसिटर जनरल तथा दो अतिरिक्त सॉलिसिटर जनरल भी नियुक्त किए जाते हैं।

15. राज्य का महाधिवक्ता

- भारतीय संविधान के अनुच्छेद-165 में राज्य के महाधिवक्ता की व्यवस्था की गयी है। वह राज्य सरकार का सर्वोच्च कानूनी अधिकारी होता है।

- इसकी नियुक्ति राज्यपाल द्वारा की जाती है। राज्यपाल वैसे व्यक्ति को महाधिवक्ता नियुक्त करता जिसमें उच्च न्यायालय के न्यायाधीश बनने की योग्यता हो। वह अपने पद पर राज्यपाल के प्रसादपर्यंत बना रहता है।

- उसे वे सभी विशेषाधिकार एवं भत्ते मिलते हैं जो विधानमंडल के किसी सदस्य को मिलते हैं।

- अपने कार्य सम्बन्धी कर्त्तव्यों के तहत उसे राज्य के किसी न्यायालय के समक्ष सुनवाई का अधिकार है। वह विधानमंडल के दोनों सदनों या सम्बन्धित समिति अथवा उस सभा में, जहाँ कि वह अधिकृत है, में बिना मताधिकार बोलने व भाग लेने का अधिकारी है।

महाधिवक्ता के कार्य

- राज्य सरकार को विधि सम्बन्धी ऐसे विषयों पर सलाह देना जो उसे राष्ट्रपति द्वारा सौंपे गये हों।

- विधिक स्वरूप से ऐसे अन्य कर्त्तव्यों का पालन करना जो राज्यपाल द्वारा सौंपे गयो हों।

16. भारत का नियंत्रक एवं महालेखा परीक्षक

- नियंत्रक एवं महालेखा परीक्षक के विषय में संविधान के अनुच्छेद 148-151 तक में उल्लेख है।
- नियंत्रक एवं महालेखा परीक्षक की नियुक्ति राष्ट्रपति करता है, किन्तु उसे पद से संसद के दोनों सदनों के समावेदन पर ही हटाया जा सकेगा और उसके आधार होंगे- (i) साबित कदाचार और (ii) असमर्थता।
- इसकी पदावधि पद ग्रहण करने की तिथि से 6 वर्ष तक होगी, लेकिन यदि इससे पूर्व 65 वर्ष की आयु प्राप्त कर लेता है तो वह अवकाश ग्रहण कर लेता है।
- वह सेवानिवृत्ति के पश्चात् भारत सरकार के अधीन कोई पद धारण नहीं कर सकता है।
- नियंत्रक महालेखा परीक्षक सार्वजनिक धन का संरक्षक होता है।
- भारत के प्रत्येक राज्य तथा प्रत्येक संघ राज्य क्षेत्र की संचित निधि से किये गये सभी व्यय विधि के अधीन हुए हैं कि नहीं, यह इस बात की संपरीक्षा अर्थात् जांच करता है।

17. संविधान संशोधन की विधि

- संविधान के अनुच्छेद 368 में संशोधन की प्रक्रिया का उल्लेख किया गया है। इसमें संशोधन तीन विधियों से होता है-

(i) **साधारण विधि द्वारा संशोधन :** संसद के साधारण बहुमत द्वारा पारित विधेयक राष्ट्रपति की स्वीकृति मिलने पर कानून बन जाता है। इसके अन्तर्गत राष्ट्रपति की पूर्व अनुमति मिलने पर निम्न संशोधन किये जा सकते हैं-

(a) नये राज्यों का निर्माण

(b) राज्य क्षेत्र, सीमा और नाम में परिवर्तन

(c) संविधान की नागरिकता सम्बन्धी अनुसूचित क्षेत्रों और जनजातियों की प्रशासन सम्बन्धी तथा केन्द्र द्वारा प्रशासित क्षेत्रों की प्रशासन सम्बन्धी व्यवस्थाएँ।

(ii) **विशेष बहुमत द्वारा संशोधन :** यदि संसद के प्रत्येक सदन द्वारा कुल सदस्यों का बहुमत तथा उपस्थित और मतदान में भाग लेने वाले सदस्यों के 2/3 मतों से विधेयक पारित हो जाये तो राष्ट्रपति की स्वीकृति मिलते ही वह संशोधन का अंग बन जाता है। न्यायपालिका तथा राज्यों के अधिकारों तथा शक्तियों जैसी कुछ विशिष्ट बातों को छोड़कर संविधान की अन्य सभी व्यवस्थाओं में इसी प्रक्रिया के द्वारा संशोधन किया जाता है।

(iii) **संसद के विशेष बहुमत एवं राज्य विधानमंडलों की स्वीकृति से संशोधन :** संविधान के कुछ अनुच्छेदों में संशोधन के लिए विधेयक को संसद के दोनों सदनों में विशेष बहुमत तथा राज्यों के कुल विधानमंडलों में से आधे द्वारा स्वीकृति आवश्यक है। इसके द्वारा किये जाने वाले संशोधन के प्रमुख विषय हैं-

(a) राष्ट्रपति का निर्वाचन (अनुच्छेद 54)

(b) राष्ट्रपति निर्वाचन की कार्यपद्धति (अनुच्छेद 55)

(c) संघ की कार्यपालिका शक्ति का विस्तार

(d) राज्यों की कार्यपालिका शक्ति का विस्तार

(e) केन्द्रशासित क्षेत्रों के लिए उच्च न्यायालय

(f) संघीय न्यायपालिका

(g) राज्यों के उच्च न्यायालय

(h) संघ एवं राज्यों में विधायी सम्बन्ध

(i) सातवीं अनुसूची का कोई विषय

(j) संसद में राज्यों का प्रतिनिधित्व

(k) संविधान संशोधन की प्रक्रिया से सम्बन्धित उपबंध

18. सर्वोच्च न्यायालय

- भारत की न्यायिक व्यवस्था इकहरी और एकीकृत है, जिसके सर्वोच्च शिखर पर भारत का सर्वोच्च अर्थात् उच्चतम न्यायालय है। उच्चतम न्यायालय दिल्ली में स्थित है।

- उच्चतम न्यायालय की स्थापना, गठन, अधिकारिता, शक्तियों के विनियमन से सम्बन्धित विधि निर्माण की शक्ति भारतीय संसद को प्राप्त है।

- संविधान के अनुच्छेद 124 में उच्चतम न्यायालय के गठन सम्बन्धी प्रावधान है।

- उच्चतम न्यायालय में एक मुख्य न्यायाधीश तथा 30 अन्य न्यायाधीश होते हैं।

- इन न्यायाधीशों की नियुक्ति राष्ट्रपति के द्वारा की जाती है।

- उच्चतम न्यायालय के न्यायाधीश बनने के लिए न्यूनतम आयु सीमा निर्धारित नहीं की गयी है। एक बार नियुक्ति के बाद इनके अवकाश ग्रहण करने की आयु 65 वर्ष है।

- उच्चतम न्यायालय के न्यायाधीश साबित कदाचार तथा असमर्थता के आधार पर संसद के प्रत्येक सदन में विशेष बहुमत से पारित समावेदन के आधार पर राष्ट्रपति के द्वारा हटाये जा सकते हैं।

- वर्तमान में उच्चतम न्यायालय के मुख्य न्यायाधीश को एक लाख रुपये प्रतिमाह और अन्य न्यायाधीशों को 90,000 प्रतिमाह वेतन मिलता है।

न्यायाधीश होने के लिए योग्यता

- वह भारत का नागरिक हो।

- वह किसी उच्च न्यायालय अथवा दो या दो से अधिक न्यायालयों में लगातार कम से कम 5 वर्षों तक न्यायाधीश के रूप में कार्य कर चुका हो, अथवा किसी उच्च न्यायालय या न्यायालयों में लगातार 10 वर्षों तक अधिवक्ता रह चुका हो, अथवा राष्ट्रपति की दृष्टि में कानून का उच्च कोटि का ज्ञाता हो।

- उच्चतम न्यायालय के न्यायाधीश अवकाश प्राप्त करने के बाद भारत में किसी भी अधिकारी के सामने वकालत नहीं कर सकते हैं।

- उच्चतम न्यायालय के न्यायाधीशों को पद एवं गोपनीयता की शपथ राष्ट्रपति दिलाता है।

- मुख्य न्यायाधीश, राष्ट्रपति की पूर्व स्वीकृति लेकर, दिल्ली के अतिरिक्त अन्य किसी भी स्थान पर उच्चतम न्यायालय की बैठकें बुला सकता है। अब तक हैदराबाद और श्रीनगर में इस तरह की बैठकें आयोजित की जा चुकी हैं।

उच्चतम न्यायालय का क्षेत्राधिकार

1. **प्रारंभिक क्षेत्राधिकार :** यह निम्न मामलों में प्राप्त है–

(i) भारत संघ तथा एक या एक से अधिक राज्यों के मध्य उत्पन्न विषयों में।

(ii) भारत संघ तथा कोई एक राज्य या अनेक राज्यों और एक या एक से अधिक राज्यों के बीच विवादों में।

(iii) दो या दो से अधिक राज्यों के बीच विवादों में जिसमें उनके वैधानिक अधिकारों का प्रश्न निहित है।

↳ प्रारंभिक क्षेत्राधिकार के तहत उच्चतम न्यायालय उसी विवाद को निर्णय के लिए स्वीकार करेगा, जिसमें किसी तथ्य या विधि का प्रश्न शामिल है।

2. **अपीलीय क्षेत्राधिकार :** देश का सबसे बड़ा अपीलीय न्यायालय उच्चतम न्यायालय है। इसे भारत के सभी उच्च न्यायालयों के निर्णयों के विरुद्ध अपील सुनने का अधिकार है। इसके अन्तर्गत तीन प्रकार के प्रकरण आते हैं– (i) सांविधानिक (ii) दीवानी एवं (iii) फौजदारी।

3. **परामर्शदात्री क्षेत्राधिकार :** राष्ट्रपति को यह अधिकार है कि वह सार्वजनिक महत्त्व के विवादों पर उच्चतम न्यायालय का परामर्श माँगे (अनुच्छेद 143)। न्यायालय के परामर्श को स्वीकार या अस्वीकार करना राष्ट्रपति के विवेक पर निर्भर करता है।

4. **पुनर्विचार सम्बन्धी क्षेत्राधिकार :** संविधान के अनुच्छेद 137 के अनुसार सर्वोच्च न्यायालय को यह अधिकार प्राप्त है कि वह स्वयं द्वारा दिये गये आदेश या निर्णय पर पुनर्विचार कर सके तथा यदि उचित समझे तो उसमें आवश्यक परिवर्तन कर सके।

↳ संविधान का अनुच्छेद 129 उच्चतम न्यायालय को अभिलेख न्यायालय का स्थान प्रदान करता है। इसका आशय यह है कि इस न्यायालय के निर्णय सभी जगह साक्षी के रूप में स्वीकार किये जायेंगे और इसकी प्रमाणिकता के विषय में प्रश्न नहीं किया जायेगा।

↳ भारत का उच्चतम न्यायालय नागरिकों के मौलिक अधिकारों का रक्षक है। अनुच्छेद 32 सर्वोच्च न्यायालय को विशेष रूप से उत्तरदायी ठहराता है कि वह मौलिक अधिकारों को लागू कराने के लिए आवश्यक कार्रवाई करें। न्यायालय मौलिक अधिकारों की रक्षा के लिए बंदी प्रत्यक्षीकरण (Habeas Corpus), परमादेश (Mandamus), प्रतिषेध (Prohibition), अधिकार पृक्षा (Quo-Warranto) तथा उत्प्रेषण (Certiorari) लेख जारी कर सकता है।

19. राज्य की कार्यपालिका

राज्यपाल

↳ संविधान के भाग 6 में राज्य शासन के लिए प्रावधान किया गया है। यह प्रावधान जम्मू-कश्मीर को छोड़कर सभी राज्यों के लिए लागू होता है।

↳ राज्य की कार्यपालिका का प्रमुख राज्यपाल होता है, वह प्रत्यक्ष रूप से अथवा अधीनस्थ अधिकारों के माध्यम से इसका उपयोग करता है।

↳ प्रत्येक राज्य में एक राज्यपाल होता है लेकिन एक ही राज्यपाल को दो या अधिक राज्यों का राज्यपाल नियुक्त किया जा सकता है।

योग्यता

(i) वह भारत का नागरिक हो।

(ii) वह 35 वर्ष की उम्र पूरा कर चुका हो।

(iii) वह किसी प्रकार के लाभ के पद पर न हो।

(iv) वह राज्य विधानसभा का सदस्य चुने जाने योग्य हो।

↳ राज्यपाल की नियुक्ति राष्ट्रपति द्वारा पाँच वर्षों की अवधि के लिए की जाती है, परन्तु यह राष्ट्रपति के प्रसादपर्यंत पद धारण करता है।

↳ राज्यपाल का वेतन 1,10,000 रुपये मासिक है। यदि दो या दो से अधिक राज्यों का एक ही राज्यपाल हो, तब उसे दोनों राज्यपालों का वेतन उस अनुपात में दिया जायेगा जैसा कि राष्ट्रपति निर्धारित करे।

↳ राज्यपाल पद ग्रहण करने से पूर्व उच्च न्यायालय के मुख्य न्यायाधीश अथवा वरिष्ठतम न्यायाधीश के सम्मुख अपने पद की शपथ लेता है।

उन्मुक्तियाँ तथा विशेषाधिकार

(i) वह अपने पद की शक्तियों के प्रयोग तथा कर्तव्यों के पालन के लिए किसी न्यायालय के प्रति उत्तरदायी नहीं है।

(ii) राज्यपाल की पदावधि के दौरान उसके विरुद्ध किसी भी न्यायालय में किसी प्रकार की आपराधिक कार्रवाई नहीं आरंभ की जा सकती है।

(iii) जब वह पद पर हो तब उसकी गिरफ्तारी का आदेश किसी न्यायालय द्वारा जारी नहीं किया जा सकता।

(iv) राज्यपाल का पद ग्रहण करने से पूर्व या पश्चात् उसके द्वारा किये गये कार्य के सम्बन्ध में कोई सिविल कार्रवाई करने से पहले उसे दो माह पूर्व सूचना देनी पड़ती है।

शक्तियाँ और कार्य

1. कार्यपालिका सम्बन्धी कार्य

(a) राज्य के समस्त कार्यपालिका कार्य राज्यपाल के नाम से किये जाते हैं।

(b) राज्यपाल मुख्यमंत्री की सलाह से उसकी मंत्रिपरिषद् के सदस्यों को नियुक्त करता है तथा उन्हें पद एवं गोपनीयता की शपथ दिलाता है।

(c) राज्यपाल राज्य के उच्च अधिकारियों, जैसे– महाधिवक्ता, राज्य लोक सेवा आयोग के अध्यक्ष तथा सदस्यों की नियुक्ति करता है तथा राज्य के उच्च न्यायालय में न्यायाधीशों की नियुक्ति के सम्बन्ध में परामर्श देता है।

(d) राज्यपाल को अधिकार है कि वह राज्य के प्रशासन के सम्बन्ध में मुख्यमंत्री से सूचना प्राप्त करे।

(e) जब राज्य का शासन संवैधानिक तंत्र के अनुसार न चलाया जा रहा हो तो राज्यपाल राष्ट्रपति से राज्य में राष्ट्रपति शासन की सिफारिश करता है।

(f) राष्ट्रपति शासन के समय राज्यपाल केन्द्र सरकार के अभिकर्ता (Agent) के रूप में राज्य का प्रशासन चलाता है।

(g) राज्यपाल राज्य के विश्वविद्यालयों का कुलाधिपति होता है तथा वह उपकुलपतियों को भी नियुक्त करता है।

2. विधायी अधिकार

(a) राज्यपाल विधानमंडल का अभिन्न अंग है।

(b) राज्यपाल विधानमंडल के सत्र का आह्वान करता है, उसका सत्रावसान करता है तथा उसका विघटन करता है। राज्यपाल विधानसभा के अधिवेशन अथवा दोनों सदनों के संयुक्त अधिवेशन को संबोधित करता है।

(c) वह राज्य विधान परिषद् की कुल सदस्य संख्या का 1/6 भाग सदस्यों को नियुक्त करता है, जिनका सम्बन्ध विज्ञान, साहित्य, कला, समाजसेवा, सहकारी आंदोलन आदि से रहता है।

(d) राज्य विधान सभा के किसी सदस्य पर अयोग्यता का प्रश्न उत्पन्न होता है, तो अयोग्यता सम्बन्धी विवाद का निर्धारण राज्यपाल चुनाव आयोग से परामर्श करके करता है।

(e) राज्य विधानमंडल द्वारा पारित विधेयक राज्यपाल के हस्ताक्षर के बाद ही अधिनियम बन ताता है।

(f) यदि विधानसभा में आंग्ल-भारतीय समुदाय को पर्याप्त प्रतिनिधित्व प्राप्त नहीं है तो राज्यपाल उस समुदाय के एक व्यक्ति को विधानसभा का सदस्य मनोनीत कर सकता है।

नोट : जम्मू-कश्मीर राज्य विधानसभा में प्रदेश का राज्यपाल दो महिलाओं को विधानसभा सदस्य के रूप में मनोनीत कर सकता है।

(g) जब विधानमंडल का सत्र नहीं चल रहा हो और राज्यपाल को ऐसा लगे कि तत्काल कार्यवाही की आवश्यकता है, तो वह अध्यादेश जारी कर सकता है, जिसे वही स्थान प्राप्त है जो विधानमंडल द्वारा पारित किसी अधिनियम का है। ऐसे अध्यादेश 6 सप्ताह के भीतर विधानमंडल द्वारा स्वीकृत होना आवश्यक है। यदि विधानमंडल 6 सप्ताह के भीतर उसे अपनी स्वीकृति नहीं देता है तो उस अध्यादेश की वैधता समाप्त हो जाती है।

(h) कुछ विशिष्ट प्रकार के विधेयकों को राज्यपाल राष्ट्रपति के पास विचार के लिए भेजता है।

3. वित्तीय अधिकार

(a) राज्यपाल प्रत्येक वित्तीय वर्ष में वित्तमंत्री को विधानमंडल के सम्मुख वार्षिक वित्तीय विवरण प्रस्तुत करने के लिए कहता है।

(b) विधानसभा में धन विधेयक राज्यपाल की पूर्व अनुमति से ही पेश किया जाता है।

(c) ऐसा कोई विधेयक जो राज्य की संचित निधि से खर्च निकालने की व्यवस्था करता हो, उस समय तक विधानमंडल द्वारा पारित नहीं किया जा सकता जब तक राज्यपाल इसकी संस्तुति न कर दे।

(d) राज्यपाल की संस्तुति के बिना अनुदान की किसी माँग को विधानमंडल के सम्मुख नहीं रखा जा सकता है।

(e) राज्यपाल धन विधेयक के अतिरिक्त किसी विधेयक को पुनः विचार के लिए राज्य विध ानमंडल के पास भेज सकता है, परंतु राज्य विधानमंडल द्वारा इसे दुबारा पारित किये जाने पर वह उस पर अपनी सहमति देने के लिए बाध्य होता है।

4. न्यायिक अधिकार

- राज्यपाल को उस विषय सम्बन्धी, जिस विषय पर उस राज्य की कार्यपालिका शक्ति का विस्तार है, किसी विधि के विरुद्ध किसी अपराध के लिए सिद्ध दोष ठहराये गये किसी व्यक्ति के दंड को क्षमा, उसका प्रतिलंबन, विराम या परिहार करने की अथवा दंडादेश के निलंबन, परिहार या लघुकरण की शक्ति प्राप्त है।

राज्यपाल की स्थिति

- यदि हम राज्यपाल के उपरोक्त अधिकारों का अवलोकन करें तो ऐसा लगता है कि राज्यपाल एक बहुत शक्तिशाली अधिकारी है किन्तु वास्तविकता इससे सर्वथा भिन्न है।
- हम लोगों ने संसदीय शासन प्रणाली को अपनाया है, जिसमें मंत्रीपरिषद् विधानमंडल के प्रति उत्तरदायी होती है। अत: वास्तविक शक्तियाँ मंत्रिपरिषद् को प्राप्त होती है, न कि राज्यपाल को। राज्यपाल एक संवैधानिक प्रमुख रूप में कार्य करता है किन्तु असाधारण स्थितियों में उसे इच्छानुसार कार्य करने के अवसर प्राप्त हो सकते हैं।
- केन्द्रशासित प्रदेश- दिल्ली, पुदुचेरी, अंडमान और निकोबार द्वीपसमूह के राज्यपाल को **उपराज्यपाल** कहा जाता है।
- केन्द्रशासिक प्रदेश- दादर एवं नगर हवेली, लक्षद्वीप, दमन तथा दीव के राज्यपाल को **प्रशासक** कहा जाता हे।

विधान परिषद्

- विधान परिषद् राज्य विधानमंडल का उच्चसदन होता है।
- यदि किसी राज्य की विधानसभा अपने कुल सदस्यों के पूर्ण बहुमत तथा उपस्थित मतदान करने वाले सदस्यों के दो-तिहाई बहुमत से प्रस्ताव पारित करे, तो संसद उस राज्य में विध ान परिषद् स्थापित अथवा समाप्त कर सकती है।
- वर्तमान में केवल सात राज्यों (उत्तरप्रदेश, कर्नाटक, जम्मू-कश्मीर, महाराष्ट्र, बिहार तथा आंध्रप्रदेश तथा तेलंगाना) में विधान परिषदें विद्यमान हैं।
- विधान परिषद् के कुल सदस्यों की संख्या, उस राज्य की विधानसभा के कुल सदस्यों की संख्या की एक-तिहाई से अधिक नहीं हो सकती है, किन्तु किसी भी अवस्था में विधान परिषद् के सदस्यों की कुल संख्या 40 से कम नहीं हो सकती है। इसका अपवाद केवल जम्मू-कश्मीर है, जहाँ की विधान परिषद् के सदस्यों की संख्या 36 है।
- विधान परिषद् का सदस्य बनने के लिए न्यूनतम आयु 30 वर्ष होती है।
- विधान परिषद् के प्रत्येक सदस्य का कार्यकाल 6 वर्ष होता है, किन्तु प्रति दूसरे वर्ष एक-तिहाई सदस्य अवकाश ग्रहण करते हैं तथा उनके स्थान पर नवीन सदस्य निर्वाचित होते हैं।
- विधान परिषद् के सदस्यों का निर्वाचन आनुपातिक प्रतिनिधित्व की एकल संक्रमणीय मत पद्धति द्वारा होता है।
- विधान परिषद् के कुल सदस्यों के एक-तिहाई सदस्य, राज्य की स्थानीय स्वशासी संस्थाओं के एक निर्वाचक मंडल द्वारा निर्वाचित होते हैं, 1/12 सदस्य उन स्नातकों द्वारा निर्वाचित होते हैं, जिन्होंने कम से कम 3 वर्ष पूर्व स्नातक की उपाधि प्राप्त कर ली हो, 1/12 सदस्य उन अध्यापकों के द्वारा निर्वाचित होते हैं, जो कम से कम 3 वर्षों से माध्यमिक पाठशालाओं अथवा उनसे ऊँची कक्षाओं में शिक्षण कार्य कर रहे हों तथा 1/6 सदस्यों को राज्यपाल उन व्यक्तियों में से मनोनीत करता है, जिन्हें साहित्य, कला, विज्ञान, सहकारिता आंदोलन या सामाजिक सेवा से सम्बन्धित विषय का ज्ञान हो।
- विधान परिषद् की किसी भी बैठक के लिए कम से कम 10 या विधान परिषद् के कुल सदस्यों का दशमांश (1/10) इनमें जो भी अधिक हो, गणपूर्ति होगा।

◘ विधान परिषद् अपने सदस्यों में से दो को क्रमश: सभापति एवं उपसभापति चुनती है।

◘ सभापति एवं उपसभापति को विधानमंडल द्वारा निर्धारित वेतन एवं भत्ते प्राप्त होते हैं।

◘ सभापति, उपसभापति को संबोधित कर एवं उपसभापति, सभापति को संबोधित कर त्यागपत्र दे सकता है, अथवा परिषद् के सदस्यों के बहुमत से पारित प्रस्ताव द्वारा उसे अपदस्थ भी किया जा सकता है। किन्तु ऐसे किसी प्रस्ताव को लाने के लिए 14 दिनों की पूर्व सूचना आवश्यक है।

विधान सभा और विधान परिषद् की सदस्य संख्या							
क्र.	राज्य	विधान सभा	विधान परिषद्	क्र.	राज्य	विधान सभा	विधान परिषद्
1.	अरुणाचल प्रदेश	60	–	16.	नगालैंड	60	–
2.	असम	126	–	17.	पंजाब	117	–
3.	आंध्रप्रदेश	175	50	18.	पश्चिम बंगाल	294	–
4.	ओडिशा	147	–	19.	बिहार	243	75
5.	उत्तरप्रदेश	403	99	20.	मणिपुर	60	–
6.	उत्तराखंड	70	–	21.	मध्यप्रदेश	230	–
7.	कर्नाटक	224	75	22.	महाराष्ट्र	288	78
8.	केरल	140	–	23.	मिजोरम	40	–
9.	गुजरात	182	–	24.	मेघालय	60	–
10.	गोवा	40	–	25.	राजस्थान	200	–
11.	छत्तीसगढ़	90	–	26.	सिक्किम	32	–
12.	जम्मू-कश्मीर	87	36	28.	हरियाणा	90	–
13.	झारखंड	81	–	29.	हिमाचल प्रदेश	68	–
14.	तमिलनाडु	234	–	29.	त्रिपुरा	60	–
15.	तेलंगाना	119	40				
संघीय प्रदेश							
1.	दिल्ली	70	–	2.	पुदुचेरी	30	–

विधान सभा

◘ विधान सभा का कार्यकाल पाँच वर्ष होता है, किन्तु विशेष परिस्थिति में राज्यपाल को यह अधिकार है कि वह इससे पूर्व भी उसको विघटित कर सकता है।

◘ विधान सभा के सत्रावसान (Prorogation) के आदेश राज्यपाल के द्वारा दिये जाते हैं।

◘ विधान सभा में निर्वाचित होने के लिए न्यूनतम आयु सीमा 25 वर्ष है।

◘ प्रत्येक राज्य की विधान सभा में कम से कम 60 और अधिक से अधिक 500 सदस्य होते हैं। केवल अपवाद है- गोवा (40), मिजोरम (40) और सिक्किम (32)। इन तीनों राज्यों को अनुच्छेद 371 के तहत विशेष राज्य का दर्जा देकर यह व्यवस्था किया गया है।

- विधान सभा की अध्यक्षता करने के लिए एक अध्यक्ष का चुनाव करने का अधिकार सदन को प्राप्त है, जो इसकी बैठकों का संचालन करता है।
- साधारणतया विधान सभा अध्यक्ष सदन में मतदान नहीं करता किन्तु यदि सदन में मत बराबर में बँट जायें तो वह निर्णायक मत देता है।
- जब कभी अध्यक्ष को उसके पद से हटाने का प्रस्ताव विचाराधीन हो, उस समय वह सदन की बैठकों की अध्यक्षता नहीं करता है।
- किसी विधेयक को धन विधेयक माना जाये अथवा नहीं इसका निर्णय विधान सभा अध्यक्ष ही करता है।
- सदन के बैठकों के लिए सदन के कुल सदस्यों के दसमांश (1/10) सदस्यों की उपस्थिति गणपूर्ति हेतु आवश्यक है।

विधान सभा के अधिकार और कार्य

- विधान सभा के अधिकार और कार्यों को निम्नलिखित वर्गों में बाँटा जा सकता है-

1. **विधि निर्माण :** (i) इसे राज्य सूची से सम्बद्ध विषयों पर विधि निर्माण का असीमित अधिकार प्राप्त है। (ii) समवर्ती सूची से सम्बद्ध विषयों पर संसद की तरह राज्य विधान मंडल भी विधि निर्माण कर सकता है, किन्तु यदि दोनों द्वारा निर्मित विधियों में परस्पर विरोध की सीमा तक संसदीय विधि मान्य है।
2. **वित्तीय विषयों से सम्बन्धित प्रक्रिया :** (i) राज्य विधान मंडल राज्य सरकार की वित्तीय अवस्था को पूर्णतया नियंत्रित करता है। प्रत्येक वित्तीय वर्ष के प्रारंभ में विधान मंडल के सम्मुख वार्षिक वित्तीय विवरण अथवा बजट प्रस्तुत किया जाता है, जिसमें शासन की आय-व्यय का विवरण रहता है। बजट वित्त मंत्री द्वारा रखा जाता है। (ii) कोई धन विधेयक प्रारंभ में विधान परिषद् में प्रस्तुत नहीं किया जा सकता है। जब विधान सभा किसी धन विधेयक को पारित कर देती है, तब उसे विधान परिषद् के पास भेज दिया जाता है। विधान परिषद् को 14 दिनों के भीतर धन विधेयक को विधान सभा को लौटाना पड़ता है। विधान परिषद् उस विधेयक के सम्बन्ध में संस्तुतियाँ तो दे सकती है, किन्तु वह न तो उसे अस्वीकार कर सकती है और न उसमें संशोधन ही कर सकती है। (iii) विधान सभा द्वारा पारित किये जाने के 14 दिनों के बाद विधेयक को दोनों सदनों द्वारा पारित समझ लिया जाता है तथा राज्यपाल को उस पर अपनी सहमति देनी पड़ती है।
3. **कार्यपालिका पर नियंत्रण :** मंत्रिपरिषद् सामूहिक रूप से विधान सभा के प्रति उत्तरदायी है। जब कभी मंत्रिपरिषद् के विरुद्ध अविश्वास प्रस्ताव पारित हो जाता है तो समूची मंत्रिपरषिद् को त्यागपत्र देना पड़ता है।
4. **संवैधानिक संशोधन :** संघीय स्वरूप को प्रभावित करने वाला कोई संशोधन विधेयक यदि संसद के दोनों सदनों के द्वारा पारित हो जाता है, तो आधे से अधिक राज्यों के विधान मंडलों द्वारा उसकी पुष्टि आवश्यक है।
5. **निर्वाचन सम्बन्धी अधिकार :** राष्ट्रपति के निर्वाचन में जितना मताधिकार संसद के दोनों सदनों के सदस्यों को प्राप्त है, उतना ही राज्यों की विधान सभाओं के निर्वाचित सदस्यों को प्राप्त है।

मुख्यमंत्री

- मुख्यमंत्री की नियुक्ति राज्यपाल द्वारा की जाती है। साधारणत: वैसे व्यक्ति को मुख्यमंत्री नियुक्त किया जाता है जो विधान सभा में बहुमत दल का नेता होता है।
- मुख्यमंत्री ही शासन का मुख्य प्रवक्ता है और मंत्रिपरिषदों की बैठकों की अध्यक्षता करता है।
- मंत्रिपरिषद् के निर्णयों को मुख्यमंत्री ही राज्यपाल तक पहुँचाता है।
- जब कभी राज्यपाल कोई बात मंत्रिपरिषद् तक पहुँचाना चाहता है, तो वह मुख्यमंत्री के द्वारा ही यह कार्य करता है।
- राज्यपाल के सारे अधिकारों का प्रयोग मुख्यमंत्री ही करता है।

  नोट : राष्ट्रीय राजधानी क्षेत्र दिल्ली एवं पुदुचेरी में चुनाव पश्चात् मुख्यमंत्री की नियुक्ति राष्ट्रपति द्वारा होती है और मुख्यमंत्री राष्ट्रपति के प्रति उत्तरदायी होता है।

20. उच्च न्यायालय

- संविधान के अनुसार प्रत्येक राज्य के लिए एक उच्च न्यायालय होगा (अनुच्छेद 214), लेकिन संसद विधि द्वारा दो या दो से अधिक राज्यों और किसी संघ राज्य क्षेत्र के लिए एक ही उच्च न्यायालय स्थापित कर सकती है (अनुन्छेद 231)।
- वर्तमान में पंजाब एवं हरियाणा व चंडीगढ़; असम, नगालैंड, मिजोरम तथा अरुणाचल प्रदेश; महाराष्ट्र, गोवा, दादर और नागर हवेली, दमन तथा दीव पश्चिम बंगाल, अंडमान निकोबार द्वीपसमूह और आंध्र प्रदेश व तेलंगाना के लिए एक ही उच्च न्यायालय है।
- वर्तमान में भारत में 24 उच्च न्यायालय हैं।
- केन्द्र शासित प्रदेशों में केवल दिल्ली में उच्च न्यायालय है।
- प्रत्येक उच्च न्यायालय का गठन एक मुख्य न्यायाधीश तथा अन्य न्यायाधीशों से मिलकर किया जाता है। इनकी नियुक्ति राष्ट्रपति के द्वारा होती है।
- भिन्न-भिन्न उच्च न्यायालयों में न्यायाधीशों की संख्या भिन्न-भिन्न होती है। गुवाहाटी उच्च न्यायालय में न्यायाधीशों की संख्या सबसे कम एवं इलाहाबाद उच्च न्यायालय में न्यायाधीशों की संख्या सबसे अधिक है।

न्यायाधीशों के लिए योग्यताएँ

(i) भारत का नागरिक हो।

(ii) कम-से-कम दस वर्ष तक न्यायिक पद धारण कर चुका हो अथवा किसी उच्च न्यायालय में या एक से अधिक उच्च न्यायालयों में लगातार 10 वर्षों तक अधिवक्ता रहा हो।

- उच्च न्यायालय के न्यायाधीशों को, वह राज्य जिसमें उच्च न्यायालय स्थित है का राज्यपाल उसे पद की शपथ दिलाता है।
- उच्च न्यायालय के न्यायाधीशों के अवकाश ग्रहण करने की अधिकतम उम्र सीमा 62 वर्ष से बढ़ाकर 65 वर्ष कर दिया गया है। उच्च न्यायालय के न्यायाधीश अपने पद से राष्ट्रपति को संबोधित कर कभी भी त्यागपत्र दे सकता है।
- उच्च न्यायालय के न्यायाधीश को उसी प्रकार अपदस्थ किया जा सकता है, जिस प्रकार उच्चतम न्यायालय का न्यायाधीश पदमुक्त किया जाता है।

- जिस व्यक्ति ने उच्च न्यायालय में स्थायी न्यायाधीश के रूप में कार्य किया है, वह उस न्यायालय में वकालत नहीं कर सकता, किन्तु वह किसी दूसरे उच्च न्यायालय में अथवा उच्चतम न्यायालय में वकालत कर सकता है।
- राष्ट्रपति आवश्यकतानुसार किसी भी उच्च न्यायालय में न्यायाधीशों की संख्या में वृद्धि कर सकता है अथवा अतिरिक्त न्यायाधीशों की नियुक्ति कर सकता है।
- राष्ट्रपति उच्च न्यायालय के किसी अवकाश प्राप्त न्यायाधीश को भी उच्च न्यायालय के न्यायाधीश के रूप में कार्य करने का अनुरोध कर सकता है।
- उच्च न्यायालय एक अभिलेख न्यायालय होता है। उसके निर्णय आधिकारिक माने जाते हैं तथा उनके आधार पर न्यायालय अपना निर्णय देते हैं।
- भारत के मुख्य न्यायाधीश से परामर्श कर राष्ट्रपति उच्च न्यायालय के किसी भी न्यायाधीश का स्थानांतरण किसी दूसरे उच्च न्यायालय में कर सकता है।

उच्च न्यायालय का क्षेत्राधिकार

1. **प्रारंभिक क्षेत्राधिकार :** प्रत्येक उच्च न्यायालय को इच्छापत्र, तलाक, विवाह, नौकाधिकरण, कंपनी न्यायालय की अवमानना तथा कुछ राजस्व सम्बन्धी प्रकरणों तथा नागरिकों के मौलिक अधिकारों के क्रियान्वयन के लिए आवश्यक निर्देश विशेषकर बंदी प्रत्यक्षीकरण (Habeas Corpus), परमादेश (Mandamus), प्रतिषेध (Prohibition), उत्प्रेषण (Certiorari) तथा अधिकार पृच्छा (Quo-Warranto) के लेख जारी करने के अधिकार प्राप्त हैं।

2. **अपीलीय क्षेत्राधिकार :** उच्च न्यायालय के अपीलीय क्षेत्राधिकार के अन्तर्गत निम्नलिखित मामले आते हैं-
   (i) फौजदारी मामलों में अगर सत्र न्यायाधीश ने मृत्युदंड दिया हो, तो उच्च न्यायालय में उसके विरुद्ध अपील हो सकती है।
   (ii) दीवानी मामलों में उच्च न्यायालय में उन सभी मामलों की अपील हो सकती है जो पाँच लाख रुपये या उससे अधिक संपत्ति से सम्बद्ध हो।
   (iii) उच्च न्यायालय पेटेंट और डिजाइन, उत्तराधिकार, भूमि-प्राप्ति, दिवालियापन और संरक्षकता आदि मामले में भी अपील सुनता है।

3. **उच्च न्यायालय में मुकदमों का हस्तांतरण :** यदि किसी उच्च न्यायालय को ऐसा लगे कि जो अभियोग अधीनस्थ न्यायालय में विचाराधीन है, वह विधि के किसी सारगर्भित प्रश्न से सम्बद्ध है तो वह उसे अपने यहाँ स्थानांतरित कर या तो उसका निपटारा स्वयं कर देता है या विधि से सम्बद्ध प्रश्न को निपटाकर अधीनस्थ न्यायालय को निर्णय के लिए वापस भेज देता है।

4. **प्रशासकीय अधिकार :** उच्च न्यायालयों को अपने अधीनस्थ न्यायालयों में नियुक्त, पदावनति, पदोन्नति तथा छुट्टियों के सम्बन्ध में नियम बनाने का अधिकार है।

   नोट : उच्च न्यायालय राज्य में अपील का सर्वोच्च न्यायालय नहीं है। राज्य सूची से सम्बद्ध विषयों में भी उच्च न्यायालय के निर्णयों के विरुद्ध उच्चतम न्यायालय में अपील हो सकती है।

			उच्च न्यायालय : अधिकारिता तथा स्थान		
क्र.	नाम	स्थापना वर्ष	राज्य क्षेत्रीय अधिकारिता	मूल स्थान	खंडपीठ
1.	कलकत्ता	1862 ई.	पश्चिम बंगाल, अंडमान और निकोबार द्वीप समूह	कोलकाता	पोर्टब्लेयर
2.	बम्बई	1862 ई.	महाराष्ट्र, गोवा, दादर और नागर हवेली, दमन तथा दीव	मुम्बई	नागपुर, पणजी, औरंगाबाद
3.	मद्रास	1862 ई.	तमिलनाडु, पुदुचेरी	चेन्नई	–
4.	इलाहाबाद	1866 ई.	उत्तरप्रदेश	इलाहाबाद	लखनऊ
5.	कर्नाटक	1884 ई.	कर्नाटक	बंगलुरू	–
6.	पटना	1916 ई.	बिहार	पटना	–
7.	जम्मू-कश्मीर	1928 ई.	जम्मू-कश्मीर	श्रीनगर	जम्मू
8.	ओडिशा	1948 ई.	ओडिशा	कटक	
9.	गुवाहाटी	1948 ई.	असम, नगालैंड, मिजोरम एवं अरुणाचल प्रदेश	गुवाहाटी	कोहिमा, आइजोल, इटानगर
10.	राजस्थान	1949 ई.	राजस्थान	जोधपुर	जयपुर
11.	आंध्रप्रदेश	1954 ई.	तेलंगाना, आंध्रप्रदेश	हैदराबाद	
12.	मध्यप्रदेश	1956 ई.	मध्यप्रदेश	जबलपुर	ग्वालियर, इन्दौर
13.	केरल	1958 ई.	केरल, लक्षद्वीप	अर्नाकुलम	–
14.	गुजरात	1960	गुजरात	अहमदाबाद	–
15.	दिल्ली	1966 ई.	दिल्ली	दिल्ली	
16.	हिमाचल प्रदेश	1971 ई.	हिमाचल प्रदेश	शिमला	–
17.	पंजाब एवं हरियाणा	1975 ई.	पंजाब, हरियाणा, चंडीगढ़	चंडीगढ़	–
18.	सिक्किम	1975 ई.	सिक्किम	गंगटोक	–
19.	छत्तीसगढ़	2000 ई.	छत्तीसगढ़	बिलासपुर	–
20.	उत्तराखंड	2000 ई.	उत्तराखंड	नैनीताल	–
21.	झारखंड	2000 ई.	झारखंड	रांची	–
22.	मेघालय	2013 ई.	मेघालय	शिलांग	–
23.	त्रिपुरा	2013 ई.	त्रिपुरा	अगरतल्ला	–
24.	मणिपुर	2013 ई.	मणिपुर	इम्फाल	–

⮞ **नोट :** केरल उच्च न्यायालय ने 1997 में सबसे पहले बंद (हड़ताल) को असंवैधानिक घोषित किया था।

21. केन्द्र-राज्य सम्बन्ध

- भारत में केन्द्र राज्य सम्बन्ध संघवाद की ओर उन्मुख है और संघवाद की इस प्रणाली को कनाडा के संविधान से लिया गया है।
- भारतीय संविधान में केन्द्र तथा राज्य के मध्य विधायी, प्रशासनिक तथा वित्तीय शक्तियों का विभाजन किया गया है, लेकिन न्यायापालिका को विभाजन की परिधि से बाहर रखा गया है।
- भारतीय संविधान की सातवीं अनुसूची में केन्द्र एवं राज्यों की शक्तियों के बँटवारे से सम्बन्धित तीन सूची दी गयी है-
    1. **संघ सूची :** इस सूची में उन विषयों को शामिल किया गया है, जो राष्ट्रीय महत्त्व के हैं तथा जिन पर कानून बनाने का एकमात्र अधिकार केन्द्रीय विधायिका अर्थात् संसद को है। इस सूची में कुल 98 विषयों को शामिल किया गया है, जिनमें प्रमुख हैं- रक्षा, विदेशी मामले, युद्ध, अन्तरराष्ट्रीय संधि, अणु शक्ति, सीमा शुल्क, जनगणना, विदेशी ऋण, डाक एवं तार, प्रसारण, टेलीफोन, विदेशी व्यापार, रेल तथा वायु एवं जल परिवहन आदि।
    2. **राज्य सूची :** इसमें उन विषयों को शामिल किया गया है जो स्थानीय महत्त्व के हैं तथा जिन पर कानून बनाने का एकमात्र अधिकार राज्य विधान मंडल को है, लेकिन कुछ विशेष परिस्थितियों में संसद भी कानून बना सकती है। इस सूची में शामिल विषयों की संख्या 62 है, जनमें प्रमुख है- लोक सेवा, कृषि, वन, कारागार, भू-राजस्व, लोक व्यवस्था, पुलिस, लोक स्वास्थ्य, स्थानीय शासन, क्रय-विक्रय एवं सिंचाई आदि।
    3. **समवर्ती सूची :** इसमें शामिल विषयों पर संसद तथा राज्य विधान मंडल दोनों द्वारा कानून बनाया जाता है और यदि दोनों कानूनों में विरोध हो, तो संसद द्वारा निर्मित कानून लागू होगा। इसमें 52 विषयों को शामिल किया गया है। उनमें प्रमुख हैं- राष्ट्रीय जलमार्ग, परिवार नियोजन, जनसंख्या नियंत्रण, समाचार-पत्र, कारखाना, शिक्षा आर्थिक तथा सामाजिक योजना।
- **अवशिष्ट विधायी शक्ति :** जिन विषयों को संघ सूची, राज्य सूची और समवर्ती सूची में नहीं शामिल किया गया है, उन पर कानून बनाने का अधिकार संसद को प्रदान किया गया है।
- **राज्यसूची के विषयों पर कानून बनाने की संसद की शक्ति :** संविधान के अनुच्छेद 249 में यह प्रावधान किया गया है कि यदि राज्यसभा अपने उपस्थित तथा मतदान करने वाले सदस्यों के दो-तिहाई बहुमत से यह पारित कर दे कि राष्ट्रीय हित को ध्यान में रखकर संसद राज्य सूची के विषयों पर कानून बनाए, तो संसद को राज्य सूची में वर्णित विषयों पर कानून बनाने की शक्ति प्राप्त हो जाती है। संसद द्वारा इस प्रकार बनाया गया कानून एक वर्ष के लिए प्रवर्तनीय है, लेकिन राज्यसभा द्वारा पारित कर इसे बार-बार कई वर्षों के लिए बढ़ाया जा सकता है।
- राज्यों की सहमति से भी संसद राज्यसूची पर कानून बना सकती है।
- राष्ट्रीय आपात एवं राष्ट्रपति शासन के समय भी संसद को राज्य सूची पर कानून बनाने का अधिकार होता है।

22. अन्तरराज्य परिषद्

- संविधान के अनुच्छेद 263 में अंतरराज्य परिषद् के स्थापना का उल्लेख है।
- इस अनुच्छेद 263 के तहत ही केन्द्र एवं राज्यों के बीच समन्वय स्थापित करने के लिए राष्ट्रपति अन्तरराज्य परिषद् की स्थापना करता है।
- सर्वप्रथम जून, 1990 में अंतरराज्य परिषद् की स्थापना की गयी। जिसकी पहली बैठक 10 अक्टूबर, 1990 को हुई थी।
- अन्तरराज्य परिषद् के सदस्यों में शामिल होते हैं- प्रधानमंत्री तथा उनके द्वारा मनोनीत छह कैबिनेट स्तर के मंत्री, सभी-राज्यों व संघ राज्य क्षेत्रों के मुख्यमंत्री एवं संघ राज्य क्षेत्रों के प्रशासक।
- अंतरराज्य परिषद की बैठक वर्ष में तीन बार आयोजित की जाती है जिसकी अध्यक्षता प्रधानमंत्री या उसकी अनुपस्थिति में प्रधानमंत्री द्वारा नियुक्त कैबिनेट स्तर का मंत्री करता है। परिषद् की बैठक के लिए आवश्यक है कि कम से कम 10 सदस्य उपस्थित हों।

23. नीति आयोग

- प्रधानमंत्री नरेन्द्र मोदी ने 15 अगस्त, 2014 को लाल किले की प्राचीर से राष्ट्र के नाम अपने संबोधन में योजना आयोग के स्थान पर एक नई संस्था लाने की घोषणा की।
- 1 जनवरी, 2015 को मंत्रिमंडल के एक प्रस्ताव के तहत एक नई संस्था जिसे 'राष्ट्रीय भारत परिवर्तन संस्थान (National Institution for Transforming India—NITI) कहा गया, अस्तित्व में आई। आमतौर पर इसे नीति आयोग के नाम पर जाना जा रहा है।
- प्रधानमंत्री की अध्यक्षता वाला यह आयोग सरकार के थिंक टैंक के रूप में कार्य करेगा तथा केन्द्र सरकार के साथ-साथ राज्य सरकारों के लिए भी नीति निर्माण करने वाले संस्थान की भूमिका निभाएगा।
- केन्द्र व राज्य सरकारों को राष्ट्रीय व अन्तरराष्ट्रीय महत्त्व के महत्त्वपूर्ण मुद्दों पर यह रणनीतिक व तकनीकी सलाह देगा।
- पंचवर्षीय योजनाओं के भावी स्वरुप आदि के संबंध में यह आयोग सरकार की सलाह देगा।

नीति आयोग की संरचना

- अध्यक्ष–नरेन्द्र मोदी (प्रधानमंत्री)
- उपाध्यक्ष– अरबिन्द पनगढ़िया।
- पूर्णकालिक सदस्य–विवेक देवराय एवं वी. के. सारस्वत।
- पदेन सदस्य–राजनाथ सिंह (गृहमंत्री), अरुण जेटली (वित्त एवं कॉर्पोरेट मामले तथा सूचना प्रसारण मंत्री), सरेश प्रभु (रेल मंत्री) तथा राधामोहन सिंह (कृषि मंत्री)।
- विशेष आमंत्रित–नितिन गडकरी (सड़क परिवहन एवं जहाजरानी मंत्री), स्मृति ईरानी (मानव संसाधन विकास मंत्री), थावर चन्द्र गहलोत (सामाजिक न्याय एवं अधिकारिता मंत्री)।
- अधिशासी परिषद् (Governing Council) के अन्य सदस्य, सभी राज्यों के मुख्यमंत्री तथा केन्द्रशासित क्षेत्रों के उपराज्यपाल।
- मुख्य कार्यकारी अधिकारी–सिन्धु श्री खुल्लर।

24. राष्ट्रीय विकास परिषद

- ➪ योजना के निर्माण में राज्यों की भागीदारी होनी चाहिए, इस विचार को स्वीकार करते हुए सरकार के एक प्रस्ताव द्वारा 6 अगस्त, 1952 ई० को राष्ट्रीय विकास परिषद् का गठन हुआ
- ➪ प्रधानमंत्री, परिषद् का अध्यक्ष होता है।
- ➪ भारतीय संघ के सभी राज्यों के मुख्यमंत्री एवं योजना आयोग के सभी सदस्य इसके पदेन सदस्य होते हैं।
- ➪ राष्ट्रीय विकास परिषद का मुख्य कार्य केन्द्र व राज्य सरकार और योजना आयोग के बीच सेतु की तरह कार्य करना होता है।

नोट : के० सन्थानम ने राष्ट्रीय विकास परिषद को सुपर कैबिनेट की संज्ञा दी।

25. लोक सेवा आयोग

- ➪ भारत में 1919 के भारत सरकार अधिनियम के तहत सर्वप्रथम 1926 में लोकसेवा आयोग की स्थापना की गयी थी। लोक सेवा आयोग की स्थापना की सिफारिश 1924 में विधि आयोग ने की थी।
- ➪ संघ लोक सेवा आयोग के अध्यक्ष तथा सदस्यों की नियुक्ति राष्ट्रपति द्वारा की जाती है।
- ➪ संघ लोक सेवा आयोग के सदस्यों की संख्या निर्धारित करने की शक्ति राष्ट्रपति को है।
- ➪ वर्तमान में संघ लोक सेवा आयोग के एक अध्यक्ष तथा 10 सदस्य होते हैं।
- ➪ संघ लोक सेवा आयोग के अध्यक्ष एवं सदस्यों की नियुक्ति 6 वर्षों के लिए की जाती है। यदि वह 6 वर्षों के अंदर 65 वर्ष की आयु पूरी कर लेता है तो वह पद से मुक्त हो जाता है।
- ➪ राज्य लोक सेवा आयोग के अध्यक्ष तथा सदस्यों की नियुक्ति राज्यपाल के द्वारा की जाती है, परन्तु इन्हें हटाने का अधिकार राज्यपाल को नहीं है।
- ➪ राज्य लोक सेवा आयोग के अध्यक्ष एवं सदस्यों का कार्यकाल 6 वर्ष या 62 वर्ष की उम्र तक होता है। इन दोनों में जो पहले पूरा होता है उसी के तहत वे अवकाश ग्रहण करते हैं, परन्तु उन्हें कार्यकाल के बीच उच्चतम न्यायालय के प्रतिवेदन पर तथा कुछ निहरताओं के होने पर संविधान के अनुच्छेद 317 के अन्तर्गत राष्ट्रपति हटा सकते हैं।

26. वित्त आयोग

- ➪ वित्त आयोग एक संवैधानिक संस्था है और अनुच्छेद 280 के तहत प्रत्येक पाँच साल में राष्ट्रपति इसका गठन करता है।
- ➪ वित्त आयोग में राष्ट्रपति द्वारा एक अध्यक्ष एवं चार अन्य सदस्य नियुक्त किये जाते हैं।
- ➪ राज्य वित्त आयोग का गठन भारतीय संविधान के अनुच्छेद 243(1) के द्वारा किया जाता है।

वित्त आयोग के कार्य

- ➪ संघ और राज्यों के बीच करों के शुद्ध आगमों के वितरण के बारे में राष्ट्रपति से सिफारिश करना।
- ➪ भारत की संचित निधि में से राज्यों के राजस्वों में सहायता अनुदान को शासित करने वाले सिद्धान्तों की सिफारिश करना।

- राज्यों में पंचायतों और नगरपालिकाओं के संसाधनों की पूर्ति के लिए राज्य की संचित निधि के संवर्द्धन के लिए आवश्यक उपायों की सिफारिश करना।
- वित्त आयोग की सभी सिफारिशें सलाहकारी प्रकृति की होती है। सरकार इसे मानने के लिए बाध्य नहीं है।

भारत के वित्त आयोग			
वित्त आयोग	**नियुक्ति वर्ष**	**अध्यक्ष**	**अवधि**
पहला	1951 ई.	के.सी. नियोगी	1952-1957 ई.
दूसरा	1956 ई.	के. संथानाम	1957-1962 ई.
तीसरा	1960 ई.	ए.के. चन्दा	1962-1966 ई.
चौथा	1964 ई.	डा.पी.वी. राजमन्नार	1966-1969 ई.
पाँचवाँ	1968 ई.	महावीर त्यागी	1969-1979 ई.
छठा	1972 ई.	पी. ब्रह्मानन्द रेड्डी	1974-1979 ई.
सातवाँ	1977 ई.	जे.पी. सेलट	1979-1984 ई.
आठवाँ	1982 ई.	वाई.पी. चौहान	1985-1989 ई.
नौवाँ	1987 ई.	एन.के.पी. साल्वे	1989-1995 ई.
दसवाँ	1992 ई.	के.सी पन्त	1995-2000 ई.
ग्यारहवाँ	1998 ई.	प्रो. ए.एम. खुसरो	2000-2005 ई.
बारहवाँ	2003 ई.	डा. सी. रंगराजन	2005-2010 ई.
तेरहवाँ	2007 ई.	डा. विजय एल. केलकर	2010-2015 ई.
चौदहवाँ	2013 ई.	डॉ. आई. वी. रेड्डी	2015-2020 ई.

27. निर्वाचन आयोग

- संविधान के भाग 15 के अनुच्छेद 324 से 329 तक में निर्वाचन से सम्बन्धित उपबंध दिया गया है।
- निर्वाचन आयोग का गठन मुख्य निर्वाचन आयुक्त एवं अन्य निर्वाचन आयुक्तों से किया जाता है, जिनकी नियुक्ति राष्ट्रपति के द्वारा की जाती है।
- मुख्य निर्वाचन आयुक्त का कार्यकाल 6 वर्ष या 65 वर्ष की आयु, जो भी पहले हो तब तक होगा। अन्य चुनाव आयुक्तों का कार्यकाल 6 वर्ष या 62 वर्ष की आयु जो पहले हो तब तक रहता है।
- मुख्य चुनाव आयुक्त तथा अन्य चुनाव आयुक्तों को सर्वोच्च न्यायालय के न्यायाधीशों के बराबर वेतन (90,000 रुपये मासिक) एवं भत्ते प्राप्त होंगे।
- पहले चुनाव आयोग एक सदस्यीय अयोग था, परन्तु अक्टूबर 1993 में इसे तीन सदस्यीय बना दिया गया, जिसमें एक मुख्य चुनाव आयुक्त (CEC) और दो अन्य चुनाव आयुक्त होते हैं।

निर्वाचन आयोग के मुख्य कार्य

(i) चुनाव क्षेत्रों का परिसीमन

(ii) मतदाता सूचियों को तैयार करवाना

(iii) विभिन्न राजनीतिक दलों को मान्यता प्रदान करना

(iv) राजनीतिक दलों को आरक्षित चुनाव चिह्न प्रदान करना

(v) चुनाव करवाना

(vi) राजनीतिक दलों के लिए आचारसंहिता तैयार करवाना

चुनाव आयोग की स्वतंत्रता के संवैधानिक प्रावधान

(i) निर्वाचन आयोग एक संवैधानिक संस्था है अर्थात् इसका निर्माण संविधान के तहत किया गया है।

(ii) मुख्य चुनाव आयुक्त एवं अन्य चुनाव आयुक्तों की नियुक्ति राष्ट्रपति करते हैं।

(iii) मुख्य चुनाव आयुक्त का दर्जा सर्वोच्च न्यायालय के मुख्य न्यायाधीश के समान ही है।

(iv) मुख्य चुनाव आयुक्त को महाभियोग जैसी प्रक्रिया से ही हटाया जा सकता है।

(v) नियुक्ति के बाद मुख्य चुनाव आयुक्त एवं अन्य चुनाव आयुक्तों की सेवा शर्तों में कोई अलाभकारी परिवर्तन नहीं किया जा सकता है।

(vi) मुख्य चुनाव आयुक्त एवं अन्य चुनाव आयुक्तों का वेतन भारत की संचित निधि से दिया जाता है।

परिसीमन आयोग

संविधान में परिसीमन आयोग के सम्बन्ध में कोई स्पष्ट निर्देश नहीं दिया गया है। अनुच्छेद 82 में प्रत्येक जनगणना की समाप्ति पर लोकसभा एवं राज्य के निर्वाचन क्षेत्रों के विभाजन एवं पुन: समायोजन का कार्य संसद द्वारा विहित अधिकारी द्वारा किये जाने का प्रावधान है।

➪ 42वें संविधान संशोधन अधिनियम द्वारा संविधान के अनुच्छेद 82 में संशोधन कर परिसीमन पर वर्ष 2000 तक के लिए रोक लगा दी गयी थी।

➪ 84वें संविधान संशोधन अधिनियम, 2001 के द्वारा संविधान के अनुच्छेद 82 और 170(3) की शर्तों में संशोधन किया गया है, जिसके अनुसार देश में लोकसभा एवं विधान सभा की सीटों की संख्या में वर्ष 2026 तक कोई वृद्धि अथवा कमी नहीं की जायेगी।

➪ अब तक चार परिसीमन आयोग गठित किये गये हैं-

(i) परिसीमन अयोग 1952

(ii) परिसीमन आयोग 1962

(iii) परिसीमन आयोग 1973

(iv) परिसीमन आयोग 2002

➪ परिसीमन आयोग 2002 का गठन 12 जुलाई, 2002 को न्यायमूर्ति कुलदीप सिंह की अध्यक्षता में किया गया तथा इस आयोग की सिफारिशों को केन्द्रीय मंत्रिमंडल ने 10 जनवरी, 2008 को मंजूरी प्रदान की।

➪ नये परिसीमन से लोक सभा में आरक्षित सीटों की संख्या बढ़ गयी है।

जाति	वर्तमान में आरक्षित सीट	नये परिसीमन के बाद आरिक्षित सीट
अनुसूचित जाति	79	84
अनुसूचित जनजाति	41	47

- अनारक्षित सीटों की संख्या 412 है।
- नया परिसीमन 2001 की जनगणना के आधार पर किया गया है।
- परिसीमन आयोग में देश के मुख्य निर्वाचन आयुक्त सहित सभी राज्य व केन्द्रशासित प्रदेशों के निर्वाचन आयुक्त इस आयोग के सदस्य हैं।
- **नोट** : वैसे राज्य जिनका परिसीमन आयोग 2002 के द्वारा परिसीमन नहीं हो सका- असम, मणिपुर, अरुणाचल प्रदेश, नगालैंड एवं झारखंड।

28. राजभाषा

- संविधान के भाग-17 के अनुच्छेद-343 के अनुसार संघ की राजभाषा हिन्दी और लिपि देवनागरी है।
- भारतीय संविधान के अनुच्छेद 344 में राष्ट्रपति को राजभाषा से सम्बन्धित कुछ विषयों में सलाह देने के लिए एक आयोग की नियुक्ति का प्रावधान है। राष्ट्रपति ने इस अधिकार का प्रयोग करते हुए 1955 में श्री बी.बी. खरे की अध्यक्षता में प्रथम राजभाषा आयोग का गठन किया। इस आयोग ने 1956 में अपना प्रतिवेदन दिया।
- संविधान की आठवीं अनुसूची के अनुसार निम्नलिखित भाषाओं को राजभाषा के रूप में मान्यता प्राप्त है- 1. असमिया 2. बांग्ला 3. गुजराती 4. हिन्दी 5. कन्नड़ 6. कश्मीरी 7. मलयालम 8. मराठी 9. ओडिया 10. पंजाबी 11. संस्कृत 12. सिंधी 13 तमिल 14. तेलुगु 15. उर्दू 16. कोंकणी 17. मणिपुरी 18. नेपाली 19. मैथिली 20. संथाली 21. डोगरी 22. बोडो।

नोट

(i) 21वें संविधान संशोधन अधिनियम 1967 द्वारा सिंधी भाषा को आठवीं अनुसूची में शामिल किया गया।

(ii) 71वें संविधान संशोधन अधिनियम, 1992 के द्वारा मणिपुरी, कोंकणी एवं नेपाली भाषाओं को आठवीं अनुसूची में शामिल किया गया।

(iii) 92वें संविधान संशोधन अधिनियम, 2003 के द्वारा मैथिली, संथाली, डोगरी एवं बोडो भाषाओं को आठवीं अनुसूची में शामिल किया गया।

- **राज्य की भाषा** : भारतीय संविधान के अनुच्छेद 345 के अधीन प्रत्येक राज्य के विधानमंडल को यह अधिकार दिया गया है कि वह आठवीं अनुसूची में अंतर्विष्ट भाषाओं में से किसी एक या अधिक को सरकारी कार्यों के लिए राज्य की सरकारी भाषा के रूप में अंगीकार कर सकता है, किन्तु राज्यों के परस्पर सम्बन्धों तथा संघ एवं राज्यों के परस्पर सम्बन्धों में संघ की राजभाषा को ही प्राधिकृत भाषा माना जायेगा।
- **उच्चतम और उच्च न्यायालयों तथा विधानमंडलों की भाषा** : भारतीय संविधान में प्रावधान किया गया है कि जब तक संसद द्वारा कानून बनाकर अन्यथा प्रावधान न किया जाये, तब तक उच्चतम न्यायालय और उच्च न्यायालयों की भाषा अंग्रेजी होगी और संसद तथा राज्य विधानमंडलों द्वारा पारित कानून अंग्रेजी में होंगे।

29. आपात उपबंध

- भारतीय संविधान में तीन प्रकार के आपातकाल की व्यवस्था का उल्लेख है- (i) राष्ट्रीय आपात (अनुच्छेद 352), (ii) राष्ट्रपति शासन (अनुच्छेद 356), (iii) वित्तीय आपात (अनुच्छेद 360)।

राष्ट्रीय आपात (अनुच्छेद 352)

- राष्ट्रीय आपात की घोषणा निम्न में से किसी भी आधार पर राष्ट्रपति के द्वारा की जाती है- (i) युद्ध (ii) बाह्य आक्रमण और (iii) सशक्त विद्रोह।
- राष्ट्रीय आपात की घोषणा राष्ट्रपति मंत्रिमंडल की लिखित सिफारिश पर करता है।
- राष्ट्रीय आपात की उद्घोषणा को न्यायालय में प्रश्नगत किया जा सकता है।
- अनुच्छेद 352 के अधीन राष्ट्रीय आपात की उद्घोषणा सम्पूर्ण भारत में या उसके किसी भाग में की जा सकती है।
- राष्ट्रीय आपात के समय राज्य सरकार निलंबित नहीं की जाती है, बल्कि वह संघ की कार्यपालिका के पूर्ण नियंत्रण में आ जाती है।
- राष्ट्रपति द्वारा की गयी आपात की घोषणा एक माह तक प्रवर्तन में रहती है और यदि इस दौरान इसे संसद के दो-तिहाई बहुमत से अनुमोदित करवा लिया जाता, तो वह छह माह तक प्रवर्तन में रहती है। संसद इसे पुनः एक बार में छह महीने तक बढ़ा सकती है।

  यदि आपात की उद्घोषण तब की जाती है जब लोकसभा का विघटन हो गया हो या लोकसभा का विघटन एक मास के अन्तर्गत आपात उद्घोषाणा का अनुमोदन किये बिना हो जाता है, तो आपात् उद्घोषणा लोकसभा की प्रथम बैठक की तारीख से 30 दिन के अंदर अनुमोदित होना चाहिए, अन्यथा 30 दिन के बाद यह प्रवर्तन में नहीं रहेगी।
- यदि लोकसभा साधारण बहुमत से आपात उद्घोषणा को वापस लेने का प्रस्ताव पारित कर देती है, तो राष्ट्रपति को उद्घोषणा वापस लेनी पड़ती है।
- आपात् उद्घोषणा पर विचार करने के लिए लोकसभा का विशेष अधिवेशन तब आहूत किया जा सकता है, जब लोकसभा की कुल सदस्य संख्या के 1/10 सदस्यों द्वारा लिखित सूचना लोकसभा अध्यक्ष को जब सत्र चल रहा हो या राष्ट्रपति को जब सत्र नहीं चल रहा हो, दी जाती है।
- लोकसभा अध्यक्ष या राष्ट्रपति सूचना प्राप्ति के 14 दिनों के अंदर लोकसभा का विशेष अधिवेशन आहूत करते हैं।

आपातकाल की उद्घोषणा के प्रभाव

- संविधान के अनुच्छेद 352 के अन्तर्गत आपातकाल की उद्घोषणा के निम्न प्रभाव होते हैं-
  (i) राज्य की कार्यपालिका शक्ति संघीय कार्यपालिका के अधीन हो जाती है।
  (ii) संसद की विधायी शक्ति राज्य सूची से सम्बद्ध विषयों तक विस्तृत हो जाती है।
  (iii) संविधान के अनुच्छेद 19 में वर्णित स्वतंत्रताएँ स्थगित हो जाती हैं।
  (iv) राष्ट्रपति को यह अधिकार प्राप्त हो जाता है, कि संविधान के अनुच्छेद 20-21 में उल्लेखित अधिकारों के क्रियान्वयन के लिए न्यायपालिका की शरण लेने के अधिकार को स्थगित कर दे।

- अनुच्छेद 352 के अधीन बाह्य आक्रमण के आधार पर आपात की प्रथम घोषणा चीनी आक्रमण के समय 26 अक्टूबर, 1962 को की गयी थी। यह उद्घोषणा 10 जनवरी, 1968 को वापस ले ली गयी।
- दूसरी बार आपात की उद्घोषणा 3 दिसंबर, 1971 को पाकिस्तान से युद्ध के समय बाह्य आक्रमण के आधार पर की गयी।
- तीसरी बार राष्ट्रीय आपात की घोषणा 26 जून, 1975 को आतंरिक गड़बड़ी की आशंका के आधार पर जारी की गयी।

राज्य में राष्ट्रपति शासन (अनुच्छेद 356)

- अनुच्छेद 356 के अधीन राष्ट्रपति को किसी राज्य के सम्बन्ध में यह समाधान हो जाने पर कि राज्य में संवैधानिक तंत्र विफल हो गया है अथवा राज्य संघ की कार्यपालिका के किन्हीं निर्देशों का अनुपालन करने में असमर्थ रहता है, तो आपात स्थिति की घोषणा कर सकता है।
- राज्य में आपात की घोषणा के बाद संघ न्यायिक कार्य छोड़कर राज्य प्रशासन के कार्य अपने हाथ में ले लेता है।
- राज्य में आपात उद्घोषणा की अवधि दो मास होती है। इससे अधिक के लिए संसद से अनुमति लेनी होती है। तब यह छह मास की होती है। अधिकतम तीन वर्ष तक यह एक राज्य के प्रवर्तन में रह सकती है। इससे अधिक के लिए संविधान में संशोधन करना पड़ता है।

नोट:

(i) सर्वप्रथम पंजाब राज्य में 1951 में अनुच्छेद 356 का प्रयोग किया गया।

(ii) सर्वाधिक समय तक अनुच्छेद 356 का प्रयोग पंजाब राज्य में रहा (11/5/1987 से 25/2/1992)।

वित्तीय आपात (अनुच्छेद 360)

- अनुच्छेद 360 के तहत वित्तीय आपात की उद्घोषणा राष्ट्रपति द्वारा तब की जाती है, जब उसे विश्वास हो जाये कि ऐसी स्थिति विद्यमान है जिसके कारण भारत के वित्तीय स्थायित्व या साख को खतरा है।
- वित्तीय आपात की घोषणा को दो महीने के अंदर संसद के दोनों सदनों के सम्मुख रखना तथा उनकी स्वीकृति प्राप्त करना आवश्यक है।
- वित्तीय आपात की घोषणा उस समय की जाती है, जब लोक सभा विघटित हो, तो दो महीने के अंदर राज्यसभा की स्वीकृति मिलने के बाद वह आगे भी लागू रहेगी। किन्तु नवनिर्वाचित लोकसभा द्वारा उसकी प्रथम बैठक के आरंभ के 30 दिन के भीतर ऐसी घोषणा की स्वीकृति आवश्यक है।
- राष्ट्रपति वित्तीय आपात की घोषणा को किसी समय वापस ले सकता है।

वित्तीय आपात का प्रभाव

(i) उच्चतम न्यायालय, उच्च न्यायलय के न्यायाधीशों और संघ तथा राज्य सरकारों के अधिकारियों के वेतन में कमी की जा सकती है।

(ii) राष्ट्रपति आर्थिक दृष्टि से किसी भी राज्य सरकार को निर्देश दे सकता है।

(iii) राष्ट्रपति को यह अधिकार प्राप्त हो जाता है कि वह राज्य सरकारों को यह निर्देश दे कि राज्य के समस्त वित्त विधेयक उसकी स्वीकृति से विधानसभा में प्रस्तुत किये जायें।

(iv) राष्ट्रपति केन्द्र तथा राज्यों में धन सम्बन्धी विभाजन के प्रावधानों में आवश्यक संशोधन कर सकता है।

30. संसद की वित्तीय समितियाँ

1. प्राक्कलन समिति

- इस समिति में लोकसभा के 30 सदस्य होते हैं। इसमें राज्यसभा के सदस्यों को शामिल नहीं किया जाता है।
- समिति के सदस्यों का चुनाव प्रत्येक वर्ष आनुपातिक प्रतिनिधित्व के अनुसार एकल संक्रमणीय मत के माध्यम से किया जाता है।
- इसके सदस्यों का कार्यकाल 1 वर्ष का होता है।
- यह समिति सरकारी खर्च में कैसे कमी लायी जाये, संगठन में कैसे कुशलता लायी जाये तथा प्रशासन में कैसे सुधार किये जायें आदि विषयों पर रिपोर्ट देती है।
- प्राक्कलन समिति के प्रतिवेदन पर सदन में बहस नहीं होती है, परन्तु यह समिति अपना कार्य वर्ष भर करती है और अपना दृष्टिकोण सदन के समक्ष रखती है।

2. लोक लेखा समिति

- प्राक्कलन समिति की 'जुड़वा बहन' के रूप में प्रसिद्ध इस समिति में 22 सदस्य होते हैं जिसमें लोकसभा द्वारा 15 सदस्य तथा राज्यसभा द्वारा 7 सदस्य एक वर्ष के लिए निर्वाचित किये जाते हैं।
- 1967 में स्थापित प्रथा के अनुसार इस समिति के अध्यक्ष के रूप में विपक्ष के किसी सदस्य को नियुक्त किया जाता है।
- लोक लेखा समिति में राज्यसभा के सदस्यों को सह-सदस्य माना जाता है लेकिन उन्हें मत देने का अधिकार प्राप्त नहीं है।

लोक लेखा समिति के मुख्य कार्य

(i) यह समिति भारत के नियंत्रक महालेखा परीक्षक द्वारा दिया गया लेखा परीक्षण सम्बन्धी प्रतिवेदनों की जाँच करती है।

(ii) भारत सरकार के व्यय के लिए सदन द्वारा प्रदान की गयी राशियों का विनियोग दर्शाने वाली लेखाओं की जाँच करना।

(iii) संसद द्वारा प्रदान की गयी धनराशि के अतिरिक्त यदि धनराशि व्यय किया जाता है तो समिति उन परिस्थितियों की जाँच करती है, जिसके कारण अतिरिक्त व्यय करना पड़ा।

(iv) समिति राष्ट्र के वित्तीय मामलों के संचालन में अपव्यय, भ्रष्टाचार, अकुशलता में कमी के किसी प्रमाण को खोज सकती है।

3. सरकारी उपक्रमों की समिति

- इस समिति में 15 सदस्य होते हैं, जिनमें से 10 लोकसभा तथा 5 राज्यसभा द्वारा आनुपातिक प्रतिनिधित्व की एकल संक्रमणीय मत पद्धति द्वारा निर्वाचित किये जाते हैं।
- इस समिति का अध्यक्ष लोकसभा अध्यक्ष द्वारा नामजद किया जाता है।

सरकारी उपक्रम समिति के कार्य

(i) सरकारी उपक्रमों के प्रतिवेदनों और लेखाओं की और उन पर नियंत्रक एवं महालेखा परीक्षक के प्रतिवेदनों की जाँच करना।

(ii) ऐसे विषयों की जाँच करना, जो सदन या अध्यक्ष द्वारा निर्दिष्ट किये जायें।

कुछ अन्य महत्त्वपूर्ण समितियाँ

- **कार्य-मंत्रणा समिति :** लोकसभा की कार्य-मंत्रणा समिति में अध्यक्ष सहित 15 सदस्य होते हैं। लोकसभा अध्यक्ष इसका पदेन अध्यक्ष होता है। राज्य सभा की कार्य-मंत्रणा समिति में राज्य सभा का सभापति ही इसका पदेन सभापति होता हे।
- **गैर-सरकारी सदस्यों के विधेयकों तथा संकल्पों सम्बन्धी समिति :** इसका गठन लोक सभा में किया जाता है। इस समिति में 15 सदस्य होते हैं। लोकसभा का उपाध्यक्ष इस समिति का अध्यक्ष होता हे।
- **नियम समिति :** लोकसभा की नियम समिति में लोकसभा अध्यक्ष सहित 15 सदस्य होते हैं, जबकि राज्यसभा की नियम समिति में सभापति एवं उपसभापति सहित 16 सदस्य होते हैं। लोकसभा अध्यक्ष एवं राज्यसभा के सभापति अपने-अपने सदन की समितियों के पदेन अध्यक्ष होते हैं।
- **अनुसूचित जातियों तथा अनुसूचित जनजातियों की कल्याण सम्बन्धी समिति :** इसमें 30 सदस्य शामिल किये जाते हैं। इसमें 20 लोकसभा तथा 10 राज्यसभा के सदस्य होते हैं।
- **ग्रंथालय समिति :** इसमें 9 सदस्य होते हैं, लोकसभा के अध्यक्ष द्वारा मनोनीत 6 लोकसभा के सदस्य तथा राज्यसभा के सभापति द्वारा मनोनीत राज्यसभा के 3 सदस्य शामिल किये जाते हैं। इस समिति का गठन प्रत्येक वर्ष किया जाता है।

31. पंचायती राज

- भारत में पंचायती राज का शुभारंभ स्वतंत्र भारत में 2 अक्टूबर, 1959 को भारत के प्रथम प्रधानमंत्री पण्डित जवाहरलाल नेहरू के द्वारा राजस्थान राज्य के नागौर जिला से किया गया।
- 11 अक्टूबर, 1959 को पण्डित जवाहरलाल नेहरू ने आंध्रप्रदेश राज्य में पंचायती राज का प्रारंभ किया।

73 वाँ संविधान संशोधन और पंचायती राज

- 73वाँ संविधान संशोधन पंचायती राज से सम्बन्धित है। इसके द्वारा संविधान के भाग-9 में अनुच्छेद 243 (क से ण तक) तथा अनुसूची-11 का प्रावधान किया गया है।

73वाँ संविधान संशोधन की मुख्य बातें

(i) इसके द्वारा पंचायती राज के त्रिस्तरीय ढाँचे का प्रावधान किया गया। ग्राम स्तर पर ग्राम पंचायत, प्रखंड स्तर पर पंचायत समिति तथा जिला स्तर पर जिला परिषद् के गठन की व्यवस्था की गयी है।

(ii) पंचायती राज संस्था के प्रत्येक स्तर में एक-तिहाई स्थान पर महिलाओं के लिए आरक्षण की व्यवस्था की गयी है।

पंचायती राजव्यवस्था में सुधार हेतु गठित समितियाँ		
क्र.	समिति का नाम	गठन का वर्ष
1.	बलवंत राय मेहता समिति	1957
2.	अशोक मेहता समिति	1977
3.	पी.वी.के राय समिति	1985
4.	एल.एम. सिंघवी समिति	1986

नोट : कुछ भारतीय राज्यों ने कुछ वर्ष पूर्व पंचायती राज संस्थाओं के प्रत्येक स्तर पर 50 प्रतिशत महिलाओं के आरक्षण की व्यवस्था की है।

(iii) इसका कार्यकाल पाँच वर्ष निर्धारित किया गया है।

(iv) राज्य की संचित निधि से इन संस्थाओं को अनुदान देने की व्यवस्था की गयी है।

नोट : 73वाँ संविधान संशोधन के बाद पंचायती राज अधिकनियम का निर्माण करने वाला प्रथम राज्य कर्नाटक है।

74वाँ संविधान संशोधन

⇨ 74वाँ संविधान संशोधन नगर पालिकाओं से सम्बन्धित है। इसके द्वारा संविधान के भाग-9क में अनुच्छेद 243 (त से य, क्ष तक) एवं 12वीं अनुसूची का प्रावधान किया गया है।

74वाँ संविधान संशोधन की मुख्य बातें

(a) नगरपालिकाएँ तीन प्रकार की होती हैं–

(i) **नगर पंचायत :** ऐसा ग्रामीण क्षेत्र जो नगर क्षेत्र में परिवर्तित हो रहा हो।

(ii) **नगर परिषद् :** छोटे नगर क्षेत्र के लिए।

(iii) **नगर निगम :** बड़े नगर क्षेत्र के लिए।

(b) इन संस्थाओं में महिलाओं के लिए 1/3 भाग स्थान आरक्षित है।

(c) अनुसूचित जाति/जनजाति के लिए भी आरक्षण की व्यवस्था की गयी है।

(d) नगरीय संस्थाओं का कार्यकाल पाँच वर्ष का होगा। विघटन की स्थिति में छह माह के अंदर चुनाव कराना होगा।

नोट :

(i) 73वाँ संविधान संशोधन अधिनियम 25/4/1993 से 74वाँ संविधान संशोधन अधिनियम 1/6/1993 से प्रवृत हुआ।

(ii) नगर-निगम की स्थापना सर्वप्रथम मद्रास में 1687 में की गयी थी।

32. महत्त्वपूर्ण संवैधानिक शब्दावली

⇨ **दबाव समूहः** व्यक्तियों के ऐसे समूह जिनके हित समान होते हैं, 'दबाव समूह' (Pressure Group) कहे जाते हैं। ये ग्रुप अपने हित के लिए शासन-तंत्र पर विभिन्न प्रकार से दबाव बनाते हैं।

⇨ **पंगु सत्रः** एक विधान मंडल के कार्यकाल की समाप्ति तथा दूसरे विधान मंडल के कार्यकाल की शुरुआत के बीच के काल में सम्पन्न होने वाले सत्र को 'पंगु सत्र' (Lameduck Session) कहा जाता है। यह व्यवस्था केवल अमेरिका में है।

- **सचेतक:** राजनीतिक दल में अनुशासन बनाये रखने के लिए सचेतक की नियुक्ति प्रत्येक संसदीय दल द्वारा की जाती है। किसी विषय विशेष पर मतदान होने की स्थिति में सचेतक (Whip) अपने दल के सदस्यों को मतदान विषयक निर्देश देता है। सचेतक के निर्देशों के विरुद्ध मतदान करने वाले सदस्य के विरुद्ध दल-बदल निरोध कानून के अन्तर्गत कार्यवाही की जाती है।

- **शून्य काल :** संसद के दोनों सदनों में प्रश्न काल के ठीक बाद के समय को शून्य काल कहा जाता है। यह 12 बजे प्रारम्भ होता है और एक बजे दिन तक चलता है। शून्य काल का लोक सभा या राज्य सभा की प्रक्रिया तथा संचालन नियम में कोई उल्लेख नहीं है। इस काल (12 बजे से 1 बजे) तक के समय को शून्यकाल का नाम समाचारपत्रों द्वारा दिया गया। इस काल के दौरान सदस्य अविलम्बनीय महत्त्व के मामलों को उठाते हैं तथा उस पर तुरंत कार्यवाही चाहते हैं।

- **सदन का स्थगन :** सदन के स्थगन द्वारा सदन के कामकाज को विनिर्दिष्ट समय के लिए स्थगित कर दिया जाता है। यह कुछ घण्टे, दिन या सप्ताह का भी हो सकता है, जबकि सत्रावसान द्वारा सत्र की समाप्ति होती है।

- **विघटन :** विघटन केवल लोक सभा का ही हो सकता है। इससे लोक सभा का अन्त हो जाता है।

- **अनुपूरक प्रश्न :** सदन में किसी सदस्य द्वारा अध्यक्ष की अनुमति से किसी विषय, जिसके सम्बन्ध में उत्तर दिया जा चुका है, के स्पष्टीकरण हेतु अनुपूरक प्रश्न पूछने की अनमुति प्रदान की जाती है।

- **तारांकित प्रश्न :** जिन प्रश्नों का उत्तर सदस्य तुरन्त सदन में चाहता है उसे तारांकित प्रश्न कहा जाता है। तारांकित प्रश्नों का उत्तर मौखिक दिया जाता है तथा तारांकित प्रश्नों के अनुपूरक प्रश्न भी पूछे जा सकते हैं। इस प्रश्न पर तारा लगाकर अन्य प्रश्नों से इसका भेद किया जाता है।

- **अतारांकित प्रश्न :** जिन प्रश्नों का उत्तर सदस्य लिखित चाहता है, उन्हें अतारांकित प्रश्न कहा जाता है। अतारांकित प्रश्न का उत्तर सदन में नहीं दिया जाता और इन प्रश्नों के अनुपूरक प्रश्न नहीं पूछे जाते हैं।

- **अल्प सूचना प्रश्न :** जो प्रश्न अविलम्बनीय लोक महत्त्व का हो तथा जिन्हें साधारण प्रश्न के लिए निर्धारित दस दिन की अवधि से कम सूचना देकर पूछा जा सकता है, उन्हें अल्प-सूचना प्रश्न कहा जाता है।

- **स्थगन प्रस्ताव :** स्थगन प्रस्ताव पेश करने का मुख्य उद्देश्य किसी अविलम्बनीय लोक महत्त्व के मामले की ओर सदन का ध्यान आकर्षित करना है। जब इस प्रस्ताव को स्वीकार कर लिया जाता है, तब सदन अविलम्बनीय लोक महत्त्व के निश्चित मामले पर चर्चा करने के लिए सदन का नियमित कार्य रोक देता है। इस प्रस्ताव को पेश करने के लिए न्यूनतम 50 सदस्यों की स्वीकृति आवश्यक है।

- **संचित निधि :** संविधान के अनुच्छेद 266 में संचित निधि का प्रावधान है। संचित निधि (Consolidated Fund) से धन संसद में प्रस्तुत अनुदान माँगों के द्वारा ही व्यय किया जाता है। राज्यों को करों एवं शुल्कों में से उनका अंश देने के बाद जो धन बचता है, संचित निधि में डाल दिया जाता है। राष्ट्रपति, उपराष्ट्रपति नियंत्रक एवं महालेखा परीक्षक आदि के वेतन तथा भत्ते इसी निधि पर भारित होते हैं।

- **आकस्मिक निधि :** संविधान के अनुच्छेद 267 के अनुसार भारत सरकार एक आकस्मिक निधि (Contingency Fund) की स्थापना करेगी। इसमें जमा धनराशि का व्यय विधि द्वारा

स्थापित प्रक्रिया के अनुसार किया जाता है। संसद की स्वीकृति के बिना इस मद से धन नहीं निकाला जा सकता है। विशेष परिस्थितियों में राष्ट्रपति अग्रिम रूप से इस निधि से धन निकाल सकते हैं।

- **आधे घंटे की चर्चा** : जिन प्रश्नों का उत्तर सदन में दे दिया गया हो, उन प्रश्नों से उत्पन्न होने वाले मामलों पर चर्चा लोक सभा में सप्ताह में तीन दिन, यथा- सोमवार, बुधवार तथा शुक्रवार को बैठक के अंतिम आधे घंटे में की जा सकती है। राज्य सभा में ऐसी चर्चा किसी दिन, जिसे सभापति नियत करे, सामान्यत: 5 बजे से 5.30 बजे के बीच की जा सकती है। ऐसी चर्चा का विषय पर्याप्त लोक महत्त्व का होना चाहिए तथा विषय हाल के किसी तारांकित, अतारांकित या अल्प सूचना का प्रश्न रहा हो और जिसके उत्तर के किसी तथ्यात्मक मामले का स्पष्टीकरण आवश्यक हो। ऐसी चर्चा को उठाने की सूचना कम से कम तीन दिन पूर्व दी जानी चाहिए।
- **अल्पकालीन चर्चाएँ** : भारत में इस प्रथा की शुरुआत 1953 ई. के बाद हुई। इसमें लोक महत्त्व के प्रश्न पर सदन का ध्यान आकर्षित किया जाता है। ऐसी चर्चा के लिए स्पष्ट कारणों सहित सदन के महासचिव को सूचना देना आवश्यक होता है। इस सूचना पर कम से कम दो अन्य सदस्यों के हस्ताक्षर होना भी आवश्यक है।
- **विनियोग विधेयक** : विनियोग विधेयक में भारत की संचित निधि पर भारित व्यय की पूर्ति के लिए अपेक्षित धन तथा सरकार के खर्च हेतु अनुदान की माँग शामिल होती है। भारत की संचित निधि में से कोई धन विनियोग विधेयक के अधीन ही निकाला जा सकता है।
- **लेखानुदान** : जैसा कि विदित है, विनियोग विधेयक के पारित होने के बाद ही भारत की संचित निधि से कोई रकम निकाली जा सकती है। अनुच्छेद-116(क) के अन्तर्गत लोक सभा लेखा-अनुदान (Vote on Account) पारित कर सरकार के लिए एक अग्रिम राशि मंजूर कर सकती है, जिसके बार में बजट-विवरण देना सरकार के लिए सम्भव नहीं है।
- **वित्त विधेयक** : संविधान का अनुच्छेद-112 वित्त विधेयक को परिभाषित करता है। जिन वित्तीय प्रस्तावों को सरकार आगामी वर्ष के लिए सदन में प्रस्तुत करती है, उन वित्तीय प्रस्तावों को मिलाकर वित्त विधेयक की रचना होती है। सामान्यत: वित्त विधेयक (Finance Bill) उस विधेयक को कहते हैं, जो राजस्व या व्यय से सम्बन्धित होता है। संसद में प्रस्तुत सभी वित्त विधेयक धन विधेयक नहीं हो सकते हैं। वित्त विधेयक, धन विधेयक है या नहीं, इसे प्रमाणित करने का अधिकार केवल लोकसभा अध्यक्ष को है।
- **धन विधेयक** : संसद में राजस्व एकत्र करने अथवा अन्य प्रकार से धन से सम्बद्ध विधेयक को धन विधेयक कहते हैं। संविधान के अनुच्छेद-110(1) के उपखंड(क) से (छ) तक में उल्लिखित विषयों से सम्बन्धित विधेयकों को धन विधेयक कहा जाता है। धन विधेयक केवल लोक सभा में ही पेश किया जाता है। धन विधेयक को राष्ट्रपति पुन: विचार के लिए लौटा नहीं सकता है।
- **अनुपूरक अनुदान** : यदि विनियोग विधेयक द्वारा किसी विशेष सेवा पर चालू वर्ष के लिए व्यय किये जाने के लिए प्राधिकृत कोई राशि अपर्याप्त पायी जाती है या वर्ष के बजट में उल्लिखित न की गयी, और किसी नई सेवा पर खर्च की आवश्यकता उत्पन्न हो जाती है, तो राष्ट्रपति एक अनुपूरक अनुदान संसद के समक्ष पेश करवाता। अनुपूरक अनुदान और विनियोग विधेयक दोनों के लिए एक ही प्रक्रिया विहित की गयी है।

- **बजट सत्र :** यह सत्र फरवरी के दूसरे या तीसरे सप्ताह के सोमवार को आरंभ होता है। इसे बजट सत्र इसलिए कहते हैं कि इस सत्र में आगामी वित्तीय वर्ष का अनुमानित बजट प्रस्तुत, विचारित और पारित किया जाता है।
- **सामूहिक उत्तरदायित्व :** अनुच्छेद-75(3) के अनुसार मंत्रिपरिषद् लोक सभा के प्रति सामूहिक रूप से उत्तरदायी होगी। इसका अभिप्राय यह है कि वह अपने पद पर तब तक बनी रह सकती है जब तक उसे निम्न सदन अर्थात् लोक सभा के बहुमत का समर्थन प्राप्त है। लोक सभा का विश्वास खोते ही मंत्रिपरिषद् को तुरंत पद-त्याग करना होगा।
- **कटौती प्रस्ताव :** सत्तापक्ष द्वारा सदन की स्वीकृति के लिए प्रस्तुत अनुदान की माँगों में से किसी भी प्रकार की कटौती के लिए विपक्ष द्वारा रखे गये प्रस्ताव को 'कटौती प्रस्ताव' कहा जाता है। सरकार की नीतियों की स्वीकृति को दर्शाने के लिए विपक्ष द्वारा प्राय: एक रुपया की कटौती का प्रस्ताव किया जाता है जिसका अर्थ यह भी होता है कि प्रस्ताव माँग के मुद्दों का स्पष्ट उल्लेख किया जाये।
- **अविश्वास प्रस्ताव :** अविश्वास प्रस्ताव सदन में विपक्षी दल के किसी सदस्य द्वारा रखा जाता है। प्रस्ताव के पक्ष में कम से कम 50 सदस्यों का होना आवश्यक है तथा प्रस्ताव प्रस्तुत किये जाने के 10 दिन के अन्दर इस पर चर्चा होना भी आवश्यक है। चर्चा के बाद अध्यक्ष मतदान द्वारा निर्णय की घोषणा करता है।
- **मूल प्रस्ताव :** मूल प्रस्ताव अपने आप में सम्पूर्ण प्रस्ताव होता है, जो सदन के अनुमोदन के लिए पेश किया जाता है। मूल प्रस्ताव को इस तरह से बनाया जाता है कि उससे सदन के फैसले की अभिव्यिक्ति हो सके। निम्नलिखित प्रस्ताव मूल प्रस्ताव होते हैं-
  - (i) राष्ट्रपति के अभिभाषण पर धन्यवाद प्रस्ताव।
  - (ii) अविश्वास प्रस्ताव : इस प्रस्ताव के माध्यम से सदन का कोई सदस्य मंत्रिपरिषद में अपना अविश्वास व्यक्त करता है और यदि यह प्रस्ताव पारित कर दिया जाता है, तो मंत्रिपरिषद को त्यागपत्र देना पड़ता है।
  - (iii) लोक सभा के अध्यक्ष, उपाध्यक्ष या राज्य सभा के उपसभापति के निर्वाचन के लिए या हटाने के लिए प्रस्ताव।
  - (iv) विशेषाधिकार प्रस्ताव : यह प्रस्ताव संसद के किसी सदस्य द्वारा पेश किया जाता है, जब उसे यह प्रतीत होता है कि मंत्रिपरिषद के किसी सदस्य ने संसद में झूठा तथ्य प्रस्तुत करके सदन के विशेषाधिकार का उल्लंघन किया है।
- **स्थानापन्न प्रस्ताव :** जो प्रस्ताव मूल प्रस्ताव के स्थान पर और उसके विकल्प के रूप में पेश किये जाते हैं, उन्हें स्थानापन्न प्रस्ताव कहा जाता है।
- **अनुषंगी प्रस्ताव :** इस प्रस्ताव को विभिन्न प्रकार के कार्यों की अगली कार्यवाही के लिए नियमित उपाय के रूप में पेश किया जाता है।
- **प्रतिस्थापन प्रस्ताव :** यह किसी अन्य प्रश्न पर विचार-विमर्श के दौरान पेश किया जाता है। कोई सदस्य किसी विधेयक पर विचार करने के प्रस्ताव के सम्बन्ध में प्रतिस्थापन प्रस्ताव पेश करता है।
- **संशोधन प्रस्ताव** - यह प्रस्ताव मूल प्रस्ताव में संशोधन करने के लिए पेश किया जाता है।

- **अनियमित दिन वाले प्रस्ताव :** जिस प्रस्ताव को अध्यक्ष द्वारा स्वीकार या अस्वीकार किया जा सकता है, लेकिन उस प्रस्ताव पर विचार-विमर्श के लिए कोई समय नियत नहीं किया जाता है, उसे अनियमित दिन वाला प्रस्ताव कहा जाता है।

- **अध्यादेश :** राष्ट्रपति अथवा राज्यपाल संसद अथवा विधान मंडल के सत्रावसान की स्थिति में आवश्यक विषयों से सम्बन्धित अध्यादेश का प्रख्यापन करते हैं। अध्यादेश में निहित विधि संसद अथवा विधान मंडल के अगले सत्र की शुरुआत के छह सप्ताह के बाद प्रवर्तन योग्य नहीं रह जाती यदि संसद अथवा विधान मंडल द्वारा उसका अनुमोदन नहीं कर दिया जाता है।

- **निन्दा प्रस्ताव :** निन्दा प्रस्ताव मंत्रिपरिषद अथवा किसी एक मंत्री के विरुद्ध उसकी विफलता पर खेद अथवा रोष व्यक्त करने के लिए किया जाता है। निन्दा प्रस्ताव में निन्दा के कारणों का उल्लेख करना आवश्यक होता है। निन्दा प्रस्ताव नियमानुसार है या नहीं इसका निर्णय अध्यक्ष करता है।

- **धन्यवाद प्रस्ताव :** राष्ट्रपति के अभिभाषण के बाद संसद की कार्यमंत्रणा समिति की सिफारिश पर तीन-चार दिनों तक धन्यवाद प्रस्ताव पर चर्चा होती है। चर्चा प्रस्तावक द्वारा आरंभ होती है तथा उसके बाद प्रस्तावक का समर्थक बोलता है। इस चर्चा में राष्ट्रपति के नाम का उल्लेख नहीं किया जाता है, क्योंकि अभिभाषण की विषय-वस्तु के लिए सरकार उत्तरदायी होती है। अन्त में धन्यवाद प्रस्ताव मतदान के लिए रखा जाता है तथा उसे स्वीकृत किया जाता है।

- **विश्वास प्रस्ताव :** बहुमत का समर्थन प्राप्त होने में सन्देह होने की स्थिति में सरकार द्वारा लोक सभा में विश्वास प्रस्ताव लाया जाता है। इस प्रस्ताव का उद्देश्य यह सिद्ध करना होता है कि सदन का बहुमत उसके साथ है। विश्वास प्रस्ताव के पारित न होने की दशा में सरकार को त्यागपत्र देना आवश्यक हो जाता है।

- **बैक बेंचर :** सदन में आगे के स्थान प्राय: मंत्रियों, संसदीय सचिवों तथा विरोधी दल के नेताओं के लिए आरक्षित रहते हैं। गैर-सरकारी सदस्यों के लिए पीछे का स्थान नियत रहता है। पीछे बैठने वाले सदस्यों को ही बैक बेंचर (Back Bencher) कहा जाता है।

- **गुलेटिन :** गुलेटिन वह संसदीय प्रक्रिया है जिसमें सभी माँगों को जो नियत तिथि तक न निपटायी गयी हो बिना चर्चा के ही मतदान के लिए रखा जाता है।

- **काकस :** किसी राजनीतिक दल अथवा गुट के प्रमुख सदस्यों की बैठक को 'काकस' (Caucus) कहते हैं। इन प्रमुख सदस्यों द्वारा तय की गयी नीतियों से ही पूरा दल संचालित होता है।

- **त्रिशंकु संसद :** आम चुनाव में किसी राजनीतिक दल को स्पष्ट बहुमत न मिलने की स्थिति में त्रिशंकु संसद की रचना होती है। त्रिशंकु संसद की स्थिति में दल-बदल जैसे कुप्रवृत्तियों को प्रोत्साहन मिलता है।

- **नियम-193 :** इस नियम के अन्तर्गत सदस्य अत्यावश्यक एवं अविलम्बनीय विषय पर तुरंत अल्पकालिक चर्चा की माँग कर सकते हैं। यह नियम 1953 ई. में बनाया गया था। इससे सदन की नियमावली में अविलम्ब चर्चा के लिए स्थगन प्रस्ताव के अतिरिक्त अन्य कोई साधन सदस्यों के पास न था, इसीलिए यह नियम बनाया गया। इसके अन्तर्गत सदस्य किसी भी सार्वजनिक महत्त्व के अविलंबनीय विषय पर अल्पकालिक चर्चा के लिए नोटिस दे सकते हैं। यह चर्चा किसी प्रस्ताव माध्यम से नहीं होती। इस कारण चर्चा के अंत में सदन में मत-विभाजन नहीं

होता। केवल सभी पक्ष के सदस्यों को सम्बद्ध विषय पर अपने विचार प्रकट करने का अवसर मिलता है।

- **न्यायिक पुनर्विलोकन** : भारत में न्यायपालिका को न्यायिक पुनर्विलोकन की शक्ति प्राप्त है। न्यायिक पुनर्विलोकन के अनुसार न्यायालयों को यह अधिकार प्राप्त है कि यदि विधान मंडल द्वारा पारित की गयी विधियाँ अथवा कार्यपालिका द्वारा किये गये आदेश संविधान के प्रतिकूल हैं, तो वे उन्हें निरस्त घोषित कर सकते हैं।
- **गणपूर्ति** : सदन में किसी बैठक के लिए गणपूर्ति (Quorum) अध्यक्ष सहित कुल सदस्य संख्या का दसवाँ भाग होती है। बैठक शुरू होने के पूर्व यदि गणपूर्ति नहीं है तो गणपूर्ति घंटी बजायी जाती है। अध्यक्ष तभी पीठासीन होता है, जब गणपूर्ति हो जाती है।
- **प्रश्न-काल** : दोनों सदनों में प्रत्येक बैठक के प्रारंभ के एक घंटे तक प्रश्न किये जाते हैं और उनके उत्तर दिये जाते हैं। इसे प्रश्न-काल कहा जाता है। प्रश्न काल के दौरान सदस्यों को सरकार के कार्यों पर आलोचना-प्रत्यालोचना का समय मिलता है। इसके दो लाभ है- एक तो सरकार जनता की कठिनाइयों एवं अपेक्षाओं के प्रति सजग रहती है। दूसरे, इस दौरान सरकार अपनी नीतियों एवं कार्यक्रमों की जानकारी सदन को देती है।

33. संविधान के महत्त्वपूर्ण अनुच्छेद

- **अनुच्छेद 1** : यह घोषणा करता है कि भारत 'राज्यों का संघ' है।
- **अनुच्छेद 3** : संसद विधि द्वारा नये राज्य बना सकती है तथा पहले से अवस्थित राज्यों के क्षेत्रों, सीमाओं एवं नामों में परिवर्तन कर सकती है।
- **अनुच्छेद 5** : संविधान के प्रारंभ होने के समय भारत में रहने वाले वे सभी व्यक्ति यहाँ के नागरिक होंगे, जिनका जन्म भारत में हुआ हो, जिनके पिता या माता भारत के नागरिक हों या संविधान के प्रारंभ के समय से भारत में रह रहे हों।
- **अनुच्छेद 53** : संघ की कार्यपालिका सम्बन्धी शक्ति राष्ट्रपति में निहित रहेगी।
- **अनुच्छेद 64** : उपराष्ट्रपति राज्य सभा का पदेन अध्यक्ष होगा।
- **अनुच्छेद 74** : एक मंत्रिपरिषद् होगी, जिसके शीर्ष पर प्रधानमंत्री रहेगा, जिसकी सहायता एवं सुझाव के आधार पर राष्ट्रपति अपने कार्य सम्पन्न करेगा। राष्ट्रपति मंत्रिपरिषद् के लिए किसी सलाह के पुनर्विचार को आवश्यक समझ सकता है, पर पुनर्विचार के पश्चात् दी गयी सलाह के अनुसार वह कार्य करेगा। इससे सम्बन्धित किसी विवाद की परीक्षा न्यायालय में नहीं की जायेगी।
- **अनुच्छेद 76** : राष्ट्रपति द्वारा महान्यायवादी की नियुक्ति की जायेगी।
- **अनुच्छेद 78** : प्रधानमंत्री का यह कर्तव्य होगा कि वह देश के प्रशासनिक एवं विधायी मामलों तथा मंत्रिपरिषद् के निर्णयों के सम्बन्ध में राष्ट्रपति को सूचना दे, यदि राष्ट्रपति इस प्रकार की सूचना प्राप्त करना आवश्यक समझे।
- **अनुच्छेद 86** : इसके अन्तर्गत राष्ट्रपति द्वारा संसद को संबोधित करने तथा संदेश भेजने के अधिकार का उल्लेख है।
- **अनुच्छेद 108** : यदि किसी विधेयक के सम्बन्ध में दोनों सदनों में गतिरोध उत्पन्न हो गया हो तो संयुक्त अधिवेशन का प्रावधान है।

- **अनुच्छेद 110 :** इसमें धन विधेयक को पारिभाषित किया गया है।
- **अनुच्छेद 111 :** संसद के दोनों सदनों द्वारा पारित विधेयक राष्ट्रपति के पास जाता है। राष्ट्रपति उस विधेयक को सम्मति प्रदान कर सकता है या अस्वीकृत कर सकता है। वह संदेश के साथ या बिना संदेश के संसद को उस पर पुनर्विचार के लिए भेज सकता है, पर यदि दुबारा विधेयक को संसद द्वारा राष्ट्रपति के पास भेजा जाता है तो वह इसे अस्वीकृत नहीं करेगा।
- **अनुच्छेद 112 :** प्रत्येक वित्तीय वर्ष हेतु राष्ट्रपति द्वारा संसद के समक्ष बजट पेश किया जायेगा।
- **अनुच्छेद 123 :** संसद के अवकाश (सत्र नहीं चलने की स्थिति) में राष्ट्रपति को अध्यादेश जारी करने का अधिकार।
- **अनुच्छेद 124 :** इसके अन्तर्गत सर्वोच्च न्यायालय के गठन का वर्णन है।
- **अनुच्छेद 129 :** सर्वोच्च न्यायालय एक अभिलेख न्यायालय है।
- **अनुच्छेद 148 :** नियंत्रक एवं महालेखा परीक्षक (CAG) की नियुक्ति राष्ट्रपति द्वारा की जायेगी।
- **अनुच्छेद 163 :** राज्यपाल के कार्यों में सहायता एवं सुझाव देने के लिए राज्यों में एक मंत्रिपरिषद् एवं इसके शीर्ष पर मुख्यमंत्री होगा, पर राज्यपाल के स्वविवेक सम्बन्धी कार्यों में वह मंत्रिपरिषद् के सुझाव लेने के लिए बाध्य नहीं होगा।
- **अनुच्छेद 169 :** राज्यों में विधान परिषदों की रचना या उनकी समाप्ति विधान सभा द्वारा बहुमत से पारित प्रस्ताव तथा संसद द्वारा इसकी स्वीकृत से संभव है।
- **अनुच्छेद 200 :** राज्यों की विधायिका द्वारा पारित विधेयक राज्यपाल के समक्ष प्रस्तुत किया जायेगा। वह इस पर अपनी सहमति दे सकता है या इसे अस्वीकृत कर सकता है। वह इस विधेयक को संदेश के साथ या बिना संदेश के पुनर्विचार हेतु विधायिका को वापस भेज सकता है, पर पुनर्विचार के बाद दुबारा विधेयक आ जाने पर वह इसे अस्वीकृत नहीं कर सकता। इसके अतिरिक्त वह विधेयक को राष्ट्रपति के पास विचार के लिए भेज सकता है।
- **अनुच्छेद 213 :** राज्य विधायिका के सत्र में नहीं रहने पर राज्यपाल अध्यादेश जारी कर सकता है।
- **अनुच्छेद 214 :** सभी राज्यों के लिए उच्च न्यायालय की व्यवस्था होगी।
- **अनुच्छेद 226 :** मूल अधिकारों के प्रवर्तन के लिए उच्च न्यायालय को लेख (Writ) जारी करने की शक्तियाँ।
- **अनुच्छेद 233 :** जिला न्यायाधीशों की नियुक्ति राज्यपाल द्वारा उच्च न्यायालय के परामर्श से की जायेगी।
- **अनुच्छेद 235 :** उच्च न्यायालय का नियंत्रण अधीनस्थ न्यायालयों पर रहेगा।
- **अनुच्छेद 239 :** केन्द्र शासित प्रदेशों का प्रशासन राष्ट्रपति द्वारा होगा। वह यदि उचित समझे तो बगल के किसी राज्य के राज्यपाल को इसके प्रशासन का दायित्व सौंप सकता है या एक प्रशासक की नियुक्ति कर सकता है।
- **अनुच्छेद 245 :** संसद सम्पूर्ण देश या इसके किसी हिस्से के लिए तथा राज्य विधानपालिका अपने राज्य या इसके किसी हिस्से के लिए कानून बना सकती है।
- **अनुच्छेद 248 :** विधि निर्माण सम्बन्धी अवशिष्ट शक्तियाँ संसद में निहित है।
- **अनुच्छेद 249 :** राज्यसभा विशेष बहुमत द्वारा सूची के किसी विषय पर लोकसभा को एक वर्ष के लिए कानून बनाने के लिए अधिकृत कर सकती है, यदि वह इसे राष्ट्रहित में आवश्यक समझे।

- **अनुच्छेद 262 :** अन्तर्राज्यीय नदियों या नदी-घाटियों के जल के वितरण एवं नियंत्रण से सम्बन्धित विवादों के लिए संसद विधि द्वारा निर्णय कर सकती है।
- **अनुच्छेद 263 :** केन्द्र-राज्य सम्बन्धों में विवादों का समाधान करने एवं परस्पर सहयोग के क्षेत्रों के विकास के उद्देश्य से राष्ट्रपति एक अन्तर्राज्यीय परिषद् की स्थापना कर सकता है।
- **अनुच्छेद 266 :** भारत की संचित निधि, जिसमें सरकार की सभी मौद्रिक अविष्टियाँ एकत्र रहेंगी, विधि-सम्मत प्रक्रिया के बिना इससे कोई भी राशि नहीं निकाली जा सकती है।
- **अनुच्छेद 267 :** संसद विधि द्वारा एक आकस्मिक निधि स्थापति कर सकती है, जिसमें अकस्मात उत्पन्न परिस्थितियों के लिए राशि एकत्र की जायेगी।
- **अनुच्छेद 275 :** केन्द्र द्वारा राज्यों को सहायक अनुदान दिये जाने का प्रावधान है।
- **अनुच्छेद 280 :** राष्ट्रपति हर पाँचवें वर्ष एक वित्त आयोग की स्थापना करेगा, जिसमें अध्यक्ष के अतिरिक्त चार अन्य सदस्य होंगे तथा जो राष्ट्रपति के पास केन्द्र एवं राज्यों के बीच करों के वितरण के सम्बन्ध में अनुशंसा करेगा।
- **अनुच्छेद 300 क :** राज्य किसी भी व्यक्ति को उसकी सम्पत्ति से वंचित नहीं करेगा। पहले यह प्रावधान मूल अधिकारों के अन्तर्गत था, पर संविधान के 44वें संशोधन, 1978 ई. द्वारा इसे अनुच्छेद 300(क) में एक सामान्य वैधानिक (कानूनी) अधिकार के रूप में अवस्थित किया गया।
- **अनुच्छेद 312 :** राज्य सभा विशेष बहुमत द्वारा नई अखिल भारतीय सेवाओं की स्थापना की अनुशंसा कर सकती है।
- **अनुच्छेद 315 :** संघ एवं राज्यों के लिए एक लोक सेवा आयोग की स्थापना की जायेगी।
- **अनुच्छेद 324 :** चुनावों के पर्यवेक्षण, निर्देशन एवं नियंत्रण सम्बन्धी समस्त शक्तियाँ चुनाव आयोग में निहित रहेंगी।
- **अनुच्छेद 326 :** लोकसभा तथा विधान सभाओं में चुनाव वयस्क मताधिकार के आधार पर होगा।
- **अनुच्छेद 331 :** आंग्ल-भारतीय समुदाय के लोगों का राष्ट्रपति द्वारा लोकसभा में मनोनयन संभव है, यदि वह समझे कि उनका उचित प्रतिनिधित्व नहीं है।
- **अनुच्छेद 332 :** अनुसूचित जातियों एवं जनजातियों का विधानसभाओं में आरक्षण का प्रावधान।
- **अनुच्छेद 333 :** आंग्ल-भारतीय समुदाय के लोगों का विधान सभाओं में मनोनयन।
- **अनुच्छेद 335 :** अनुसूचित जातियों, जनजातियों एवं पिछड़े वर्गों के लिए विभिन्न सेवाओं में पदों पर आरक्षण का प्रावधान।
- **अनुच्छेद 343 :** संघ की अधिकारिक भाषा देवनागरी लिपि में लिखी गयी 'हिन्दी' होगी।
- **अनुच्छेद 347 :** यदि किसी राज्य में पर्याप्त संख्या में लोग किसी भाषा को बोलते हों और उनकी आकांक्षा हो कि उनके द्वारा बोली जाने वाली भाषा को मान्यता दी जाये तो इसकी अनुमति राष्ट्रपति दे सकता है।
- **अनुच्छेद 351 :** यह संघ का कर्तव्य होगा कि वह हिन्दी भाषा का प्रसार एवं उत्थान करे ताकि वह भारत की मिश्रित संस्कृति के सभी अंगों के लिए अभिव्यक्ति का माध्यम बने।
- **अनुच्छेद 352 :** राष्ट्रपति द्वारा आपात स्थिति की घोषणा, यदि वह समझता हो कि भारत या उसके किसी भाग की सुरक्षा, युद्ध, बाह्य आक्रमण या सैन्य विद्रोह के फलस्वरूप खतरे में है।

- **अनुच्छेद 356 :** यदि किसी राज्य के राज्यपाल द्वारा राष्ट्रपति को यह रिपोर्ट दी जाये कि उस राज्य में संवैधानिक तंत्र असफल हो गया है तो वहाँ राष्ट्रपति शासन लागू किया जा सकता है।
- **अनुच्छेद 360 :** यदि राष्ट्रपति यह समझता है कि भारत या इसके किसी भाग की वित्तीय स्थिरता एवं साख खतरे में है तो वह वित्तीय आपात स्थिति की घोषणा कर सकता है।
- **अनुच्छेद 365 :** यदि कोई राज्य केन्द्र द्वारा भेजे गये किसी कार्यकारी निर्देश का पालन करने में असफल रहता है तो राष्ट्रपति द्वारा यह समझा जाना विधि-सम्मत होगा कि उस राज्य में संधिधान तंत्र के अनुरूप प्रशासन चलने की स्थिति नहीं है और वहाँ राष्ट्रपति शासन लागू किया जा सकता है।
- **अनुच्छेद 368 :** संसद को संविधान के किसी भी भाग का संशोधन करने का अधिकार है।
- **अनुच्छेद 370 :** इसके अन्तर्गत जम्मू और कश्मीर की विशेष स्थिति का वर्णन है।
- **अनुच्छेद 371 :** कुछ राज्यों के विशेष क्षेत्रों के विकास के लिए राष्ट्रपति बोर्ड स्थापित कर सकता है, जैसे- महाराष्ट्र, गुजरात, नगालैंड, मणिपुर इत्यादि।
- **अनुच्छेद 394 क :** राष्ट्रपति अपने अधिकार के अन्तर्गत इस संविधान का हिन्दी भाषा में अनुवाद करायेगा।
- **अनुच्छेद 395 :** भारतीय स्वतंत्रता अधिनियम, 1947 भारत सरकार अधिनियम, 1953 तथा इनके अन्य पूरक अधिनियमों को, जिसमें प्रिवी कौंसिल क्षेत्राधिकार अधिनियम शामिल नहीं है, यहाँ रद्द किया जाता है।

34. प्रमुख संवैधानिक संशोधन

- **पहला संशोधन (1951) :** इस संशोधन द्वारा नौवीं अनुसूची को शामिल किया गया।
- **दूसरा संशोधन (1952) :** संसद में राज्यों के प्रतिनिधित्व को निर्धारित किया गया।
- **सातवाँ संशोधन (1956) :** इस संशोधन द्वारा राज्यों का अ, ब, स और द वर्गों में विभाजन समाप्त कर उन्हें 14 राज्यों और 6 केन्द्रशासित क्षेत्रों में विभक्त कर दिया गया।
- **आठवाँ संशोधन (1960) :** अनुसूचित जातियों तथा जनजातियों और एंग्लो-इण्डियन समुदाय के लिए विशेष आरक्षण की अवधि 10 वर्ष बढ़ाकर सन 1970 तक की गयी।
- **दसवाँ संशोधन (1961) :** दादर और नगर हवेली को भारतीय संघ में शामिल कर उन्हें संघीय क्षेत्र की स्थिति प्रदान की गयी।
- **12वाँ संशोधन (1962) :** गोवा, दमन और दीव का भारतीय संघ में एकीकरण किया गया।
- **13वाँ संशोधन (1962) :** संविधान में एक नया अनुच्छेद 371(अ) जोड़ा गया, जिसमें नगालैंड के प्रशासन के लिए कुछ विशेष प्रावधान किये गये। 1 दिसंबर, 1963 को नगालैंड को एक राज्य की स्थिति प्रदान कर दी गयी।
- **14वाँ संशोधन (1963) :** पाण्डिचेरी (पुडुचेरी) को संघ राज्य क्षेत्र के रूप में प्रथम अनुसूची में जोड़ा गया तथा संघ राज्य क्षेत्रों (हिमाचल प्रदेश, गोवा, दमन और दीव, पाण्डिचेरी और मणिपुर) में विधानसभाओं की स्थापना, की व्यवस्था की गयी।
- **15वाँ संशोधन (1963) :** उच्च न्यायालय के न्यायाधीशों की सेवानिवृत्ति की आयु 60 वर्ष से बढ़ाकर 62 वर्ष की गयी।

- **21वाँ संशोधन (1967) :** आठवीं अनुसूची में 'सिन्धी' भाषा को जोड़ा गया।
- **22वाँ संशोधन (1968) :** संसद को मेघालय को एक स्वतन्त्र राज्य के रूप में स्थापित करने तथा उसके लिए विधानमंडल और मंत्रिपरिषद् का उपबन्ध करने की शक्ति प्रदान की गयी।
- **23वाँ संशोधन (1970) :** अनुसूचित जातियों और जनजातियों के लिए आरक्षण की अवधि को और 10 वर्ष तक बढ़ाया गया।
- **24वाँ संशोधन (1971) :** संसद को मौलिक अधिकारों सहित संविधान के किसी भी भाग में संशोधन का अधिकार दिया गया।
- **26वाँ संशोधन (1971) :** भूतपूर्व देशी रियासतों के शासकों का प्रिवीपर्स समाप्त कर दिया गया।
- **27वाँ संशोधन (1971) :** उत्तरी-पूर्वी क्षेत्र के पाँच राज्यों- असम, नगालैंड, मेघालय, मणिपुर व त्रिपुरा तथा दो संघीय क्षेत्रों- मिजोरम और अरुणाचल प्रदेश का गठन किया गया तथा इनमें समन्वय और सहयोग के लिए एक 'पूर्वोत्तर सीमान्त परिषद्' की स्थापना की गयी।
- **36वाँ संशोधन (1975) :** सिक्किम को भारतीय संघ में संघ के 22वें राज्य के रूप में प्रवेश प्रदान किया गया।
- **37वाँ संशोधन (1975) :** अरुणाचल प्रदेश में व्यवस्थापिका तथा मंत्रिपरिषद् की स्थापना की गयी।
- **42वाँ संशोधन (1976) :** कुछ विद्वानों द्वारा इसकी व्यापक प्रकृति को दृष्टिगत रखते हुए इसे **'लघु संविधान'** (Mini Constitution) की संज्ञा प्रदान की गयी है। इसकी प्रमुख बातें इस प्रकार हैं-
  - इसके द्वारा संविधान की प्रस्तावना में 'धर्मनिरपेक्ष', 'समाजवादी' और 'अखण्डता' शब्द जोड़े गये।
  - इसके द्वारा मौलिक कर्तव्यों की व्यवस्था करते हुए नागरिकों के लिए 10 मूल कर्तव्य निश्चित किये गये।
  - इसके अनुसार नीति निर्देशक तत्त्वों को प्रभावी करने के लिए मूलाधिकारों में संशोधन किया जा सकता है।
  - लोकसभा तथा विधानसभाओं के कार्यकाल में एक वर्ष की वृद्धि की गयी।
  - निर्देशक तत्त्वों में कुछ नवीन तत्त्व जोड़े गये।
  - इसके द्वारा शिक्षा, नाप-तौल, वन और जंगली जानवर तथा पक्षियों की रक्षा, ये विषय राज्य सूची से निकालकर समवर्ती सूची में रख दिये गये।
  - यह व्यवस्था की गयी कि अनुच्छेद 352 के अन्तर्गत आपातकाल सम्पूर्ण देश में लागू किया जा सकता है या देश के किसी एक या कुछ भागों के लिए।
  - संसद द्वारा किये गये संविधान संशोधन को न्यायालय में चुनौती देने से वर्जित कर दिया गया।
- **43वाँ संशोधन (1977) :** 42वें संवैधानिक संशोधन की कुछ आपत्तिजनक व्यवस्थाओं, विशेषतया न्यायपालिका से सम्बन्धित व्यवस्थाओं को रद्द कर दिया गया।
- **44वाँ संशोधन (1978) :** इसकी प्रमुख बातें इस प्रकार हैं-
  - सम्पत्ति के मूलाधिकार को समाप्त करके इसे विधिक अधिकार बना दिया गया।
  - लोकसभा तथा राज्य विधानसभाओं की अवधि पुन: 5 वर्ष कर दी गयी।

➪ राष्ट्रपति, उपराष्ट्रपति, प्रधानमंत्री और लोकसभा अध्यक्ष के चुनाव विवादों की सुनवाई का अधिकार पुन: सर्वोच्च तथा उच्च न्यायालय को ही दे दिया गया।

➪ मंत्रिमंडल द्वारा राष्ट्रपति को जो भी परामर्श दिया जायेगा, राष्ट्रपति मंत्रिमंडल को उस पर दोबारा विचार करने के लिए कह सकेंगे लेकिन पुनर्विचार के बाद मंत्रिमंडल राष्ट्रपति को जो भी परामर्श देगा, राष्ट्रपति उस परामर्श को अनिवार्यत: स्वीकार करेंगे।

➪ (a) राष्ट्रपति द्वारा आपातकाल की घोषणा तभी का जा सकेगी जबकि मंत्रिमंडल लिखित रूप में राष्ट्रपति को ऐसा परामर्श दे। (b) आपातकाल युद्ध, बाहरी आक्रमण या सशस्त्र विद्रोह की स्थिति में ही घोषित किया जा सकेगा 'आन्तरिक अशान्ति' के आधार पर नहीं। (c) घोषणा के एक माह के भीतर संसद के विशेष बहुमत से इसकी स्वीकृति आवश्यक होगी।

➪ 'व्यक्ति के जीवन और स्वतन्त्रता के अधिकार' को शासन के द्वारा आपातकाल में भी स्थगित या सीमित नहीं किया जा सकता, आदि।

➪ **45वाँ संशोधन (1980) :** अनुसूचित जातियों तथा जनजाति वर्गों के लिए आरक्षण की अवधि 25 जनवरी, 1990 तक के लिए कर दी गयी।

➪ **49वाँ संशोधन (1984) :** इसके आधार पर संविधान छठी अनुसूची के अन्तर्गत त्रिपुरा में 'स्वायत्तशाली जिला परिषद्' की स्थापना की गयी।

➪ **51वाँ संशोधन (1984) :** मेघालय, नगालैंड, अरुणाचल प्रदेश और मिजोरम की अनुसूचित जनजातियों को लोकसभा में आरक्षण प्रदान किया गया तथा नगालैंड और मेघालय की विधान सभाओं में जनजातियों के लिए आरक्षण की व्यवस्था की गयी।

➪ **52वाँ संशोधन (1985) :** इस संशोधन द्वारा संविधान में दसवीं अनुसूची जोड़ी गयी। इसके द्वारा राजनीतिक दल-बदल पर कानूनी रोक लगाने की चेष्टा की गयी है।

➪ **55वाँ संशोधन (1986) :** अरुणाचल प्रदेश को भारतीय संघ के अन्तर्गत राज्य का दर्जा प्रदान किया गया।

➪ **56वाँ संशोधन (1987) :** इसमें गोवा को पूर्ण राज्य का दर्जा देने तथा 'दमन व दीव' को नया संघीय क्षेत्र बनाने की व्यवस्था है।

➪ **57वाँ संशोधन (1987) :** मेघालय, मिजोरम, नगालैंड तथा अरुणाचल प्रदेश की विधान सभाओं में जनजातियों के लिए आरक्षण की व्यवस्था की गयी।

➪ **58वाँ संशोधन (1987) :** संविधान के हिन्दी में प्राधिकृत पाठ को मान्यता प्रदान की गयी है।

➪ **61वाँ संशोधन (1989) :** मताधिकार के लिए न्यूनतम आवश्यक आयु 21 वर्ष से घटाकर 18 वर्ष कर दी गयी।

➪ **62वाँ संशोधन (1990) :** लोकसभा तथा राज्य विधानसभाओं में अनुसूचित जातियों तथा जनजातियों के आरक्षण में 10 वर्ष की और वृद्धि की गयी।

➪ **65वाँ संशोधन (1990) :** 'अनुसूचित जाति तथा जनजाति आयोग' के गठन की व्यवस्था की गयी है।

➪ **69वाँ संशोधन (1991) :** दिल्ली का नाम 'राष्ट्रीय राजधानी क्षेत्र' किया गया तथा इसके लिए 70 सदस्यीय विधानसभा तथा एक मंत्रिपरिषद के गठन का प्रावधान किया गया।

➪ **70वाँ संशोधन (1992) :** दिल्ली तथा पाण्डिचेरी (पुडुचेरी) संघ राज्य क्षेत्रों की विधानसभाओं के सदस्यों को राष्ट्रपति के निर्वाचक मंडल में शामिल करने का प्रावधान किया गया।

- **71वाँ संशोधन (1992) :** तीन और भाषाओं- कोंकणी, मणिपुरी और नेपाली को संविधान की आठवीं अनुसूची में सम्मिलित किया गया है।
- **73वाँ संशोधन (1992) :** संविधान में एक नया भाग 9 तथा एक नई अनुसूची ग्यारहवीं अनुसूची जोड़ी गयी और पंचायती राज व्यवस्था को संवैधानिक दर्जा प्रदान किया गया।
- **74वाँ संशोधन (1993) :** संविधान में एक नया भाग- भाग 9क और एक नई अनुसूची 12वीं अनुसूची जोड़कर शहरी क्षेत्र की स्थानीय स्वशासन संस्थाओं को संवैधानिक दर्जा प्रदान किया गया।
- **79वाँ संशोधन (2000) :** अनुसूचित जातियों तथा अनुसूचित जनजातियों के लिए आरक्षण की अवधि 25 जनवरी, 2010 ई. तक के लिए बढ़ा दी गयी है।
- **80वाँ संशोधन (2000) :** इस संवैधानिक संशोधन के माध्यम से व्यवस्था की गयी है कि अब राज्यों को 'प्रत्यक्ष केन्द्रीय करों' से प्राप्त कुल धनराशि का 29 प्रतिशत हिस्सा मिलेगा।
- **84वाँ संशोधन (2001) :** इसके तहत लोकसभा एवं विधानसभाओं की सीटों की संख्या में सन् 2026 तक कोई छेड़छाड़ नहीं करने की व्यवस्था की गई।
- **85वाँ संशोधन (2001) :** इस संशोधन से सरकारी नौकरियों में अनुसूचित जाति व अनुसूचित जनजाति के कर्मचारियों को पदोन्नति में आरक्षण का मार्ग प्रशस्त किया गया।
- **87वाँ संशोधन (2003) :** इसमें ये प्रावधान किया गया है कि निर्वाचन क्षेत्रों का परिसीमन सन 2001 की जनगणना के आधार पर होगा। एक बात ध्यान रहे कि 84वाँ संशोधन (2011) में परिसीमन के लिए 1991 की जनगणना को आधार बनाया गया था। हांलाकि इसे लागू नहीं किया गया।
- **88वाँ संशोधन (2003) :** इस संशोधन के द्वारा संविधान की सातवीं अनुसूची में संशोधन कर केन्द्र सरकार को **सेवा कर** लगाने का अधिकार प्रदान किया गया है।
- **89वाँ संशोधन (2003) :** अनुसूचित जनजाति के लिए अलग राष्ट्रीय आयोग स्थापित किया गया।
- **90वाँ संशोधन (2003) :** असम विधानसभा में अनुसूचित जनजातियों और गैर-अनुसूचित जनजातियों का प्रतिनिधित्व बरकरार रखते हुए बोडोलैंड टेरीटोरियल कौंसिल क्षेत्र, गैर-जनजाति के लोगों के अधिकारों की सुरक्षा का प्रावधान किया गया।
- **91वाँ संशोधन (2003) :** इसमें दलबदल विरोधी कानून में संशोधन किया गया है। इसके अतिरिक्त ये प्रावधान भी किया गया है कि केन्द्र और राज्य सरकारें अपने-अपने मंत्रिमंडल में मंत्रियों की संख्या लोकसभा और विधानसभा की सीटों के 15% से ज्यादा नहीं कर सकतीं।
- **92वाँ संशोधन (2003) :** इसमें आठवीं अनुसूची में चार और भाषाओं- मैथिली, डोगरी, बोडो और सन्थाली को जोड़ा गया है।
- **93वाँ संशोधन (2006) :** इसके तहत अनुसूचित जाति/जनजाति व अन्य पिछड़े वर्गों के लिए शिक्षण संस्थाओं में आरक्षण की सुविधा प्रदान की गयी है। इसे संविधान के अनुच्छेद 15 की धारा 4 में जोड़ा गया है।
- **94वाँ संशोधन (2006) :** इसके द्वारा बिहार राज्य को एक जनजाति कल्याण मंत्री नियुक्त करने के उत्तरदायित्व से मुक्त कर दिया गया तथा इस प्रावधान को झारखंड व छत्तीसगढ़ राज्यों में लागू करने की व्यवस्था की गयी। मध्यप्रदेश एवं ओडिशा राज्य में यह प्रावधान पहले से ही लागू है।

➩ **95वाँ संशोधन (2009) :** इसके द्वारा अनुच्छेद-334 में संशोधन कर, लोकसभा में अनुसूचित जातियों व जनजातियों के आरक्षण एवं आंग्ल-भारतीयों को मनोनीत करने सम्बन्धी प्रावधान को 2020 तक के लिए बढ़ा दिया गया है।

➩ **96वाँ संशोधन (2011) :** इसके संविधान की आठवीं अनुसूची में 'उडिया' के स्थान पर 'ओडिया' लिखा गया।

➩ **97वाँ संशोधन (2012) :** अनुच्छेद 19(1) (C) मे 'अथवा संघों' शब्दों के बाद अथवा 'सहकारी सोसाइटी' शब्द जोड़ गए तथा अनुच्छेद 43(B) यानी सहकारी सोसाइटियों के संवर्धन को शामिल किया गया और खंड यानी सहकारी सोसाइटी जोड़ा गया।

➩ **98वाँ संशोधन (2013) :** इसके तहत अनुच्छेद 371(J) शामिल किया गया। इसका उद्देश्य कर्नाटक के राज्यपाल का हैदराबाद-कर्नाटक क्षेत्र के विकास हेतु कदम उठाने के लिए सशक्त करना था।

➩ **99वाँ संशोधन (2014) :** इस संशोधन के द्वारा राष्ट्रीय न्यायिक नियुक्ति आयोग (NJAC) का गठन किया गया। साथ ही संविधान में अनुच्छेद 124 A, 124 B, और 124 C को शामिल किया गया। इसके अतिरिक्त अनुच्छेद 127, 128, 217, 222, 224A तथा 231 में संशोधन किया गया। इसे सर्वोच्च न्यायालय ने 16 अक्टूबर, 2015 में निरस्त कर दिया।

➩ **100वाँ संशोधन (2015) :** इस संशोधन के द्वारा भारत व बांग्लादेश के बीच भूमि संबंधी अदला-बदली की व्यवस्था की गई। साथ ही इस संशोधन से संविधान की पहली अनुसूची में भी कुछ संशोधन किया गया।

35. 1950 के पश्चात् बनाये गये राज्य

आंध्रप्रदेश	आंध्रप्रदेश अधिनियम, 1953 द्वारा चेन्नई राज्य के कुछ क्षेत्रों को निकालकर बनाया गया। भाषायी आधार पर पृथक् होने वाला पहला राज्य।
गुजरात, महाराष्ट्र	1960 में मुम्बई राज्य को दो भागों गुजरात तथा महाराष्ट्र में विभाजित कर दिया गया।
केरल	ट्रावनकोर-कोचीन की जगह बनाया गया (राज्य पुनर्गठन अधिनियम, 1956 के द्वारा)।
कर्नाटक	राज्य पुनर्गठन अधिनियम, 1956 द्वारा मैसूर राज्य से पृथक् कर बनाया गया। राज्य अधिनियम, 1973 में इसे कर्नाटक नाम दिया गया।
नागालैंड	नागालैंड राज्य अधिनियम, 1962 द्वारा असम राज्य से अलग बनाया गया नया राज्य।
हरियाणा	पंजाब पुनर्गठन अधिनियम, 1966 द्वारा पंजाब के कुछ क्षेत्रों को निकालकर बनाया गया।
हिमाचल प्रदेश	हिमाचल संघ राज्य क्षेत्र को हिमाचल प्रदेश राज्य अधिनियम, 1970 द्वारा राज्य का दर्जा।
मेघालय	संविधान के 23वें संशोधन अधिनियम, 1969 द्वारा इसे असम राज्य के भीतर एक उपराज्य बनाया गया, पूर्वोत्तर क्षेत्र पुनर्गठन अधिनियम, 1971 द्वारा इसे पूर्ण राज्य का दर्जा प्रदान किया गया।
मणिपुर, त्रिपुरा	पूर्वोत्तर क्षेत्र पुनर्गठन अधिनियम, 1971 द्वारा संघ राज्य क्षेत्र से पूर्ण राज्य का दर्जा दिया गया।

सिक्किम	36वें संविधान संशोधन अधिनियम, 1975 द्वारा इसे पूर्ण राज्य की मान्यता प्रदान की गयी।
मिजोरम	मिजोरम राज्य अधिनियम, 1986 द्वारा पूर्ण राज्य का दर्जा प्रदान किया गया।
अरुणाचल प्रदेश	अरुणाचल प्रदेश अधिनियम, 1986 द्वारा संघ राज्य क्षेत्र से पूर्ण राज्य का दर्जा प्रदान किया गया।
गोवा	गोवा, दमन और दीव पुनर्गठन अधिनियम, 1987 द्वारा संघ दमन और दीव राज्य क्षेत्र बना रहने दिया गया तथा गोवा को निकालकर राज्य का दर्जा प्रदान किया गया।
छत्तीसगढ़	यह राज्य मध्यप्रदेश से अलग करके बनाया गया है। (84वें संविधान संशोधन अधिनियम, 2000 द्वारा सृजित)।
उत्तराखंड	यह राज्य उत्तरप्रदेश से अलग करके बनाया गया है। (84वें संविधान संशोधन अधिनियम, 2000 द्वारा सृजित)।
झारखंड	यह राज्य बिहार राज्य से अलग करके बनाया गया है। (84वें संविधान संशोधन अधिनियम, 2000 द्वारा सृजित)।
तेलंगाना	आंध्रप्रदेश पुनर्गठन अधिनियम-2014 द्वारा तेलंगाना को आंध्रप्रदेश से पृथक कर भारत का 29वाँ राज्य बनाया गया।

36. भारत के महत्त्वपूर्ण पदाधिकारियों से सम्बन्धित महत्त्वपूर्ण तथ्य

पदाधिकारी	निर्वाचन/चयन	शपथ ग्रहण	त्यागपत्र
राष्ट्रपति	निर्वाचक मंडल द्वारा	मुख्य न्यायाधीश	उपराष्ट्रपति
उपराष्ट्रपति	निर्वाचक मंडल	राष्ट्रपति	राष्ट्रपति
प्रधानमंत्री	राष्ट्रपति	राष्ट्रपति	राष्ट्रपति
लोकसभा अध्यक्ष	मतदान द्वारा	राष्ट्रपति	लोकसभा उपाध्यक्ष
लोकसभा उपाध्यक्ष	लोकसभा द्वारा	राष्ट्रपति	लोकसभा अध्यक्ष
राज्यसभा उपसभापति	राज्य सभा द्वारा	–	राज्यसभा सभापति अर्थात् उपराष्ट्रपति
मुख्य चुनाव आयुक्त	राष्ट्रपति	राष्ट्रपति	राष्ट्रपति
मुख्य न्यायाधीश	राष्ट्रपति	राष्ट्रपति	राष्ट्रपति
नियंत्रक एवं महालेखा परीक्षक	राष्ट्रपति	राष्ट्रपति	राष्ट्रपति
अध्यक्ष, संघ लोक सेवा आयोग	राष्ट्रपति	राष्ट्रपति	राष्ट्रपति
अध्यक्ष, नीति आयोग	राष्ट्रपति	राष्ट्रपति	राष्ट्रपति
राज्यपाल	राष्ट्रपति	राष्ट्रपति	राष्ट्रपति
मुख्यमंत्री	राज्यपाल	राज्यपाल	राज्यपाल
अध्यक्ष, वित्त आयोग	राष्ट्रपति	–	राष्ट्रपति

37. भारत के मुख्य पदाधिकारियों से सम्बन्धित उम्र सम्बन्धी तथ्य

पदाधिकारी	न्यूनतम उम्र	अधिकतम उम्र
राष्ट्रपति	35 वर्ष	–
उपराष्ट्रपति	35 वर्ष	–
लोकसभा अध्यक्ष	25 वर्ष	–
लोकसभा सदस्य	25 वर्ष	–
राज्यसभा सदस्य	30 वर्ष	–
मुख्य न्यायाधीश (सर्वोच्च न्यायालय)	–	65 वर्ष
महान्यायवादी	–	65 वर्ष
नियंत्रक एवं महालेखा परीक्षक	–	65 वर्ष
अध्यक्ष, लोक सेवा आयोग	–	65 वर्ष
राज्यपाल	35 वर्ष	–
मुख्यमंत्री	25 वर्ष	–
विधानसभा सदस्य	25 वर्ष	–
विधान परिषद् सदस्य	30 वर्ष	–
मुख्य न्यायाधीश (उच्च न्यायालय)	–	65 वर्ष
अन्य न्यायाधीश (उच्च न्यायालय)	–	65 वर्ष

38. विभिन्न राष्ट्रीय व राज्यस्तरीय पार्टियाँ

पार्टी (स्थापना वर्ष)	संस्थापक/अध्यक्ष	चुनाव चिह्न	वर्तमान अध्यक्ष/ महासचिव
भाजपा (1956)	श्याम प्र. मुखर्जी	कमल	अमित शाह
कांग्रेस (1885)	ए.ओ. ह्यूम	हाथ (पंजा)	श्रीमती सोनिया गांधी
जनता दल (यू.)	शरद यादव	तीर	नीतीश कुमार
भाकपा (1920)	एम.एन. राय	अनाज की बाली एवं हंसिया	एम. सुधाकर रेड्डी वर्द्धन
माकपा (1964)	इ.एम.एम. डांगे	हंसिया, हथौड़ा एवं तारा	सीताराम येचुरी
बसपा	कांशीराम	हाथी	मायावती
समाजवादी पार्टी	मुलायम सिंह यादव	साईकिल	मुलायम सिंह यादव
राष्ट्रीय जनता दल (1997)	लालू प्रसाद यादव	लालटेन	लालू प्रसाद यादव
शिवसेना (1969)	बाला साहेब ठाकरे	तीर-धनुष	उद्धव ठाकरे
अन्नाद्रमुक (1972)	एम.जी. रामचन्द्रन	दो पत्तियाँ	जे. जयललिता
द्रविड़ मुनेत्र कड़गम (1949)	ए.एन. अन्नादुरै	उगता सूरज	एम. करुणानिधि
अकाली दल (1925)	मास्टर तारा सिंह	स्कैल	प्रकाश सिंह बादल
तेलुगुदेशम	एन.टी. रामाराव	साईकिल	चन्द्रबाबू नायडू
नेशनल कांफ्रेस (1934)	शेख अब्दुल्ला	हल	उमर अब्दुल्ला
तृणमूल कांग्रेस (1997)	ममता बनर्जी	फूल एवं घास	ममता बनर्जी
बीजू जनता दल (1997)	नवीन पटनायक	शंख	नवीन पटनायक

39. देश में वरीयता अनुक्रम

1. राष्ट्रपति
2. उपराष्ट्रपति
3. प्रधानमंत्री
4. राज्यों के राज्यपाल अपने-अपने राज्य में
5. भूतपूर्व राष्ट्रपति

5.क उप प्रधानमंत्री

6. भारत के मुख्य न्यायाधीश, लोकसभा के अध्यक्ष
7. केन्द्रीय मंत्रिमंडल के मंत्री, राज्यों के मुख्मंत्री अपने-अपने राज्य में, उपाध्यक्ष, योजना आयोग, भूतपूर्व प्रधानमंत्री, राज्य सभा और लोक सभा में विपक्ष के नेता

7.क भारत रत्न से सम्मानित व्यक्ति

8. भारत स्थित विदेशों के असाधारण तथा पूर्णाधिकारी राजदूत तथा राष्ट्रमंडल देशों के उच्चायुक्त, राज्यों के मुख्यमंत्री अपने-अपने राज्य से बाहर, राज्यों के राज्यपाल अपने-अपने राज्य से बाहर
9. उच्चतम न्यायालय के न्यायाधीश

9.क मुख्य निर्वाचन आयुक्त
भारत के नियंत्रक और महालेखा परीक्षक

10. राज्य सभा के उप-सभापति, राज्यों के उप-मुख्यमंत्री, लोक सभा के उपाध्यक्ष, योजना आयोग के सदस्य

    केन्द्र के राज्यमंत्री और रक्षा मंत्रालय के रक्षा सम्बन्धी मामलों के लिए कोई अन्य मंत्री
11. भारत के महान्यायवादी (एटार्नी जनरल), मंत्रिमंडलीय सचिव

    उप-राज्यपाल अपने-अपने केन्द्रशासित प्रदेशों में
12. जनरल अथवा उनके समान रैंक वाले सेनाध्यक्ष
13. भारत स्थित विदेश के असाधारण दूत तथा पूर्णाधिकारी मंत्री
14. राज्यों के विधानमंडलों के सभापति और अध्यक्ष अपने-अपने राज्य में, उच्च न्यायालयों के मुख्य न्यायाधीश अपने-अपने क्षेत्राधिकार में।
15. राज्यों के मंत्रिमंडल स्तर के मंत्री अपने-अपने राज्य में, केन्द्रशासित प्रदेशों के मुख्यमंत्री और दिल्ली के मुख्य कार्यकारी पार्षद अपने-अपने केन्द्र शासित प्रदेशों में, केन्द्र के उप-मंत्री
16. लेफ्टिनेंट जनरल अथवा उनके समान रैंक वाले स्थानापन्न सेनाध्यक्ष।
17. केन्द्रीय प्रशासनिक ट्रिब्यूनल के अध्यक्ष, अल्पसंख्यक आयोग के अध्यक्ष, अनुसूचित जाति एवं जनजाति आयोग के अध्यक्ष, संघ लोक सेवा आयोग के अध्यक्ष, उच्च न्यायालयों के मुख्य न्यायाधीश अपने-अपने क्षेत्राधिकार के बाहर, उच्च न्यायालयों के अपर न्यायाधीश अपने-अपने क्षेत्र में।
18. राज्यों के कैबिनेट मंत्री अपने-अपने राज्य से बाहर, राज्यों के विधानमंडल के सभापति और अध्यक्ष अपने-अपने राज्य से बाहर।

    एकाधिकार और निर्बन्धन व्यापारिक व्यवहार आयोग के अध्यक्ष, राज्य विधानमंडल के उप-सभापति तथा उपाध्यक्ष अपने-अपने राज्य में, राज्यों के राज्यमंत्री और दिल्ली महानगर परिषद् के कार्यकारी

पार्षद अपने-अपने केन्द्र शासित प्रदेशों में, केन्द्रशासित प्रदेशों की विधान सभाओं के अध्यक्ष और दिल्ली महानगर परिषद् के सभापति अपने-अपने केन्द्रशासित प्रदेशों में।

19. बिना मंत्रिपरिषद् वाले केन्द्रशासित प्रदेशों के मुख्यायुक्त अपने-अपने केन्द्रशासित प्रदेशों में, राज्य के उपमंत्री अपने-अपने राज्य में, केन्द्रशासित प्रदेशों की विधान सभाओं के उपाध्यक्ष और दिल्ली महानगर परिषद् के उप-सभापति अपने-अपने केन्द्रशासित प्रदेशों में।

20. राज्यों के विधानमंडलों के उप-सभापति तथा उपाध्यक्ष अपने-अपने राज्यों से बाहर, राज्यों के राज्यमंत्री अपने-अपने राज्य से बाहर, उच्च न्यायालयों के अवर न्यायाधीश अपने-अपने क्षेत्राधिकार से बाहर।

21. संसद सदस्य

22. राज्यों के उपमंत्री अपने-अपने राज्य से बाहर।

23. आर्मी कमांडर/उप-थलसेनाध्यक्ष अथवा अन्य सेवाओं में उसके समान पद वाले अधिकारी, राज्य सरकारों के मुख्य सचिव अपने-अपने राज्य में।

भाषायी अल्पसंख्यकों का आयुक्त, अनुसूचित जाति तथा अनुसूचित जनजाति आयुक्त, अल्पसंख्यक आयोग के सदस्य, अनुसूचित जाति तथा अनुसूचित जनजाति आयोग के सदस्य, जनरल के रैंक के अथवा उसके समान रैंक वाले अधिकारी, भारत सरकार के सचिव (इस पद को पदेन धारण करने वाले अधिकारियों सहित), अल्संख्यक आयोग के सचिव, अनुसूचित जाति तथा अनुसूचित जनजाति आयोग के सचिव, राष्ट्रपति के सचिव, प्रधानमंत्री के सचिव, सचिव, राज्यसभा/लोकसभा, सॉलिसिटर जनरल, केन्द्रीय प्रशासनिक ट्रिब्यूनल के उपाध्यक्ष।

24. लेफ्टिनेंट जनरल के रैंक के अथवा उसके समान रैंक वाले अधिकारी।

25. भारत सरकार के अतिरिक्त सचिव, एडीशनल सॉलिसिटर जनरल, राज्यों के महाधिवक्ता, स्थायी एवं अस्थायी कार्यदूत (चार्ज डी अफेयर्स) तथा स्थानापन्न उच्चायुक्त, केन्द्रशासित प्रदेशों के मुख्यमंत्री और दिल्ली के मुख्य कार्यकारी पार्षद अपने-अपने केन्द्रशासित प्रदेशों के बाहर, राज्य सरकारों के मुख्य सचिव अपने-अपने राज्य में, उपनियंत्रक तथा महालेखा परीक्षक (डिप्टी कन्ट्रोलर एवं ऑडिटर जनरल), केन्द्र शासित प्रदेशों की विधानसभाओं के उपाध्यक्ष और दिल्ली महानगर परिषद् के उप-सभापति अपने-अपने केन्द्रशासित प्रदेशों से बाहर, निदेशक, केन्द्रीय अन्वेषण ब्यूरो, महानिदेशक, सीमा सुरक्षा बल, महानिदेशक, केन्द्रीय रिजर्व पुलिस बल, निदेशक, खुफिया ब्यूरो, उप-राज्यपाल अपने-अपने केन्द्रशासित प्रदेशों के बाहर, सदस्य केन्द्रीय प्रशासनिक ट्रिब्यूनल, सदस्य संघ लोक सेवा आयोग, संघ शासित क्षेत्रों के मंत्री और दिल्ली के कार्यकारी पार्षद अपने-अपने राज्य से बाहर, मेजर जनरल अथवा उनके समकक्ष सैन्य अधिकारी, संघ शासित राज्यों के विधान सभा अध्यक्ष अपने राज्य से बाहर।

26. भारत सरकार के संयुक्त सचिव और उनके समकक्ष अधिकारी।

40. प्रमुख संवैधानिक अधिकारियों के मासिक वेतन

1.	राष्ट्रपति	1,50,000 रुपये
2.	उपराष्ट्रपति	1,25,000 रुपये
3.	लोक सभा अध्यक्ष	1,25,000 रुपये

4.	राज्यपाल	1,10,000 रुपये
5.	सर्वोच्च न्यायालय के मुख्य न्यायाधीश	1,00,000 रुपये
6.	सर्वोच्च न्यायालय के अन्य न्यायाधीश	90,000 रुपये
7.	उच्च न्यायालय के मुख्य न्यायाधीश	90,000 रुपये
8.	उच्च न्यायालय के अन्य न्यायाधीश	80,000 रुपये
9.	नियंत्रक एवं महालेखा परीक्षक	90,000 रुपये
10.	मुख्य चुनाव आयुक्त	90,000 रुपये
11.	महान्यायवादी	90,000 रुपये

41. भारत के राष्ट्रीय प्रतीक

राष्ट्रीय ध्वज

- संविधान सभा ने राष्ट्रीय ध्वज (तिरंगा) का प्रारूप 22 जुलाई, 1947 को अपनाया।
- ध्वज में समान अनुपात वाली तीन आड़ी पट्टियाँ हैं जो केसरिया, सफेद व हरे रंग की हैं।
- ध्वज के सबसे ऊपर गहरा केसरिया रंग होता है, जो जागृति, शौर्य तथा त्याग का प्रतीक है, बीच में सफेद रंग होता है, जो सत्य एवं पवित्रता का प्रतीक है तथा सबसे नीचे गहरा हरा रंग होता है, जो जीवन समृद्धि का प्रतीक है।
- ध्वज के बीच में सफेद रंग वाली पट्टी के बीच में गहरे नीले रंग की 24 तीलियों वाला अशोक चक्र है जो धर्म और ईमानदारी के मार्ग पर चलकर देश को उन्नति की ओर ले जाने की प्रेरणा देता है।
- ध्वज की लम्बाई एवं चौड़ाई का अनुपात 3:2 है।
- ध्वज का प्रयोग और प्रदर्शन एक संहिता द्वारा नियमित होता है।

राष्ट्रीय गान

- रवीन्द्र नाथ टैगोर द्वारा रचित 'जन-गण-मन' को भारत के राष्ट्रीय गान के रूप में स्वीकार किया गया है।

> जन-गण-मन अधिनायक जय हे। भारत-भाग्य विधाता।।
> पंजाब-सिंध-गुजरात-मराठा। द्राविड़ उत्कल बंगा।।
> विंध्य हिमाचल यमुना गंगा। उच्छल-जलधि-तरंगा।।
> तब शुभ नामे जागे, तब शुभ आशिष मांगे।।
> जाहे तब जय-गाथा।।
> जन-गण-मंगलदायक जय हे, भारत-भाग्य विधाता।।
> जय हे, जय हे, जय हे, जय जय जय जय हे।।

- राष्ट्रगान को 24 जनवरी, 1950 ई. को संविधान सभा द्वारा अंगीकृत किया गया।
- राष्ट्रगान के गायन का समय 52 सेकंड है किन्तु कुछ अवसरों पर इसे संक्षिप्त रूप में गाया जाता है जिसका समय 20 सेकंड है।
- इस गीत को सर्वप्रथम सन् 1911 ई. में भारतीय राष्ट्रीय कांग्रेस के कलकत्ता अधिवेशन में गाया गया था।

- यह जनवरी, 1912 में 'तत्त्वबोधिनी' नामक पत्रिका में 'भारत भाग्य विधाता' शीर्षक से सर्वप्रथम प्रकाशित हुआ।
- सन् 1919 ई. में रवीन्द्र नाथ टैगोर ने इस गीत का अंग्रेजी अनुवाद 'द मॉर्निंग सौंग ऑफ इंडिया' (The Morning Song of India) शीर्षक से किया।
- राष्ट्रगान में 13 पंक्तियाँ हैं।
- राष्ट्रगान का वर्तमान संगीतमय धुन बनाने का श्रेय कैप्टन रामसिंह ठाकुर (INA के सिपाही) को दिया जाता है।

राष्ट्रीय गीत

- बंकिमचन्द्र चटर्जी द्वारा रचित **'वन्दे मातरम्'** को भारत के राष्ट्रीय गीत के रूप में 24 जनवरी, 1950 को अपनाया गया।
- यह गीत बंकिमचन्द्र चटर्जी के प्रसिद्ध उपन्यास **'आनन्दमठ'** से लिया गया है।
- इस गीत की रचना सन् 1874 ई. में हुई थी।

वंदे मातरम्!
सुजलाम्, सुफलाम्, मलयज-शीतलाम्,
शस्यश्यामलम्, मातरम्!
शुभ्रज्योत्सनां, पुलकितयामिनीम्
फुल्लकुसुमित द्रुमदल शोभिनीम्
सुहासिनीम् सुमधर भाषिणीम्
सुखदाम्, वरदाम्, मातरम्!
वंदे मातरम्

- इस गीत को सन् 1896 ई. के भारतीय राष्ट्रीय कांग्रेस के अधिवेशन में पहली बार गाया गया था।
- इस गीत को गाने का समय 1 मिनट और पाँच सेकंड है।
- राष्ट्रीय गीत का अंग्रेजी अनुवाद श्री अरबिन्दों घोष ने किया था।

राष्ट्रीय चिह्न

- 26 जनवरी, 1950 ई. को भारत ने सारनाथ स्थित **अशोक स्तम्भ** के शीर्ष की अनुकृति को राज चिह्न के रूप में स्वीकार किया।
- अशोक स्तम्भ के शीर्ष की जिस अनुकृति को स्वीकार किया गया उसमें तीन सिंह दिखायी पड़ते हैं।
- मूल आकृति में स्तम्भ के चार सिंह एक-दूसरे की ओर पीठ किये हुए खड़े हैं।
- इसके नीचे की पट्टी के मध्य में उभरी नक्काशी में चक्र है जिसके दायीं ओर एक-एक साँड और बायीं ओर एक घोड़ा है।
- फलक के नीचे देवनागरी लिपि में **'सत्यमेव जयते'** अंकित है जो मुण्डकोपनिषद से लिया गया है।

राष्ट्रीय पंचांग (कैलेण्डर)

- भारत ने सरकारी उद्देश्य के लिए 22 मार्च, 1957 को राष्ट्रीय पंचांग को अपनाया।

- भारतीय राष्ट्रीय पंचांग **शक संवत्** पर आधारित है।
- राष्ट्रीय पंचांग के अनुसार वर्ष का प्रारम्भ चैत्र प्रथम तिथि को होता है, जो ग्रिगेरियन कैलेण्डर के अनुसार सामान्य वर्षों में 21 मार्च को तथा लीप वर्ष 22 मार्च को पड़ता है।

अन्य राष्ट्रीय प्रतीक

भारत का राष्ट्रीय वाक्य	सत्यमेव जयते	भारत की राष्ट्रीय मुद्रा	रुपया
भारत की राष्ट्रीयता	भारतीय	भारत की राष्ट्रीय नदी	गंगा
भारत की राष्ट्रभाषा	हिन्दी	भारत का राष्ट्रीय पक्षी	मोर
भारत की राष्ट्रीय लिपि	देवनागरी	भारत का राष्ट्रीय पशु	बाघ
भारत का राष्ट्रीय ध्वज गीत	हिन्द देश का प्यारा झंडा	भारत का राष्ट्रीय फूल	कमल
भारत का राष्ट्रीय नारा	श्रमेव जयते	भारत का राष्ट्रीय फल	आम
भारत के राष्ट्रपिता	महात्मा गांधी	भारत का राष्ट्रीय धरोहर पशु	हाथी
भारत की राष्ट्रीय विदेश नीति	गुट–निरपेक्षता	भारत का राष्ट्रीय खेल	हॉकी
भारत का राष्ट्रीय पुरस्कार	भारत रत्न	भारत का राष्ट्रीय मिठाई	जलेबी
भारत का राष्ट्रीय सूचना पत्र/ (दस्तावेज)	श्वेत पत्र	भारत के राष्ट्रीय पर्व	26 जनवरी (गणतंत्र दिवस) 15 अगस्त (स्वतंत्रता दिवस) 2 अक्टूबर (गांधी जयंती)

भारतीय अर्थव्यवस्था

1. भारतीय अर्थव्यवस्था के महत्त्वपूर्ण लक्षण

भारतीय अर्थव्यवस्था रूप से प्राथमिक विकासशील अर्थव्यवस्था है। आज भी यह पिछड़ी हुई है, लेकिन अब गरीबी के दुश्चक्र से बाहर है। भारत के कुल कार्यशील जनसंख्या का लगभग 52 प्रतिशत भाग कृषि में लगा हुआ है जबकि सकल घरेलू उत्पाद (GDP) का लगभग 15 प्रतिशत भाग कृषि तथा सम्बद्ध क्षेत्र से प्राप्त होता है। भारत की अर्थव्यवस्था के विभिन्न पहलुओं से सम्बद्ध विशेषताओं को निम्नलिखित बिन्दुओं के माध्यम से प्रस्तुत किया जा सकता है-

1. **निम्न प्रतिव्यक्ति आय :** भारत में प्रतिव्यक्ति आय का स्तर बहुत नीचा है। अब अन्तरराष्ट्रीय तुलना के लिए प्रतिव्यक्ति आय की गणना में एक नई रीति का प्रयोग किया जाने लगा है। इस नई रीति में प्रतिव्यक्ति आय की गणना सम्बन्धित राष्ट्र में मुद्रा की क्रय शक्ति के आधार पर की जाती है, जबकि पारम्परिक रीति में मुद्रा की विनिमय दर को आधार माना जाता था।
2. **धन एवं आय के वितरण में असमानता :** भारत में धन एवं आय के वितरण में भारी असमानता पायी जाती है, यद्यपि दूसरी पंचवर्षीय योजना में समाजवादी समाज की स्थापना का लक्ष्य स्वीकार किया गया फिर भी इस दिशा में अभी तक कोई विशेष प्रगति नहीं हो पायी है।
3. **कृषि की प्रधानता एवं कृषि पर जनसंख्या का अधिक दबाव :** भारत में भूमि-श्रम का अनुपात अनुकूल नहीं है। प्रतिव्यक्ति भूमि बहुत कम है। दूसरे शब्दों में प्रति हेक्टेयर व्यक्तियों की संख्या अधिक है। भारत की कुल श्रमशक्ति का लगभग 52% भाग कृषि में लगा हुआ है जबकि सकल घरेलू उत्पाद (GPD) का लगभग 15% भाग कृषि तथा उससे जुड़े क्षेत्र से प्राप्त होता है।
4. **जनसंख्या का अधिक होना :** भारत में जनाधिक्य की स्थिति पायी जाती है। प्रत्येक दशक में यहाँ जनसंख्या में लगभग 24 प्रतिशत की वृद्धि हो जाती है। यद्यपि हाल के दशकों में इस प्रवृत्ति में कमी आयी है। भारत का क्षेत्रफल विश्व के क्षेत्रफल का 2.4 प्रतिशत है, जबकि भारत की जनसंख्या विश्व की कुल जनसंख्या का 17.5 प्रतिशत है।
5. **असंतुलित आर्थिक विकास :** अभी भी भारतीय अर्थव्यवस्था का संतुलित विकास नहीं हुआ है। यह बात इस तथ्य से प्रमाणित होता है कि आज भी देश की श्रमशक्ति का लगभग 52 प्रतिशत भाग प्राथमिक क्षेत्र अर्थात् कृषि पर निर्भर है।
6. **अत्यधिक दरिद्रता :** भारत में अभी भी गाँवों व शहरों में करोड़ों व्यक्ति निर्धनता रेखा से नीचे हैं। भारत में आज भी लगभग 21 प्रतिशत लोग निर्धनता रेखा से नीचे जीवनयापन करते हैं।
7. **पूँजी का अभाव :** राष्ट्रीय आय कम होने तथा इसका बड़ा भाग उपभोग पर व्यय होने के कारण बचत कम होती है। फलतः घरेलू बचत और पूँजी निर्माण की दर कम है।
8. **औद्योगीकरण का अभाव :** भारत में आधुनिक ढंग के बड़े पैमाने के उद्योगों का अभाव है। आधारभूत उद्योगों के अभाव में अर्थव्यवस्था में तीव्र विकास के लिए आवश्यक पृष्ठभूमि तैयार नहीं हो पाती है।
9. **आर्थिक कुचक्रों का जोर :** यह कहा जाता है कि भारत एक गरीब देश इसलिए है, क्योंकि वह गरीब है। वास्तव में एक पिछड़े हुए देश की आर्थिक परिस्थिति का यह एक सही चित्र है। देश में अनेक आर्थिक कुचक्र चलते रहते हैं, जिन्हें तोड़ना अत्यंत कठिन होता है।

10. **बाजार की अपूर्णताएँ :** भारत में बाजार की अनेक अपूर्णताएँ एवं कमियाँ भी देखने को मिलती हैं, जैसे- उत्पादन के साधन, विशेषकर श्रमिक, एक स्थान से दूसरे स्थान तथा एक व्यवसाय से दूसरे व्यवसाय में अनेक कारणों से गतिशील नहीं हो पाते हैं। आर्थिक क्रियाओं में विशिष्टीकरण (Specialisation) की कमी पायी जाती है। इससे साधनों का सर्वोत्तम उपयोग नहीं पाता है।

11. **यातायात एवं संचार के साधनों की कमी :** भारत जैसे विशाल देश में यातायात एवं संचार के साधनों का बड़ा महत्त्व है, किन्तु अभी तक इन साधनों का यथोचित विकास नहीं हो पाया है। देश के अनेक भाग ऐसे हैं, जहाँ प्रचुर मात्रा में खनिज पदार्थ उपलब्ध हैं, किन्तु यातायात के साधनों के अभाव के कारण इन क्षेत्रों में उद्योगों की स्थापना नहीं हो पायी है।

12. **परंपरावादी समाज :** भारत के परंपरावादी समाज में अनेक सामाजिक प्रथाएँ, कुरीतियाँ तथा अंधविश्वास बुरी तरह से व्याप्त है, जिनका अर्थव्यवस्था पर बहुत बुरा प्रभाव पड़ता है। यहाँ लोग बाल-विवाह, मृतक भोज, विवाह पर दावतें तथा आभूषण निर्माण जैसे अनुत्पादक कार्यों के लिए कर्ज लेकर भी अपव्यय कर देते हैं।

2. राष्ट्रीय आय

⇨ भारत की राष्ट्रीय आय और प्रति व्यक्ति आय की गणना का प्रथम प्रयास 1867-1868 ई. में दादा भाई नौरोजी ने किया था। नौरोजी ने अपनी पुस्तक 'Poverty and Un-British Rule in India' में 1868 ई. में प्रतिव्यक्ति वार्षिक आय 20 रुपये बतायी थी।

⇨ स्वतन्त्रता प्राप्ति से पूर्व इस दिशा में प्रथम आधिकारिक प्रयास वाणिज्य मंत्रालय (आर्थिक सलाहकार कार्यालय) द्वारा किया गया।

⇨ राष्ट्रीय आय से तात्पर्य अर्थव्यवस्था द्वारा पूरे वर्ष के दौरान उत्पादित अंतिम वस्तुओं व सेवाओं के शुद्ध मूल्य के योग से होता है। इसमें विदेशों से अर्जित शुद्ध आय भी शामिल होती है।

⇨ वास्तव में कुल राष्ट्रीय आय किसी अर्थव्यवस्था में वस्तुओं तथा सेवाओं के प्रवाह का माप है। अत: राष्ट्रीय आय एक प्रवाह है, संग्रह (Stock) नहीं।

⇨ राष्ट्रीय धन अथवा सम्पत्ति (National Wealth) एक समय विशेष के अंतर्गत किसी देश के व्यक्तियों के पास विद्यमान वस्तुओं के संग्रह की माप है। अत: राष्ट्रीय सम्पत्ति को संग्रह कहा जा सकता है।

⇨ राष्ट्रीय आय एक दिये हुए समय में किसी अर्थव्यवस्था की उत्पादन शक्ति को मापती है।

राष्ट्रीय आय की अवधारणाएँ

⇨ राष्ट्रीय आय अथवा राष्ट्रीय उत्पत्ति की माप करने के लिए प्राय: अनेक धारणाओं का प्रयोग किया जाता है। यह बहुत कुछ उस उद्देश्य पर निर्भर करता है, जिसके लिए राष्ट्रीय आय का प्रयोग किया जाता है। सामान्यतया राष्ट्रीय आय की कुछ महत्त्वपूर्ण अवधारणाएँ निम्नलिखित बतायी जा सकती हैं-

1. **सकल राष्ट्रीय उत्पाद (Gross National Product-GNP) :** यह किसी देश के नागरिकों द्वारा किसी दी हुई समयावधि में (सामान्यतया एक वर्ष की अवधि में) उत्पादित कुल अंतिम वस्तुओं तथा सेवाओं का मौद्रिक मूल्य होती है। GNP में देशवासियों द्वारा देश के बाहर उत्पादित वस्तुओं के मूल्य को भी सम्मिलित किया जाता है। GNP को ज्ञात करने के लिए विदेशों में निवेशों तथा विदेशों में प्रदान की गयी अन्य साधन सेवाओं के लिए देश के नागरिकों को विदेशों से प्राप्त हुई आय को सकल घरेलू उत्पाद (Gross Domestic Product-GDP) में जोड़ देना चाहिए। इसी प्रकार देश के अंदर विदेशियों द्वारा उत्पादित आय को GDP में से घटा दिया जाना चाहिए। इसे निम्न समीकरण से दर्शाया जा सकता है-

$$GNP = GDP + X - M$$

जिसमें,

X = देशवासियों द्वारा विदेशों में अर्जित आय

M = विदेशियों द्वारा देश में अर्जित आय

उपर्युक्त समीकरण से स्पष्ट है कि यदि X = M है, तो GNP = GDP होगा। इसी प्रकार बंद अर्थव्यवस्था के अंतर्गत X – M = 0 है, तो वहाँ GNP = GDP होगा।

नोट: सकल घरेलू उत्पाद (GDP) देश की सीमा के अंदर (देश की भौगोलिक सीमाओं के भीतर) किसी दी हुई किसी समयावधि, सामान्यतया एक वर्ष में उत्पादित अंतिम वस्तुओं तथा सेवाओं का कुल मौद्रिक मूल्य होती है। GNP में GDP का केवल वही भाग सम्मिलित किया जाता है, जो देश के नागरिकों की उत्पादक सेवाओं का परिणाम है।

2. **शुद्ध राष्ट्रीय उत्पाद (Net National Product-NNP) :** शुद्ध राष्ट्रीय उत्पाद ज्ञात करने के लिए GNP में से पूँजी स्टॉक की खपत (मूल्य ह्रास) को घटाना होता है। इसे निम्न समीकरण से दर्शाया जाता है–

$$NNP = GNP – Depreciation$$

3. **राष्ट्रीय आय (National Income) :** NNP की गणना दो प्रकार से की जा सकती है। प्रथम, वस्तुओं तथा सेवाओं की बाजार कीमतों पर तथा द्वितीय, कुल उत्पत्ति की उत्पादन साधन लागत के रूप में। जब NNP का मूल्यांकन अथवा माप साधन लागत पर किया जाता है तो उसे ही राष्ट्रीय आय के नाम से जाना जाता है। इसे ज्ञात करने के लिए बाजार मूल्य पर आकलित शुद्ध राष्ट्रीय उत्पाद (NNP) में से शुद्ध अप्रत्यक्ष करों (कुल अप्रत्यक्ष कर-सब्सिडी) को घटाना होता है। इस प्रकार से ज्ञात मूल्य ही साधन लागत पर शुद्ध राष्ट्रीय उत्पाद (Net National Product at Factor Cost) अथवा राष्ट्रीय आय कहलाता है। इसे निम्न समीकरण से दर्शाया जाता है–

साधन लागत पर शुद्ध राष्ट्रीय उत्पाद अथवा राष्ट्रीय आय = बाजार, कीमत पर NNP–अप्रत्यक्ष + सब्सिडी

4. **वैयक्तिक आय (Personal Income) :** वैयक्तिक आय वह आय है जो देशवासियों को वास्तव में प्राप्त होती है। इसे निम्न समीकरण से दर्शाया जाता है–

वैयक्तिक आय = राष्ट्रीय आय–निगमों का अवितरित लाभांश–निगम कर–सामाजिक सुरक्षा योजना के लिए किये गये भुगतान + सरकारी हस्तांतरण भुगतान + व्यापारिक भुगतान।

नोट : किसी भी देश की आर्थिक विकास दर का **सर्वश्रेष्ठ सूचक** प्रति व्यक्ति आय होती है।

5. **व्यय योग्य वैयक्तिक आय (Disposable Personal Income) :** व्यय योग्य वैयक्तिक आय ज्ञात करने के लिए वैयक्तिक आय में से वैयक्तिक प्रत्यक्ष करों को घटाया जाता है। इसे निम्न समीकरण से दर्शाया जाता है–

व्यय योग्य वैयक्तिक आय = वैयक्तिक आय–वैयक्तिक प्रत्यक्ष कर

राष्ट्रीय आय को मापने की विधियाँ

☑ साइमन कुजनेट्स के अनुसार किसी देश की राष्ट्रीय आय को निम्नलिखित तीन विधियों द्वारा मापा जाता है–

1. **उत्पादन गणना विधि :** इस विधि के अंतर्गत देश में एक वर्ष में उत्पादित अंतिम वस्तुओं तथा सेवाओं का शुद्ध मूल्य ज्ञात किया जाता है तथा उसके योग को अंतिम उपज योग (Final Product Total) कहा जाता है। यह वास्तव में सकल घरेलू उत्पाद (GDP) को दर्शाता है। राष्ट्रीय आय (साधन लागत पर शुद्ध राष्ट्रीय उत्पाद) की गणना के लिए सकल घरेलू उत्पाद के मूल्य में विदेशों में अर्जित शुद्ध आय को जोड़ा जाता है तथा मूल्य ह्रास को घटाया जाता है।

2. **आय गणना विधि :** इस विधि के अंतर्गत राष्ट्रीय आय की गणना के लिए विभिन्न क्षेत्रों

में कार्यरत व्यक्तियों तथा व्यावसायिक उपक्रमों की शुद्ध आय का योग प्राप्त किया जाता है। डॉ. बाउले तथा रॉबर्टसन के अनुसार इस विधि के तहत आयकर देने वाले तथा आयकर न देने वाले समस्त व्यक्तियों की आय को जोड़ दिया जाता है। ऐसा करने के लिए कभी-कभी देश के विभिन्न आय वर्गों के व्यक्तियों का चुनाव कर लिया जाता है तथा उनकी आय के आधार पर देश की कुल आय का अनुमान लगाया जाता है। इस विधि को निम्न समीकरण द्वारा दर्शाया जाता है–

राष्ट्रीय आय = कुल लगान+कुल मजदूरी+कुल उपज+कुल लाभ

3. **उपभोग बचत विधि :** इस विधि को व्यय विधि भी कहा जाता है। इस विधि के अनुसार कुल आय या तो उपभोग पर व्यय की जाती है अथवा बचत पर। अतः राष्ट्रीय आय कुल उपभोग तथा कुल बचतों का योग होती है। इस विधि से आय की गणना करने के लिए उपभोक्ताओं की आय तथा उनकी बचत से सम्बन्धित आँकड़ों का उपलब्ध होना आवश्यक होता है। चूँकि इस प्रकार के सही आँकड़े आसानी से उपलब्ध नहीं हो पाते। अतः इस विधि का प्रयोग सामान्यतः कम ही किया जाता है।

नोट : भारत जैसे देश में राष्ट्रीय आय की गणना के लिए **उत्पादन प्रणाली** (Production Method) तथा **आय प्रणाली** (Income Method) का सम्मिश्रण प्रयोग किया जाता है।

भारत की राष्ट्रीय आय से सम्बन्धित महत्त्वपूर्ण तथ्य

- स्वतन्त्रता प्राप्ति के बाद भारत सरकार ने अगस्त 1949 में प्रो. पी.सी महालनोबिस की अध्यक्षता में एक राष्ट्रीय आय समिति का गठन किया था, जिसका उद्देश्य भारत की राष्ट्रीय आय के सम्बन्ध में अनुमान लगाना था।

- आगे चलकर राष्ट्रीय आय के आँकड़ों का संकलन करने के लिए सरकार ने केन्द्रीय सांख्यिकीय संगठन (Central Statistical Organisation-CSO) की स्थापना की। यह संस्था नियमित रूप से राष्ट्रीय आय के आँकड़े प्रकाशित करती है।

- राष्ट्रीय आय के सृजन में अर्थव्यवस्था के **तीन क्षेत्रों** का योगदान होता है। यह क्षेत्र प्राथमिक, द्वितीयक व तृतीयक क्षेत्र कहलाते हैं।

- अर्थव्यवस्था के **प्राथमिक क्षेत्र में** कृषि, वन क्षेत्र, मत्स्य क्षेत्र व खानें शामिल की जाती हैं। **द्वितीयक क्षेत्र** (उद्योग क्षेत्र) के दो प्रमुख अंग हैं– विनिर्माण (Manufacturing) तथा निर्माण (Construction)। **तृतीयक क्षेत्र** में व्यापार, परिवहन, संचार, बैंकिंग, बीमा, वास्तविक जायदाद (Real Estate) तथा सामुद्रिक सेवाएँ आदि शामिल की जाती हैं।

- नियोजन के प्रारंभ में भारत के सकल घरेलू उत्पाद (GDP) में प्राथमिक, द्वितीयक तथा तृतीयक क्षेत्र का योगदान क्रमशः 55.11, 13.34 तथा 29.55 प्रतिशत था।

- उदारीकरण के बाद सकल घरेलू उत्पाद (GDP) में तृतीयक क्षेत्र का योगदान सबसे अधिक हो गया है, जबकि द्वितीयक क्षेत्र दूसरे स्थान तथा प्राथमिक क्षेत्र तीसरे स्थान पर है।

3. आर्थिक नियोजन

- आर्थिक नियोजन से अभिप्राय है 'राज्य के अभिकरणों द्वारा देश के आर्थिक संपदा और सेवाओं की एक निश्चित अवधि हेतु आवश्यकताओं का पूर्वानुमान लगाना।' इस प्रकार स्पष्ट हो जाता है कि आर्थिक नियोजन अपने आप में सामाजिक नियोजन की अवधारणा को भी समाहित करता है।

- आर्थिक नियोजन के निर्धारित उद्देश्य हैं– आर्थिक संवृद्धि, आर्थिक व सामाजिक असमानता को दूर करना, गरीबी का निवारण तथा रोजगार के अवसरों में वृद्धि।

- भारत में नियोजन की आवश्यकता के संदर्भ में एक पुस्तक **भारत के लिए नियोजित अर्थव्यवस्था** (Planned Economy for India) 1934 ई. में प्रकाशित हुई थी, इस पुस्तक के

लेखक सर एम. विश्वेश्वररैया थे। इस दिशा में यह प्रथम प्रयास था। इस पुस्तक में उन्होंने भारत के नियोजित विकास के लिए एक 10 वर्षीय कार्यक्रम प्रस्तुत किया।

- भारत में नियोजन की आवश्यकता व संभावना पर विचार करने के लिए भारतीय राष्ट्रीय कांग्रेस के हरिपुरा अधिवेशन (1938) में **सर्वप्रथम** एक राष्ट्रीय नियोजन समिति का गठन किया गया था, जिसके अध्यक्ष पण्डित जवाहरलाल नेहरू थे।

- 1944 में मुंबई के प्रमुख उद्योगपतियों ने एक 15 वर्षीय सूत्रबद्ध योजना **बाम्बे प्लान** प्रस्तुत की, जो कि विभिन्न कारणों से क्रियान्वित नहीं हो सकी।

- महात्मा गांधी की आर्थिक विचारधारा से प्रेरणा लेकर श्रीमन्नारायण ने 1944 में एक योजना निर्मित की जिसे **गांधीवादी योजना** के नाम से जाना जाता है।

- 1945 ई. में श्रमिक नेता एम.एन. राय द्वारा **जन योजना** (People's Plan) तथा 1950 में जयप्रकाश नारायण द्वारा **सर्वोदय योजना** प्रस्तुत की गयी।

योजना आयोग

- योजना आयोग का भारतीय संविधान में कोई उल्लेख नहीं है। अत: इसका गठन परामर्शवादी व विशेषज्ञ संस्था के रूप में सरकार के एक प्रलेख द्वारा हुआ। योजना आयोग को निम्न कार्य सौंपे गये-

  (i) देश के भौतिक, पूँजीगत एवं मानवीय संसाधनों का अनुमान लगाना।

  (ii) राष्ट्रीय संसाधनों के अधिक से अधिक प्रभावी एवं संतुलित उपयोग के लिए योजना तैयार करना।

  (iii) योजना के विभिन्न चरणों का निर्धारण करना एवं प्राथमिकता के आधार पर संसाधनों का आवंटन करने का प्रस्ताव करना।

  (iv) उन तत्त्वों को जो कि आर्थिक विकास में बाधक हैं, सरकार को इंगित करना तथा उन परिस्थितियों का निर्धारण करना जो कि वर्तमान सामाजिक एवं राजनीतिक परिस्थितियों में योजना के कार्यान्वयन के लिए आवश्यक है।

  (v) योजना के प्रत्येक चरण के क्रियान्वयन के फलस्वरूप सुधारात्मक सुझाव देना।

राष्ट्रीय विकास परिषद्

- राष्ट्रीय विकास परिषद् (NDC) एक गैर-संवैधानिक निकाय है, जिसका गठन (6 अगस्त, 1952) आर्थिक नियोजन हेतु राज्यों एवं योजना आयोग के बीच सहयोग का वातावरण बनाने के लिए किया गया था। श्री के. संथानम ने राष्ट्रीय विकास परिषद् को सर्वोच्च मंत्रिपरिषद् (Superb Cabinet) की संज्ञा दी है। राष्ट्रीय विकास परिषद् के निम्न प्रमुख कार्य हैं-

  (i) राष्ट्रीय योजना के संचालन का समय-समय पर मूल्यांकन करना।

  (ii) राष्ट्रीय विकास को प्रभावित करने वाली सामाजिक व आर्थिक नीतियों की समीक्षा करना।

  (iii) राष्ट्रीय योजना में निर्धारित लक्ष्य की प्राप्ति के लिए सुझाव देना तथा राष्ट्रीय नियोजन में अधिक से अधिक जन-सहयोग प्राप्त करना, प्रशासनिक दक्षता को सुधारना, अल्पविकसित व पिछड़े वर्गों एवं क्षेत्रों के विकास के लिए आवश्यक परियोजना का सुझाव देना एवं राष्ट्रीय विकास के लिए संसाधनों का निर्माण करना।

  (iv) योजना आयोग द्वारा तैयार की गयी योजना का अध्ययन करना तथा विचार-विमर्श के पश्चात् उसे अंतिम रूप प्रदान करना। राष्ट्रीय विकास परिषद् की स्वीकृति के बाद ही योजना का प्रारूप प्रकाशित होता है।

अन्तरराज्यीय परिषद्

- यह एक संवैधानिक संस्था है। केन्द्र तथा राज्यों के मध्य समन्वय स्थापित करने के लिए राष्ट्रपति अन्तरराज्यीय परिषद् (Interstate Council) का गठन कर सकता है। संविधान के

अनुच्छेद 263 में इस परिषद् की स्थापना तथा कार्यों का वर्णन किया गया है। इस परिषद् के निम्नलिखित कार्य हैं-

(i) राज्य तथा केन्द्र के बीच जो विवाद हों, उनकी जाँच कर उचित सलाह देना।

(ii) राज्यों तथा केन्द्र के पारस्परिक हित से सम्बन्धित विषयों पर अनुसंधान करना।

(iii) उपर्युक्त विषयों के बारे में बेहतर समन्वय हेतु कार्यवाही की सिफारिश करना।

- भारत में अब तक ग्यारह पंचवर्षीय योजनाएँ लागू की जा चुकी हैं और 1 अप्रैल, 2012 से 12वीं पंचवर्षीय योजना प्रारंभ की गयी है।
- विभिन्न पंचवर्षीय योजनाओं का संक्षिप्त विवरण निम्न प्रकार से है-

भारत : विभिन्न पंचवर्षीय योजनाएँ, लक्षित व प्राप्त विकास दर और प्राथमिकता के क्षेत्र

योजना एवं योजनावधि	लक्षित विकास दर	प्राप्त विकास दर	प्राथमिकता के क्षेत्र
पहली योजना (1951-56)	2.1	3.5	कृषि, सिंचाई विद्युत
दूसरी योजना (1956-61)	4.5	4.2	भारी उद्योग, चिकित्सा एवं स्वास्थ्य
तीसरी योजना (1961-66)	5.6	2.8	खाद्यान्न, उद्योग
चौथी योजना (1969-74)	5.7	3.2	कृषि, सिंचाई
पाँचवीं योजना (1974-79)	4.4	4.7	जन स्वास्थ्य, समाज, कल्याण
छठवीं योजना (1980-85	5.2	5.5	कृषि उद्योग, ऊर्जा
सातवीं योजना (1985-90)	5.0	5.6	ऊर्जा, खाद्यान्न
आठवीं योजना (1992-97)	5.6	6.5	मानव संसाधन शिक्षा, स्वास्थ्य और रोजगार विकास
नौवीं योजना (1997-02)	6.5	5.5	सामाजिक न्याय, ग्राम विकास, रोजगार
दसवीं योजना (2002-07)	7.9	7.7	रोजगार, ऊर्जा-सुधार तथा सामाजिक अवसंरचना का विकास
ग्यारहवीं योजना (2007-12)	9.0	7.8	विकास को सर्वहितकारी बनाना तथा तीव्रतर विकास के साथ अधिक संहित (Inclusive) संवृद्धि की दुतरफा रणनीति
बारहवीं योजना (2012-17)	8.0	उपलब्ध नहीं	तीव्र, संपोषणीय और अधिक समावेशी विकास

- उपर्युक्त पंचवर्षीय योजनाओं के अतिरिक्त सात वार्षिक योजनाएँ भी बनीं। ये वार्षिक 1966-67, 1967-68, 1968-69 के बीच, 1979-80 तथा 1990-91 से 1991-92 के लिए बनी थीं। 1978-79 को अनवरत योजना (Rolling Plan) के रूप में क्रियान्वित किया गया था।
- 1966-69 के काल को योजना अवकाश (Plan Holiday) भी कहा जाता है।

नीति आयोग

- लगभग 65 वर्षों तक भारत के आर्थिक नियोजन में महत्त्वपूर्ण भूमिका निभाने वाले योजना आयोग को भंग (1 जनवरी, 2015) करके उसके स्थान पर **नीति** (NITI– National Institute for Transforming India) आयोग का गठन किया गया।

- प्रधानमंत्री नरेंद्र मोदी की अध्यक्षता वाले नीति आयोग (Niti Aayog) में चार केंद्रीय मंत्री पूर्णकालिक (Full time) सदस्य बनाये गये हैं। नवगठित संस्था में छह सदस्य और तीन विशेष आमंत्रित सदस्य भी शामिल किये गये हैं।
- नीति आयोग का **पहला उपाध्यक्ष** अरविंद पनगढ़िया को नियुक्त किया गया है।
- नीति आयोग का **पहला मुख्य कार्यकारी अधिकारी** (CEO) सिंधुश्री खुल्लर को नियुक्त किया गया।
- नीति आयोग का संचालन परिषद होगा, जिसमें सभी राज्यों के मुख्यमंत्री और संघशासित प्रदेशों के उपराज्यपाल/प्रशासक होंगे। यह परिषद केंद्र व राज्यों के साथ मिलकर सहकारी संघवाद (Co-operative Federalism) का एक राष्ट्रीय एजेंडा तैयार करेगी।

4. निर्धनता

- गरीबी अथवा निर्धनता का आशय उस सामाजिक अवस्था से है, जिसमें समाज के एक वर्ग के लोग अपने जीवन की बुनियादी आवश्यकताओं को पूरा नहीं कर पाते हैं।
- सैद्धान्तिक रूप में गरीबी की माप करने के लिए सापेक्षिक और निरपेक्ष प्रतिमानों का प्रयोग किया जाता है।
- **सापेक्षिक प्रतिमान (Relative Measure) :** इस प्रतिमान से गरीबी के सापेक्ष रूप का ज्ञान होता है, अर्थात् विभिन्न आयु वर्गों के बीच कितनी असमानता है, यह स्पष्ट होता है। इसे सापेक्ष गरीबी (Relative poverty) भी कहते हैं। सापेक्षिक प्रतिमान से गरीबी मापने के लिए दो विधियों, यथा- लारेंज वक्र एवं गिनी गुणांक का प्रयोग किया जाता है।
- **निरपेक्ष प्रतिमान (Absolute Measure) :** यह प्रतिमान एक न्यूनतम आय अथवा उपभोग स्तर पर आधारित है। इस प्रतिमान का निर्धारण करते समय मनुष्य की पोषक आवश्यकताओं तथा अनिवार्यताओं के आधार पर आय अथवा उपभोग व्यय के न्यूनतम स्तर को ज्ञात किया जाता है। इस प्रतिमान का सर्वप्रथम प्रयोग खाद्य एवं कृषि संगठन (F.A.O.) के प्रथम महानिदेशक आर. ब्याएड ने 1945 ई. में किया था और उन्होंने गरीबी के माप करने के लिए **क्षुधा रेखा** (Starvation Line) की संकल्पना का प्रतिपादन किया था।

चुनिंदा राज्यों में निर्धनता रेखा के नीचे की जनसंख्या

राज्य	निर्धनता रेखा से नीचे जीवनयापन करने वाली जनसंख्या का प्रतिशत
ओडिशा	46.4
बिहार	41.4
छत्तीसगढ़	40.9
झारखंड	40.3
उत्तरप्रदेश	32.8
असम	19.7
केरल	15.0
दिल्ली	14.7
हरियाणा	14.0
गोवा	13.8
मिजोरम	12.6
हिमाचल प्रदेश	10.0
पंजाब	8.4
जम्मू-कश्मीर	5.4
अखिल भारत	17.5

नोट : भारत में निर्धनता की माप के लिए निरपेक्ष प्रतिमान (Absolute Measure) का प्रयोग किया जाता है। इस आधार पर निर्धारित किये गये न्यूनतम उपभोग व्यय को निर्धनता रेखा कहा जाता है।

- भारत में अनेक अर्थशास्त्रियों एवं संस्थाओं ने निर्धनता के निर्धारण के लिए अपने-अपने प्रमाप बनाये हैं। इन सभी अध्ययनों का आधार 2,250 कैलोरी के बराबर खाद्य का मूल्य है।

योजना आयोग द्वारा गठित विशेषज्ञ दल 'Task Force on Minimum Needs and Effective Consumption Demand' की रिपोर्ट के अनुसार ग्रामीण क्षेत्र में प्रतिव्यक्ति 2400 कैलोरी प्रतिदिन तथा शहरी क्षेत्र में प्रति व्यक्ति 2100 कैलोरी प्रतिदिन के हिसाब से भी भोजन जिन्हें प्राप्त नहीं हो पाता, उसे गरीबी रेखा से नीचे माना गया है।

निर्धनता के विभिन्न फॉर्मूले

- **लकड़ावाला फॉर्मूला :** इसमें शहरी निर्धनता के आकलन हेतु औद्योगिक श्रमिकों के उपभोक्ता मूल्य सूचकांक व ग्रामीण क्षेत्रों में इस उद्देश्य हेतु कृषि श्रमिकों के उपभोक्ता मूल्य सूचकांक को आधार बनाया गया है। इस प्रकार लकड़ावाला फॉर्मूला के तहत सभी राज्यों में अलग-अलग निर्धनता रेखाएँ होंगी।
- **सुरेश तेंदुलकर समिति फॉर्मूला :** निर्धनता रेखा से नीचे (BPL) के लोगों की पहचान हेतु यह सबसे नया फॉर्मूला है। सुरेश तेंदुलकर की अध्यक्षता वाली समिति ने निर्धनता रेखा के निर्धारण हेतु अपने फॉर्मूले में उपभोग व्यय को आधार बनाते हुए इसे अधिक व्यवहारिक बताया है। जीवन के लिए आवश्यक सामग्रियों को इसके तहत 'Basket of Minimum List' उपभोग व्यय में शामिल किया गया है।

नोट:

(i) देश में निर्धनता रेखा के निर्धारण के लिए जिस दांडेकर-रथ फॉर्मूले का इस्तेमाल 1971 से किया जाता रहा है, उसमें भोजन में कैलोरी की मात्रा को ही एकमात्र आधार माना गया है।

(ii) सुरेश तेंदुलकर समिति के नये फॉर्मूले में **कॉस्ट ऑफ लिविंग** (Cost of Living) को **निर्धनता की पहचान के लिए आधार** स्वीकार किया गया है। इसमें यह देखा जाता है कि जीवनयापन के लिए कम-से-कम कितनी राशि की आवश्यकता होती है।

गरीबी तथा बेरोजगारी उन्मूलन से सम्बन्धित योजनाएँ तथा उनके प्रारंभ वर्ष

योजनाएँ	प्रारंभ वर्ष
मरुभूमि विकास कार्यक्रम	1977-1978 ई.
काम के बदले अनाज कार्यक्रम	1977-1978 ई.
अन्त्योदय योजना कार्यक्रम	1977-1978 ई.
ट्रायसेम (TRYSEM)	1979 ई.
एकीकृत ग्रामीण विकास कार्यक्रम	1980 ई.
ड्वाकरा (DWCRA)	1982 ई.
जवाहर रोजगार योजना	1989 ई.
नेहरू रोजगार योजना	1989 ई.
दस लाख कुआँ योजना	1988-1989 ई.
इंदिरा आवास योजना	1985-1986 ई.
प्रधानमन्त्री रोजगार योजना	1993 ई.
रोजगार आश्वासन योजना	1993 ई.
स्वर्ण जयंती शहरी रोजगार योजना	1997 ई.
जवाहर ग्राम समृद्धि योजना	1999 ई.
प्रधानमन्त्री ग्रामोदय योजना	2000-2001 ई.
अन्नपूर्णा योजना	2000 ई.
जनश्री बीमा योजना	2000-2001 ई.
अन्त्योदय अन्न योजना	2000 ई.
आश्रय बीमा योजना	2001-2002 ई.
जे.पी. रोजगार गारंटी योजना	2002-2006 ई.
भारत निर्माण कार्यक्रम	2005-2006 ई.
राष्ट्रीय रोजगार गारंटी कार्यक्रम (NREGA अब MNREGA)	2006 ई.

5. बेरोजगारी

- सामान्य रूप से बेरोजगारी का आशय उत्पादन कार्य में न लगा होना है।
- भारत में प्रायः निम्नलिखित प्रकार की बेरोजगारी देखी जा सकती है।

(i) **संरचनात्मक बेरोजगारी (Structural Unemployment)** : औद्योगिक क्षेत्र में संरचनात्मक परिवर्तनों के परिणामस्वरूप उत्पन्न होने वाली बेरोजगारी को संरचनात्मक बेरोजगारी कहते हैं। यह दीर्घकालीन होती है। भारत में मूलतः बेरोजगारी का स्वरूप इसी प्रकार का है।

रोजगार और बेरोजगारी की वर्तमान स्थिति	
राज्य	**बेरोजगारी की दर**
भारत (अखिल भारतीय)	5.2%
मिजोरम	2.2%
हिमाचल प्रदेश	5.2%
राजस्थान	3.2%
मध्यप्रदेश	2.4%
तमिलनाडु	4.9%
उत्तरप्रदेश	6.0%
कर्नाटक	2.4%
ओडिशा	8.4%
महाराष्ट्र	4.4%
स्रोत : श्रम ब्यूरो रिपोर्ट (शिमला)	

(ii) **अल्परोजगार (Underemployment)** : इसके तहत ऐसे श्रमिक आते हैं, जिनको थोड़ा बहुत काम मिलता है और जिनके द्वारा वे कुछ अंशों तक उत्पादन में योगदान देते हैं, किन्तु इनको अपनी क्षमतानुसार काम नहीं मिलता या पूरा काम नहीं मिलता है। इसमें कृषि में लगे श्रमिक भी आते हैं, जिन्हें करने के लिए कम काम मिलता है।

(iii) **छिपी हुई बेरोजगारी अथवा अदृश्य बेरोजगारी (Disguised Unemployment)** : इसके अन्तर्गत श्रमिक बाहर से तो काम पर लगे हुए प्रतीत होते हैं, किन्तु वास्तव में उन श्रमिकों की उस कार्य में आवश्यकता नहीं होती अर्थात् यदि उन श्रमिकों को उस कार्य से निकाल दिया जाये तो कुल उत्पादन पर कोई प्रतिकूल प्रभाव नहीं पड़ता। इन श्रमिकों की सीमांत उत्पादकता शून्य अथवा नगण्य होती है। कृषि में इसी प्रकार की बेरोजगारी की प्रधानता है।

(iv) **खुली बेरोजगारी (Open Unemployment)** : इससे तात्पर्य उस बेरोजगारी से है जिसके तहत श्रमिकों को बिना किसी कामकाज के रहना पड़ता है। उन्हें थोड़ा बहुत भी काम नहीं मिलता है। भारत में बहुत से श्रमिक गाँवों से शहरों की ओर काम की तलाश में जाते हैं, किन्तु काम उपलब्ध न होने के कारण वहाँ बेरोजगार पड़े रहते हैं। इसके अन्तर्गत मुख्यतः शिक्षित बेरोजगार तथा साधारण (अदक्ष) बेरोजगार श्रमिकों को सम्मिलित किया जाता है।

(v) **शिक्षित बेरोजगारी (Educated Unemployment)** : शिक्षित बेरोजगार ऐसे श्रमिक हैं, जिनको शिक्षित करने के लिए संसाधन उपलब्ध कराये जाते हैं तथा उनकी कार्यकुशलता (क्षमता) भी अन्य श्रमिकों से अधिक होती है, किंतु उनको अपनी योग्यतानुसार कार्य नहीं मिलता तथा वे बेरोजगारी से ग्रसित हो जाते हैं। वर्तमान में देश के सामने शिक्षित बेरोजगारी की समस्या बहुत गंभीर समस्या बनी हुई है।

(vi) **घर्षणात्मक बेरोजगारी (Frictional Unemployment)** : बाजार की दशाओं में परिवर्तन (माँग एवं पूर्ति की शक्तियों में परिवर्तन) होने से उत्पन्न बेरोजगारी को घर्षणात्मक बेरोजगारी कहते हैं। हमारे देश में कृषि एक मुख्य व्यवसाय है। देश की कृषि अधिकांशतः प्राकृति पर निर्भर करती है। इसी प्रकार बाजार की माँग देश में उपलब्ध साधनों पर निर्भर करती है। इनकी उपलब्धता में परिवर्तन हो जाने पर माँग पक्ष प्रभावित होता है।

(vii) **मौसमी बेरोजगारी (Seasonal Unemployment) :** इसके अन्तर्गत किसी विशेष मौसम या अवधि में प्रतिवर्ष उत्पन्न होने वाली बेरोजगारी को सम्मिलित किया जाता है। भारत में कृषि में सामान्यत: 7–8 माह ही काम चलता है तथा शेष महीनों में खेती में लगे व्यक्तियों को बेकार बैठना पड़ता है।

(viii) **शहरी बेरोजगारी (Urban Unemployment) :** शहरी क्षेत्रों में प्राय: खुले किस्म की बेरोजगारी तथा शिक्षित बेरोजगारी को सम्मिलित किया जा सकता है।

(ix) **ग्रामीण बेरोजगारी (Rural Unemployment) :** इसे कृषिगत बेरोजगारी भी कहा जाता है। भारत में ग्रामीण बेरोजगारी एक प्रमुख समस्या बनी हुई है।

6. भारत में कृषि

- कृषि भारतीय अर्थव्यवस्था का मेरुदंड है। जनसंख्या का लगभग 52% भाग आजीविका के लिए कृषि पर निर्भर है। यह निजी क्षेत्र का सबसे बड़ा व्यवसाय है।
- राष्ट्रीय अर्थव्यवस्था में कृषि के महत्त्व का मूल्यांकन निम्नलिखित बिन्दुओं के आधार पर किया जा सकता है–

(i) **राष्ट्रीय आय में कृषि का अंश :** भारत के सकल घरेलू उत्पाद (GDP) में कृषि का योगदान काफी अधिक है। यद्यपि उदारीकरण के दौर में यह घटा है किन्तु अभी भी कृषि का लगभग 15% योगदान भारत के सकल घरेलू उत्पाद में है।

(ii) **रोजगार की दृष्टि से कृषि का महत्त्व :** देश की कुल श्रम शक्ति का लगभग 52% भाग कृषि एवं इससे सम्बद्ध उद्योग-धंधों से अपनी आजीविका कमाता है और निजी क्षेत्र का यह सबसे बड़ा अकेला व्यवसाय है।

(iii) **औद्योगिक विकास के लिए कृषि का महत्त्व :** भारत के प्रमुख उद्योगों को कच्चा माल कृषि से ही प्राप्त होता है। सूती और पटसन वस्त्र उद्योग, चीनी, वनस्पति तथा बागान उद्योग आदि प्रत्यक्ष रूप से कृषि पर निर्भर हैं। हथकरघा, बुनाई, तेल निकालना, चावल कूटना आदि बहुत से लघु और कुटीर उद्योगों को भी कृषि से ही कच्चा माल प्राप्त होता है। अत: देश के औद्योगिक विकास के लिए भी कृषि महत्त्वपूर्ण है।

कृषिगत उपजों के अधिकतम उत्पादन करने वाले राज्य

उपज	राज्य	कुल उत्पादन का प्रतिशत (अखिल भारतीय संदर्भ में)
चावल	पश्चिम बंगाल	14.32%
गेहूँ	उत्तरप्रदेश	30.85%
मक्का	कर्नाटक	20.02%
मोटा अनाज	राजस्थान	16.06%
दालें	मध्यप्रदेश	26.71%
कुल खाद्यान्न	उत्तरप्रदेश	19.09%
मूँगफली	गुजरात	52.08%
सरसो	राजस्थान	46.81%
सोयाबीन	मध्यप्रदेश	44.10%
सनफ्लॉवर	कर्नाटक	44.67%
समस्त तिलहन	मध्यप्रदेश	20.54%
गन्ना	उत्तरप्रदेश	38.56%
कपास	गुजरात	30.48%
जूट/मेस्ता	पश्चिम बंगाल	74.19%

स्रोत : आर्थिक सर्वेक्षण–2013–14

(iv) अन्तरराष्ट्रीय व्यापार के क्षेत्र में कृषि का महत्त्व : भारत के विदेशी व्यापार का अधिकांश भाग कृषि से ही जुड़ा है। भारत के समग्र निर्यात में कृषि क्षेत्र की भागीदारी 2011-2012 वर्ष में 12.4% थी, जबकि समान अवधि में ही देश के समग्र आयात में कृषि एवं सम्बद्ध क्षेत्र में आयात का अंश 3.0% था।

◻ जनवरी 2004 में राष्ट्रीय किसान आयोग का गठन हुआ, जिसके प्रथम अध्यक्ष सोमपाल थे।

◻ तत्कालीन प्रधानमन्त्री श्री अटल बिहारी वाजपेयी ने 21 जनवरी, 2004 को नई दिल्ली में 'किसान कॉल सेंटर' तथा 'कृषि चैनल' का उद्घाटन किया। किसान कॉल सेंटर (KCC) के वर्तमान में 144 किसान कॉल एजेंट्स लगाये जा चुके हैं। किसान बिना शुल्क दिये 1800-180-1551 नंबर डायल करके कृषि सम्बन्धी जानकारी किसान काल सेंटर से प्राप्त कर सकते हैं।

इसी अवसर पर तत्कालीन प्रधानमन्त्री ने उपग्रह प्रणाली के माध्यम से इंदिरा गांधी मुक्त विश्वविद्यालय के 'किसान चैनल' का भी उद्घाटन किया। इसके अन्तर्गत केबल के जरिए एक वर्ष तक दिन में चार बार एक-एक घंटे के कार्यक्रम प्रसारित किये गये। दिसंबर 2006 से तीन-तीन घंटे के कार्यक्रम दिन में चार बार आयोजित किये जाते हैं।

◻ केन्द्र सरकार ने राष्ट्रीय कृषि तथा ग्रामीण विकास बैंक 'नाबार्ड (NABARD) के जरिए देश के ग्रामीण क्षेत्रों में रूरल नॉलेज सेंटर (Rural Knowledge Centre) की स्थापना की है। इन केन्द्रों में आधुनिक सूचना प्रौद्योगिकी व दूरसंचार तकनीक का उपयोग किसानों को वांछित जानकारियाँ उपलब्ध कराने के लिए किया जाता है। रूरल नॉलेज सेंटर की स्थापना राष्ट्रीय किसान आयोग की संस्तुति के आधार पर की गयी है।

नई कृषि नीति

◻ राष्ट्रीय कृषक आयोग के संस्तुति पर आधारित नई कृषि नीति के तहत निम्नलिखित बातों पर जोर दिया गया है-

(i)   सभी कृषिगत उपजों के न्यूनतम समर्थन मूल्य (MSP)।

(ii) मूल्यों के उतार-चढ़ाव से किसानों की सुरक्षा हेतु मार्केट रिस्क स्टेबलाइजेशन फंड का सुझाव।

(iii) सूखे एवं वर्षा सम्बन्धी जोखिमों से बचाव हेतु एग्रीकल्चर रिस्क फंड का सुझाव।

(iv) सभी राज्यों में राज्यस्तरीय किसान आयोग के गठन का सुझाव।

(v)   किसानों के लिए बीमा योजनाओं का विस्तार।

(vi) कृषि सम्बन्धी मामलों में स्थानीय पंचायतों के अधिकार में वृद्धि।

(vii) राज्य सरकारों द्वारा कृषि हेतु अधिक संसाधनों के आवंटन की संस्तुति।

(viii) केन्द्र एवं राज्यों में कृषि मन्त्रालयों का नाम बदलकर कृषि एवं कृषक कल्याण मन्त्रालय करने का सुझाव

कृषि से सम्बद्ध अन्य मुख्य बातें

◻ भारत में कृषि उत्पादन को दो भागों में बाँटा जा सकता है- खाद्यान्न और अखाद्यान्न। इसमें खाद्यान्नों का हिस्सा लगभग दो-तिहाई और अखाद्यान्नों का हिस्सा लगभग एक-तिहाई है।

◻ भारत में मुख्य खाद्य फसल चावल है।

◻ भारत में चावल का सर्वाधिक उत्पादन करने वाला राज्य पश्चिम बंगाल है। दूसरे और तीसरे स्थान पर क्रमश: उत्तरप्रदेश एवं आंध्रप्रदेश है।

◻ भारत में गेहूँ का सर्वाधिक उत्पादन करने वाला राज्य उत्तरप्रदेश है। दूसरे और तीसरे स्थान पर क्रमश: पंजाब एवं हरियाणा है।

◻ गन्ने तथा चीनी के उत्पादन में भारत का विश्व में प्रथम स्थान है।

◻ चाय के उत्पादन तथा उपभोग में भारत का विश्व में प्रथम स्थान है। भारत विश्व के कुल चाय उत्पादन का 27% उत्पादित करता है।

- विश्व के कुल कॉफी उत्पादन के 4% भाग का उत्पादन भारत में होता है। कॉफी उत्पादन में विश्व में भारत का स्थान छठा है। भारत में कॉफी के कुल उत्पादन का 56.5% केवल कर्नाटक राज्य में होता है।
- राष्ट्रीय कृषि बीमा योजना अक्टूबर 1999 ई. से लागू किया गया है।
- बागवानी उत्पादों को प्रोत्साहन देने के लिए केन्द्र सरकार ने एक राष्ट्रीय बागवानी मिशन (National Horticulture Mission-NHM) 5 मई, 2005 से प्रारंभ किया है।
- वर्ष 2007-2008 के रबी मौसम से केन्द्र प्रायोजित राष्ट्रीय खाद्य सुरक्षा मिशन का शुभारंभ किया गया है।
- केन्द्र सरकार ने 6 नवंबर, 2005 को किसानों तक नई तकनीक और आवश्यक जानकारी उपलब्ध कराने के लिए किसानों एवं गाँव पंचायत से लेकर जिला स्तर की प्रशासकीय इकाइयों, कृषि विज्ञान केन्द्रों और गैर-सरकारी संगठनों को एक साथ जोड़कर **एग्रीकल्चर टेक्नोलॉजी मैनेजमेंट एजेंसी** (आत्मा) का गठन किया है। इस योजना पर केन्द्र सरकार कुल खर्च का 90% तथा राज्य सरकार 10% वहन करती है।
- 16 अगस्त, 2007 को राष्ट्रीय कृषि विकास योजना (RKVY) का शुभारंभ किया गया।
- किसानों को संगठित बैंकिंग प्रणाली से लचीले, झंझट मुक्त और कम खर्चीले तरीके से पर्याप्त और यथासमय ऋण सहायता मुहैया कराने के लिए 1998-1999 किसान क्रेडिट कार्ड (KCC) योजना शुरू की गयी।
- भारत में भूमि सुधार के अन्तर्गत मुख्यत: तीन प्रकार के कदम उठाये गये हैं- (i) मध्यस्थों का उन्मूलन (ii) काश्तकारी सुधार और (iii) कृषि का पुनर्गठन।
- प्रथम पंचवर्षीय योजना की समाप्ति के दौरान देश में मध्यस्थों का उन्मूलन (छोटे-छोटे क्षेत्रों को छोड़कर) किया जा चुका था।
- काश्तकारी सुधार के अन्तर्गत मुख्यत: तीन उपाय किये गये- (i) लगान का नियमन (ii) काश्त अधिकार की सुरक्षा तथा (iii) काश्तकारों को भूमि का मालिकाना अधिकार।
- कृषि के पुनर्गठन के अन्तर्गत मुख्य दो उपाय किये गये हैं- (i) जोतों की सीमाबंदी तथा (ii) जोतों की चकबंदी।
- जोतों की सीमाबंदी जोत का वह अधिकतम/महत्तम क्षेत्रफल है, जो राज्यों के कानून द्वारा निर्धारित किया जाता है तथा जिससे अधिक जोत का होना अवैध माना जाता हे।
- जोतों की चकबंदी वह प्रक्रिया है, जिसमें विभाजित तथा खंडित जोतों को इकट्ठा किया जाता है।
- भारत में जोतों को तीन वर्गों में बाँटा गया है- (i) सीमांत जोत (ii) लघु जोत तथा (iii) बृहत् जोत।
- 1 हेक्टेयर से कम क्षेत्रफल वाली जोत **सीमांत जोत**, 1 से 4 हैकटेयर वाली जोत **लघु जोत** तथा 4 हेक्टेयर से बड़ी क्षेत्रफल वाली जोत **बृहत् जोत** कही जाती है।
- भारत में **सर्वाधिक जोतों** की संख्या सीमांत प्रकार की है।
- भारत में **सबसे पहले** चकबंदी 1920 ई. में बड़ौदा में लागू किया गया।
- हरित क्रान्ति का प्रारंभ तीसरी पंचवर्षीय योजना से माना जाता है।
- हरित क्रान्ति का सर्वाधिक सकारात्मक प्रभाव गेहूँ पर पड़ा है, जिसकी पैदावार में 500% की वृद्धि हुई है।
- भारत में कृषि वित्त के स्रोतों को दो वर्गों में रखा गया है- (i) गैर-संस्थागत स्रोत और (ii) संस्थागत स्रोत।
- कृषि वित्त के गैर-संस्थागत स्रोतों में महाजन तथा साहूकार, सम्बन्धी या रिश्तेदार, व्यापारी, जमींदार और आढ़तिए प्रमुख हैं।
- कृषि वित्त के संस्थागत स्रोतों में सहकारी समितियाँ और सहकारी बैंक, व्यापारिक बैंक, क्षेत्रीय ग्रामीण बैंक, सरकार आदि प्रमुख हैं।

- सहकारी साख संगठन का आरंभ सर्वप्रथम 1904 ई. में हुआ था।
- प्राथमिक सहकारी समिति **अल्पकालीन ऋण** उपलब्ध कराती है।
- राज्य सहकारी कृषि और ग्रामीण विकास बैंक **दीर्घकालीन ऋण** उपलब्ध कराती है।
- भूमि विकास बैंक मूलत: **दीर्घकालीन साख** उपलब्ध कराती है।
- भूमि विकास बैंक का आरंभ भूमि बंधक बैंक के रूप में 1919 ई. में हुआ था।
- राष्ट्रीय ग्रामीण विकास बैंक अर्थात् नाबार्ड (NABARD), ग्रामीण साख की शीर्ष संस्था है। नाबार्ड की स्थापना 12 जुलाई, 1982 ई. को भारतीय रिजर्व बैंक (RBI) के कृषि साख विभाग और कृषि के पुनर्वित और विकास निगम के विलय द्वारा की गयी।
- किसानों के फसलों के नुकसान के कारण आर्थिक क्षतिपूर्ण के लिए वर्ष 2016 में **प्रधानमंत्री फसल बीमा योजना** शुरू की गयी है।

विभिन्न प्रकार की कृषिकों के नाम	
एरोपोनिक (Aeroponic)	पौधों को हवा में उगाना
एपीकल्चर (Apiculture)	मधुमक्खी पालन
हॉर्टीकल्चर (Horticulture)	बागवानी
फ्लोरीकच्चर (Floriculture)	फूलों की खेती
ओलेरीकल्चर (Olericulture)	सब्जी की खेती
पोमोलॉजी (Pomology)	फल की खेती
विटीकल्चर (Viticulture)	अंगूर की खेती
वर्मीकल्चर (Vermiculture)	केंचुआ पालन
पिसीकल्चर (Pisciculture)	मत्स्यपालन
सेरीकल्चर (Sericulture)	रेशम उद्योग
मोरीकल्चर (Moriculture)	रेशम कीट हेतु शहतूत (Mulberry) उगाना

7. भारत के प्रमुख उद्योग

- स्वतन्त्रता के पश्चात् देश की **प्रथम औद्योगिक नीति** की घोषणा 6 अप्रैल, 1948 ई. को तत्कालीन केन्द्रीय उद्योग मन्त्री डॉ. श्यामा प्रसाद मुखर्जी द्वारा की गयी।
- प्रथम औद्योगिक नीति में निजी एवं सार्वजनिक क्षेत्र के लिए क्षेत्रों का स्पष्ट बँटवारा करते हुए देश में मिश्रित एवं नियन्त्रित अर्थव्यवस्था (Mixed and Controlled Economy) की नींव रखी गयी।
- प्रथम औद्योगिक नीति में सार्वजनिक तथा निजी क्षेत्र दोनों के ही महत्त्व को स्वीकार किया गया। परन्तु मूल उद्योगों के विकास का दायित्व सार्वजनिक क्षेत्र को सौंपा गया।
- समाजवादी ढंग के समाज की स्थापना के उद्देश्य से पुन: 30 अप्रैल, 1956 ई. को **दूसरी औद्योगिक नीति** की घोषणा की गयी।
- दूसरी औद्योगिक नीति में सार्वजनिक क्षेत्र का विस्तार, सहकारी क्षेत्र का विकास तथा निजी एकाधिकारों पर नियन्त्रण जैसे उद्देश्य शामिल किये गये।
- प्रथम औद्योगिक नीति (1948) में उद्योगों की **चार श्रेणियाँ** बनायी गयी जबकि दूसरी औद्योगिक नीति (1956) में उद्योगों की श्रेणियाँ घटाकर **तीन** कर दी गयी।
- 1973 ई. में दत्त समिति के सिफारिशों के आधार पर संयुक्त क्षेत्र का गठन किया गया।
- 1980 ई. की औद्योगिक नीति संघवाद की अवधारणा से प्रेरित थी तथा इसमें कृषि पर आधारित उद्योगों को रियायतें देने की नीति अपनायी गयी।

  नोट : प्रथम औद्योगिक नीति के बाद तथा 1991 के नई औद्योगिक नीति के पूर्व सरकार द्वारा जो भी औद्योगिक नीतियाँ घोषित की गयी, उन सभी का आधार 1956 ई. के औद्योगिक नीति का प्रस्ताव ही था।

- जून 1991 में नरसिम्हा राव द्वारा सत्ता ग्रहण करने के बाद आर्थिक नीतियों में बड़े पैमाने पर बदलाव हुए तथा 24 जुलाई, 1991 को नई औद्योगिक नीति की घोषणा की गयी। इस नई औद्योगिक नीति में व्यापक स्तर पर उदारवादी कदमों की घोषणा की गयी। नई औद्योगिक नीति में 18 प्रमुख उद्योगों को छोड़कर अन्य सभी उद्योगों को लाइसेंस से मुक्त कर दिया गया। बाद में 13 और उद्योगों को लाइसेंस से मुक्त कर दिया गया जिससे लाइसेंसिंग से युक्त उद्योगों की संख्या घटकर 5 रह गयी है। वे 5 उद्योग जिनके लिए लाइसेंस लेना अनिवार्य है, निम्नलिखित प्रकार से हैं–
  1. एल्कोहॉल युक्त पेयों का आसवन एवं इनसे शराब बनाना (Distillation and Brewing of Alcoholic Drinks)।
  2. तंबाकू के सिगार एवं सिगरेट तथा विनिर्मित तंबाकू के अन्य विकल्प।
  3. सभी प्रकार के इलेक्ट्रॉनिक, एयरोस्पेस तथा रक्षा उपकरण।
  4. डिटोनेटिंग फ्यूज, सेफ्टी फ्यूज, गन पाउडर, नाइट्रोसेल्यूलोज तथा माचिसों सहित औद्योगिक विस्फोटक सामग्री।
  5. खतरनाक रसायन।
- नई औद्योगिक नीति में वैश्वीकरण निजीकरण एवं उदारीकरण प्रमुख तत्त्व हैं।
- वैसे उद्यम जिनका संचालन एंव नियन्त्रण सरकार द्वारा होता है, सार्वजनिक उद्यम कहलाते हैं।
- 1997 ई. में सार्वजनिक क्षेत्र के मूलत: नौ कंपनियों के लिए ही नवरत्न दर्जा का सृजन किया गया था, किन्तु बाद में इनकी संख्या बढ़ गयी। वर्तमान में 17 नवरत्न कंपनियाँ हैं, जो निम्नलिखित हैं–
  1. भारत इलेक्ट्रॉनिक लिमिटेड (BEL),
  2. भारत पेट्रोलियम कॉर्पोरेशन लिमिटेड (BPCL)
  3. हिन्दुस्तान पेट्रोलियम कॉर्पोरेशन लिमिटेड (HPCL)
  4. महानगर टेलीफोन निगम लिमिटेड (MTNL)
  5. हिन्दुस्तान एयरोनॉटिक्स लिमिटेड (HAL)
  6. पॉवर ग्रिड कॉर्पोरेशन ऑफ इंडिया (PGCIL)
  7. राष्ट्रीय खनिज विकास निगम (NMDC)
  8. ग्रामीण विद्युतीकरण निगम लिमिटेड (REC)
  9. नेशनल एल्यूमिनियम कंपनी (NALCO)
  10. राष्ट्रीय इस्पात निगम लिमिटेड (RINL)
  11. पॉवर फाइनेंस कॉर्पोरेशन लिमिटेड (PFC)
  12. भारतीय नौवहन निगम (SCI)
  13. ऑइल इंडिया लिमिटेड (OIL)
  14. निवेली लिग्नाइट कॉर्पोरेशन (NLC)
  15. इंजीनियर्स इंडिया लिमिटेड (EIL)
  16. कंटेनर कॉर्पोरेशन ऑफ इंडिया लिमिटेड (CONCORIL)
  17. राष्ट्रीय भवन निर्माण निगम लिमिटेड (NBCCL)
- नवरत्न का दर्जा प्राप्त हो जाने से कंपनियों को ज्यादा प्रशासनिक और वित्तीय सहायता मिलती है। ये कंपनियाँ सरकार के अनुमति के बगैर देश या विदेश में संयुक्त उद्यम लगा सकती हैं और उनमें अपनी नेटवर्थ के 15% तक निवेश कर सकती हैं।
- सार्वजनिक क्षेत्र की कुछ नवरत्न दर्जा प्राप्त रही कंपनियों को 'अब' महारत्न का दर्जा दिया गया है। महारत्न का दर्जा प्राप्त कंपनियों को निवेश के मामले में अपेक्षाकृत अधिक स्वायत्तता प्राप्त होती है। 'नवरत्न' का दर्जा प्राप्त कंपनियाँ जहाँ 1000 करोड़ रुपये तक के निवेश प्रस्तावों पर केंद्र सरकार की पूर्वानुमति के बिना ही निर्णय ले सकती हैं, वहीं 'महारत्न' कंपनियों को

5000 करोड़ रुपये तक के निवेश प्रस्तावों के लिए यह स्वायत्तता प्राप्त है। वर्तमान में 'महारत्न' दर्जा प्राप्त कंपनियों की संख्या 7 हैं, जो निम्नलिखित है-

1. भारतीय इस्पात प्राधिकरण (SAIL)
2. तेल एवं प्राकृतिक गैस निगम (ONGC)
3. भारतीय तेल निगम (IOC)
4. राष्ट्रीय ताप विद्युत निगम (NTPC)
5. कोल इंडिया लिमिटेड (CIL)
6. भारत हैवी इलेक्ट्रिकल्स लिमिटेड (BHEL)
7. भारतीय गैस प्राधिकरण लिमिटेड (GAIL)

- देश के कुल उद्यमों में 50% से अधिक, उद्यम पाँच राज्यों- तमिलनाडु, महाराष्ट्र, पश्चिम बंगाल, आंध्रप्रदेश व उत्तरप्रदेश में स्थापित है।
- उदारीकरण के बाद औद्योगिक क्षेत्र (द्वितीयक क्षेत्र) का GDP में हिस्सा 2010-2011 में लगभग 28% हो गया है।
- 12वीं योजना के दौरान औद्योगिक क्षेत्र की विकास दर का लक्ष्य 10% रखा गया है।
- वर्तमान समय में गुजरात में 112 सूती वस्त्र मिलें हैं, जिनमें से अकेले अहमदाबाद में 66 मिलें हैं। इसे **पूर्व का वोस्टन** कहा जाता है। महाराष्ट्र राज्य में 104 मिलें हैं, जिनमें से 54 मिलें अकेले मुम्बई में हैं। मुम्बई को **सूती वस्त्रों की राजधानी** कहा जाता है। कानपुर शहर में सूती की 10 मिलें हैं, जिसे **उत्तर भारत का मैनचेस्टर** कहा जाता है।
- सर्वाधिक उद्यम संख्या वाले तीन केंन्द्रशासित क्षेत्र हैं- दिल्ली, चंडीगढ़ और पुदुचेरी।
- सर्वाधिक रोजगार वाले पाँच राज्य हैं- महाराष्ट्र, तमिलनाडु, पश्चिम बंगाल, आंध्रप्रदेश और उत्तरप्रदेश।
- भारत में लघु व कुटीर उद्योग का कुल औद्योगिक निर्यात में भागीदारी लगभग 40% है।
- लघु व कुटीर उद्योगों द्वारा लगभग 3 करोड़ लोगों को रोजगार के अवसर उपलब्ध कराये गये हैं।
- लघु व कुटीर उद्योग पर विशेष ध्यान 1977 ई. की औद्योगिक नीति में दिया गया।
- जिला उद्योग केन्द्रों की स्थापना 1977 में की गयी थी।
- लघु उद्योगों को वित्त प्रदान करने के उद्देश्य से 1990 में भारतीय लघु उद्योग विकास बैंक (SIDBI) की स्थापना की गयी।
- आबिद हुसैन समिति लघु उद्योगों में सुधार से सम्बन्धित है।

निजीकृत की गयी सार्वजनिक क्षेत्र की कंपनियाँ	
सार्वजनिक कंपनी	**निजी क्षेत्र की जिस कंपनी को बेचा गया**
मॉडर्न फूड इण्डस्ट्रीज	हिन्दुस्तान लिवर लिमिटेड
बाल्को	स्टरलाइट इण्स्ट्रीज
सीएमसी	टाटा संस
हिन्द टेलीप्रिंटर्स	एचएफसीएल
विदेश संचार निगम लिमिटेड	टाटा समूह की पैनाटोन फिनवैस्ट
आईबीपी लिमिटेड	भारतीय तेल निगम
पारादीप फॉस्फेट्स लिमिटेड	जुआरी मारोक फॉस्फेटस प्राइवेट लिमिटेड

- भारतीय औद्योगिक वित्त निगम (IFCI) की स्थापना संविधान के विशेष अधिनियम द्वारा 1 जुलाई, 1948 को की गयी। इस संस्था के स्थापना का उद्देश्य निजी तथा सहकारी क्षेत्र के उद्यमों को दीर्घकालीन व मध्यकालीन साख उपलब्ध कराना है।

- भारतीय औद्योगिक साख एवं निवेश निगम लिमिटेड (ICICI) की स्थापना 1955 में भारतीय कंपनी अधिनियम के अन्तर्गत की गयी। इस संस्था के स्थापना का उद्देश्य निजी क्षेत्र में स्थापित होने वाले उद्यमों की स्थापना, विकास तथा आधुनिकीकरण में सहायता करना है।
- औद्योगिक वित्त के क्षेत्र में भारतीय औद्योगिक विकास बैंक (IDBI) का **सबसे ऊँचा स्थान** है। इस संस्था की स्थापना 1 फरवरी, 1964 को की गयी। इसने अपना कार्य 1 जुलाई, 1964 से प्रारंभ किया।
- भारतीय औद्योगिक पुनर्निर्माण बैंक (IRBI) की स्थापना अस्वस्थ औद्योगिक इकाइयों के पुनर्निर्माण के उद्देश्य से 20 मार्च, 1985 में की गयी।
- भारतीय यूनिट ट्रस्ट (UTI) 1 फरवरी, 1964 को संसदीय अधिनियम के द्वारा स्थापित किया गया। यह संस्था लोगों की छोटी-छोटी बचतों को यूनिटों की बिक्री के माध्यम से एकत्रित करता है तथा उनका प्रतिभूतियों में निवेश करता है।
- भारतीय जीवन बीमा निगम (LIC) की स्थापना 1956 में की गयी थी। इसका मुख्यालय मुम्बई में हैं। इस समय इसके 7 जोनल कार्यालय तथा 100 क्षेत्रीय कार्यालय हैं।
- साधारण बीमा निगम (GIC) की स्थापना 1972 में की गयी।
- भारत सरकार ने कंपनी अधिनियम 1956 के अधीन 17 मार्च, 1997 को भारतीय औद्योगिक निवेश बैंक लिमिटेड की स्थापना की। इसका मुख्यालय कोलकाता में हैं।
- देश को विश्व का मैन्यूफैक्चरिंग हब बनाकर औद्योगिक विकास की गति तेज करने हेतु 25 सितंबर, 2014 को प्रधानमंत्री ने Make in India कार्यक्रम की शुरुआत की।

8. नई आर्थिक नीति

- नई आर्थिक नीति आर्थिक सुधार से सम्बन्धित है, जिसका उद्देश्य उत्पादिता में सुधार, नई तकनीक को आत्मसात करना तथा समग्र रूप से क्षमता के पूर्णतः प्रयोग को एक राष्ट्रीय अभियान का रूप देना है।
- नई आर्थिक सुधार की रूपरेखा सर्वप्रथम राजीव गांधी के प्रधानमंत्रीत्व काल में सन् 1985 में बनाई एवं शुरू की गयी।
- नई आर्थिक सुधार की दूसरी लहर पी.वी. नरसिम्हा राव की सरकार के काल में सन् 1991 में आयी।
- नई आर्थिक सुधार नीति (1991) को शुरू करने का प्रमुख कारण खाड़ी युद्ध तथा भारत के भुगतान संतुलन की समस्या थी।
- नई आर्थिक नीति के तीन प्रमुख घटक थे- निजीकरण, उदारीकरण तथा विश्वव्यापीकरण।
- नई आर्थिक सुधार नीति के मुख्य क्षेत्र थे- राजकोषीय नीति, मौद्रिक नीति, मूल्य निर्धारण नीति, विदेश नीति, औद्योगिक नीति, विदेशी विनियोग नीति, व्यापार नीति और सार्वजनिक क्षेत्र नीति।
- राजकोषीय नीति 1991 के तहत मुख्यतः चार कदम उठाये गये-
  (i) सार्वजनिक व्यय को सख्ती से नियंत्रित करना।
  (ii) कर एवं कर भिन्न राजस्व को बढ़ाना।
  (iii) केन्द्र तथा राज्य सरकारों पर राजकोषीय अनुशासन लागू करना।
  (iv) अनुदान राशि (Subsidy) में कटौती करना।
- मौद्रिक नीति 1991 के स्फीतिकारी (Inflationary) दबावों के लिए प्रतिबंधात्मक उपाय किये गये।
- औद्योगिक सुधार नीति 1991 के अधीन जिन उपायों को लागू किया गया, वे हैं-
  (i) 18 उद्योगों की सूची को छोड़ अन्य सभी उद्योगों के लिए लाइसेंस हटा दिये गये। वर्तमान में 5 उद्योगों के लिए लाइसेंस को अनिवार्य रखा गया है।

(ii) एम.आर.पी.टी. (MRPT) कंपनियों को विनियोग हेतु एम.आर.टी.पी. आयोग से मुक्त कर दिया गया।

(iii) सार्वजनिक क्षेत्र के लिए आरक्षित क्रियाओं का दायरा सीमित कर दिया गया तथा उक्त क्षेत्र में निजी क्षेत्र को अनुमति दी गयी।

❖ विदेशी विनियोग नीति 1991 के तहत जिन सुधारों को लक्ष्यबद्ध किया गया, वे हैं–

(i) बहुत से उद्योगों में 51% विदेशी हिस्सा पूँजी के स्वामित्व की सीमा तक प्रत्यक्ष विदेशी विनियोग की स्वत: स्वीकृति दी गयी।

(ii) निर्यात क्रियाओं में लगी विदेशी व्यापार कंपनी को 51% तक पूँजी लगाने की अनुमति होगी।

(iii) सरकार उच्च प्राथमिकता वाले उद्योगों में तकनीकी संधियों के लिए स्वत: स्वीकृति प्रदान करेगी।

❖ व्यापार नीति 1991 के तहत, अर्थव्यवस्था के अंतर्राष्ट्रीय एकीकरण को प्रोन्नत करने हेतु उद्योग को प्राप्त अत्यधिक व अविवेकपूर्ण संरक्षण धीरे-धीरे समाप्त करने की दिशा में कदम उठाये गये।

❖ सार्वजनिक क्षेत्र सम्बन्धी नीति 1991 के तहत, उद्यमों में कार्यकुशलता तथा बाजार अनुशासन लाने के लिए जिन उपायों को लागू किया गया, वे हैं–

(i) आरक्षित उद्योगों की संख्या घटाकर आठ कर दी गयी। (वर्तमान में केवल तीन उद्योग)।

(ii) जीर्ण व रूग्ण उद्योगों के पुनरुत्थान का कार्य औद्योगिक एवं वित्तीय पुनर्निर्माण बोर्ड (Board for Industrial and Financial Reconstruction-BIFR) को सौंप दिया गया।

(iii) सार्वजनिक उद्यमों के निष्पादन में उन्नति के लिए उद्यमों को समझौता ज्ञापन (MOU) के माध्यम से मजबूत किया गया।

(iv) श्रमिकों की संख्या कम करने के लिए स्वैच्छिक सेवा निवृत्ति योजनाएँ (VRS) आरंभ की गयी।

❖ अब नई आर्थिक सुधार नीति अपने आरंभिक काल 1991 से आगे बढ़ते हुए अब काफी खुली, उदार तथा वैश्वीकृत हो चुकी है।

प्रमुख औद्योगिक क्षेत्र	विदेशी निवेश की सीमा 2014 ई.
बैंकिंग क्षेत्र	49%
निजी बैंकिंग क्षेत्र	74%
गैर बैंकिंग वित्तीय कंपनी	100%
बंदरगाह निर्माण	100%
विद्युत् एवं ऊर्जा (परमाणु ऊर्जा को छोड़कर)	100%
पर्यटन	100%
दूरसंचार	100%
लघु उद्योग क्षेत्र	100%
पेट्रोलियम रिफाइनिंग	49%
कोयला खनन	100%
दवा उद्योग	100%
नागरिक उड्डयन	49%
बीमा क्षेत्र	49%
रक्षा क्षेत्र	49%
चाय बागान	49%
कोरियर सर्विस	100%
सिंगल ब्रांड रिटेल	100%
कोयला खनन	100%
क्रेडिट इंफॉर्मेशन कंपनीज	75%

❖ वर्तमान में नई औद्योगिक नीति के तहत आरक्षित उद्योगों की संख्या 3 है– (i) परमाणु ऊर्जा (ii) रेल परिवहन एवं (iii) परमाणु ऊर्जा की अनुसूची में निर्दिष्ट खनिज। 9 मई, 2009 के मन्त्रीमंडलीय निर्णय के अनुसार सरकार ने सुरक्षा उत्पादन के क्षेत्र में निजी क्षेत्र के प्रवेश की अनुमति प्रदान कर दी है, जिसके लिए कंपनी को रक्षा मंत्रालय से लाइसेंस लेना पड़ता है।

- संसाधन जुटाने तटा कार्यकुशलता लाने के लिए सार्वजनिक उद्यमों के सम्बन्ध में विनिवेश की नीति 1991-1992 से अपनाई गयी है।
- 100 प्रतिशत निर्यात मूलक इकाइयों (EOUs) में 100% विदेशी पूँजी निवेश की अनुमति दी गयी है।
- विनिवेश या अपनिवेश (Disinvestment) का अर्थ उद्यमों में सरकारी भागीदारी घटाना है।
- 1996 में विनिवेश मुद्दे पर समीक्षा, सुझाव तथा विनियमन के लिए विनिवेश आयोग (Disinvetment Commission) का गठन किया गया था, जिसके पहले अध्यक्ष जी.वी. राधाकृष्ण थे।
- औद्योगिक आधुनिकीकरण व तकनीकी विकास के परिणामस्वरूप प्रभावित होने वाली तथा बंद की जाने वाली रुग्ण इकाइयों के विस्थापित श्रमिकों की सहायता तथा पुनर्स्थापना के लिए 1992 में राष्ट्रीय नवीकरण निधि की स्थापना की गयी।
- दूसरे चरण के आर्थिक सुधार कार्यक्रम के प्रमुख लक्ष्य, 7 से 8 प्रतिशत वृद्धि दर से निरंतर समान एवं रोजगार सृजनकारी दिशा में विकास तथा देश से गरीबी का उन्मूलन करना है।

9. मुद्रा एवं बैंकिंग

- मुद्रा बाजार उस संगठन को कहा जाता है, जहाँ वित्तीय एवं अन्य संस्थानों तथा व्यक्तियों के पास उपलब्ध विनियोज्य निधियाँ (Investible Funds) उधार प्राप्त करने वालों द्वारा अल्पकाल के लिए उधार ली जाती हैं। इस प्रकार कोई भी व्यक्ति अथवा संस्था, जो अल्पकाल के लिए मौद्रिक ऋण उपलब्ध कराने को तत्पर है, मुद्रा बाजार का अंग है।
- भारतीय मुद्रा बाजार में भारतीय रिजर्व बैंक (RBI) को केन्द्रीय स्थान प्राप्त है, क्योंकि वही देश में साख का नियमन व नियंत्रण करता है।
- भारतीय मुद्रा बाजार को प्रायः **दो भागों** में बाँटा गया है- संगठित क्षेत्र एवं असंगठित क्षेत्र। **संगठित क्षेत्र** में भारतीय रिजर्व बैंक (RBI) शीर्ष संस्था है तथा इसके अतिरिक्त राष्ट्रीयकृत बैंक, क्षेत्रीय ग्रामीण बैंक, सहकारी बैंक व गैर-सरकारी क्षेत्र के अन्य बैंक सम्मिलित किये जाते हैं, जबकि **असंगठित क्षेत्र** में साहूकार, महाजन आदि आते हैं।

भारतीय रिजर्व बैंक

- भारतीय रिजर्व बैंक देश में मौद्रिक गतिविधियों का नियमन एवं नियंत्रण करता है। इसकी स्थापना 1 अप्रैल, 1935 ई. को 5 करोड़ की अधिकृत पूँजी से हुई तथा 1 जनवरी, 1949 ई. को इसका राष्ट्रीयकरण किया गया। रिजर्व बैंक ऑफ इंडिया (RBI) भारत का केन्द्रीय बैंक है, इसका मुख्यालय मुम्बई में हैं।
- रिजर्व बैंक में सामान्य प्रबंध एवं निर्देशन का कार्य 20 सदस्यों के एक केन्द्रीय निदेशक मंडल द्वारा किया जाता है। इसमें एक गवर्नर, 4 डिप्टी गवर्नर, एक वित्त मंत्रालय द्वारा नियुक्त सरकारी अधिकारी और भारत सरकार द्वारा नामजद 10 ऐसे निदेशक होते हैं जो देश की आर्थिक जीवन के विभिन्न पहलुओं का प्रतिनिधित्व करते हैं तथा 4 निदेशक स्थानीय बोर्डों (Local Bords) का प्रतिनिधित्व करने के लिए केन्द्र सरकार द्वारा नामजद किये जाते हैं।
- केन्द्रीय बोर्ड के अतिरिक्त 4 स्थानीय बोर्ड भी हैं जिनके मुख्य कार्यालय मुम्बई (बम्बई), कलकत्ता (कोलकाता), चेन्नई और नई दिल्ली में हैं। स्थानीय बोर्डों के 5 सदस्य होते हैं जो केन्द्र सरकार द्वारा चार वर्ष की अवधि के लिए नियुक्त किये जाते हैं
- भारतीय रिजर्व बैंक के दो प्रकार के कार्य हैं- **प्रथम** सामान्य केन्द्रीय बैंकिंग कार्य तथा **द्वितीय** विकास सम्बन्धी और प्रवर्तन कार्य।

  नोटः सर ऑस्बोर्न स्मिथ RBI के पहले गवर्नर थे, जबकि प्रथम भारतीय एवं स्वतंत्र भारत के प्रथम RBI गवर्नर सी.डी देशमुख थे।
- भारतीय रिजर्व बैंक द्वारा सामान्य केन्द्रीय बैंकिंग कार्य के तहत निम्नलिखित कार्य किये जाते हैं-

90 भारतीय अर्थव्यवस्था

(i) करेंसी नोटों का निर्गमन

(ii) सरकार के बैंकर के रूप में कार्य करना

(iii) बैंकों के बैंक के रूप में कार्य करना

(iv) साख नियंत्रण

(v) विदेशी विनियम पर नियंत्रण

(vi) आँकड़ों का संग्रहण एवं प्रकाशन आदि।

नोट : वर्तमान में रिजर्व बैंक करेंसी नोट जारी करने के लिए न्यूनतम निधि पद्धति (Minimum Reserve System) को अपनाता है।

↪ विकास सम्बन्धी एवं प्रवर्तन कार्य के अधीन भारतीय रिजर्व बैंक निम्नलिखित कार्य करता है-

(i) मुद्रा बाजार पर प्रतिबंधात्मक नियंत्रण

(ii) बचतों को बैंक व अन्य वित्तीय संस्थाओं के माध्यम से उत्पादन के लिए उपलब्ध कराना।

(iii) लोगों में बैंकिंग की आदत बढ़ाने के लिए प्रयास करना।

↪ बैंकिंग की आदत बढ़ाने के उद्देश्य से ही 1964 ई. में भारतीय यूनिट ट्रस्ट (UTI) की स्थापना की गयी।

↪ भारतीय रिजर्व बैंक द्वारा साख पर नियंत्रण निम्नलिखित तरीकों से किया जाता है-

(i) बैंक दर नीति द्वारा

(ii) खुले बाजार की क्रियाओं द्वारा

(iii) बैंकों की नकद कोष सम्बन्धी आवश्यकताओं में परिवर्तन करके

(iv) तरलता सम्बन्धी वैधानिक आवश्यकताओं को पूरा करके

(v) विभेदक ब्याज दरों की प्रणाली अपनाकर

(vi) चयनात्मक साख नियंत्रण नीति से

(vii)नैतिक प्रभाव की नीति द्वारा

भारतीय स्टेट बैंक

↪ 1921 ई. में तीन प्रेसीडेंसी बैंकों (बैंक ऑफ बंगाल, बैंक ऑफ बम्बई, बैंक ऑफ मद्रास) को मिलाकर इम्पीरियल बैंक की स्थापना की गयी। वर्ष 1955 में इसका नाम बदलकर भारतीय स्टेट बैंक (SBI) कर दिया गया।

↪ सार्वजनिक क्षेत्र के बैंकों में भारतीय स्टेट बैंक (SBI) सबसे बड़ा बैंक है।

↪ SBI के राष्ट्रीयकरण के समय इसके साथ अन्य 8 बैंकों (वर्तमान में 7) को SBI के सहायक बैंक (Associate Bank) के रूप में बदल दिया गया था और इसे स्टेट बैंक समूह (State Bank Group) का नाम दिया गया।

↪ SBI के सहायक बैंक हैं-

(i) स्टेट बैंक ऑफ बीकानेर एण्ड जयपुर

(ii) स्टेट बैंक ऑफ पटियाला

(iii) स्टेट बैंक ऑफ हैदराबाद

(iv) स्टेट बैंक ऑफ इंदौर

(v) स्टेट बैंक ऑफ मैसूर

(vi) स्टेट बैंक ऑफ सौराष्ट्र

(vii)स्टेट बैंक ऑफ ट्रावनकोर

नोट : स्टेट बैंक ऑफ सौराष्ट्र और स्टेट बैंक ऑफ इंदौर का क्रमशः वर्ष 2008 और 2010 में भारतीय स्टेट बैंक में विलय हो जाने से वर्तमान में भारतीय स्टेट बैंक के सहायक बैंकों की संख्या 5 हो गयी है। सरकार स्टेट बैंक ऑफ इंडिया के वर्तमान सहायक बैंकों को भी स्टेट बैंक ऑफ इंडिया में विलय करने पर विचार कर रही है।

व्यापारिक बैंकों का राष्ट्रीयकरण

↪ बैंकों को राष्ट्रीय नियोजन की मुख्य धारा से जोड़ने के उद्देश्य से सरकार ने 19 जुलाई, 1969

को 14 बड़े व्यापारिक बैंकों (जिनकी कुल जमा राशि 20 करोड़ रुपये से अधिक थी) का राष्ट्रीयकरण कर दिया। ये बैंक थे-

1.	सेंट्रल बैंक ऑफ इंडिया	2.	पंजाब नेशनल बैंक
3.	बैंक ऑफ इंडिया	4.	यूनाइटेड कमर्शियल बैंक
5.	सिंडीकेट बैंक	6.	केनरा बैंक
7.	बैंक ऑफ बड़ौदा	8.	यूनाइटेड बैंक ऑफ इंडिया
9.	यूनियन बैंक ऑफ इंडिया	10.	देना बैंक
11.	इलाहाबाद बैंक	12.	इंडियन बैंक
13.	इंडियन ओवरसीज बैंक	14.	बैंक ऑफ महाराष्ट्र

- पुनः 15 अप्रैल, 1980 को सरकार ने 6 बड़े व्यापारिक बैंकों (जिनकी कुल जमा राशि 200 करोड़ रुपये से अधिक थी) का राष्ट्रीकरण कर दिया। ये बैंक थे-

1.	आंध्रा बैंक	2.	पंजाब एण्ड सिंध इंडिया
3.	न्यू बैंक ऑफ इंडिया	4.	विजया बैंक
5.	ओरिएण्टल बैंक ऑफ कॉमर्स	6.	कॉर्पोरेशन बैंक

- सरकार द्वारा 4 सितंबर, 1993 को न्यू बैंक ऑफ इंडिया का विलय पंजाब नेशनल बैंक में कर दिया गया। इससे अब देश में राष्ट्रीयकृत बैंकों की संख्या 20 से घटकर 19 रह गयी है।

नोटः बैंकों के राष्ट्रीयकरण के समय एल.के. झा RBI के गवर्नर थे।

निजी क्षेत्र के बैंकों के पंजीकृत कार्यालय एवं स्थापना वर्ष		
निजी क्षेत्र के बैंक	**पंजीकृत कार्यालय**	**स्थापना वर्ष**
इंडस इंड बैंक	पुणे	02.04.1994
ग्लोबल ट्रस्ट बैंक	सिकंदराबाद	06.09.1994
ICICI बैंक	बड़ौदा	17.05.1994
UTI बैंक*	अहमदाबाद	28.02.1994
टाइम्स बैंक	फरीदाबाद	26.04.1995
संचुरियन बैंक	पणजी	13.01.1995
बैंक ऑफ पंजाब	चण्डीगढ़	05.04.1995
HDFC बैंक	मुम्बई	05.01.1995
IDBI बैंक	इंदौर	28.09.1995
डेवलपमेंट क्रेडिट बैंक लि.	मुम्बई	21.05.1995

* UTI बैंक का नाम बदलकर एक्सिस बैंक लि. (Axis Bank Ltd.) कर दिया गया है। यह नाम 30, जुलाई 2007 से प्रभावी हो गया।

भारतीय प्रतिभूति एवं विनिमय बोर्ड (SEBI)

- भारतीय प्रतिभूति एवं विनियम बोर्ड (SEBI) की स्थापना 12 अप्रैल, 1988 को आर्थिक उदारीकरण की नीति के अंतर्गत पूँजी बाजार में निवेशकों की रुचि बढ़ाने तथा उनके हितों की रक्षा के उद्देश्य से की गयी थी। 30 जनवरी, 1992 को एक अध्यादेश के द्वारा इसे वैधानिक दर्जा

भी प्रदान कर दिया गया है। सेबी (SEBI) अधिनियम को संशोधित कर 30 जनवरी, 1992 को सेबी को म्यूचुअल फंडों एवं स्टॉक मार्केट के नियंत्रण के अधिकार दिये गये। सेबी के अध्यक्ष का कार्यकाल सामान्यत: तीन वर्ष का होता है, किन्तु अधिकतम 65 वर्ष की आयु तक कोई व्यक्ति इस पद पर रह सकता है। सेबी का प्रबंध 6 सदस्यों द्वारा किया जाता है, जिनमें एक अध्यक्ष होता है जो केन्द्र सरकार द्वारा नामित होता है।

⇨ भारतीय पूँजी बाजार को विनियमित करने की वैधानिक शक्तियाँ अब सेबी को ही प्राप्त है।

⇨ नये प्रावधानों के अनुसार अब किसी भी शेयर बाजार को मान्यता प्रदान करने का अधिकार सेबी को है। शेयर बाजार के किसी सदस्य के किसी बैठक में मताधिकार के सम्बन्ध में नियम बनाने तथा उसे संशोधित करने का भी अधिकार सेबी को ही है।

⇨ सेबी (संशोधन) विधेयक 2002 के तहत 'इन साइडर ट्रेडिंग' के लिए 25 करोड़ रुपये तक जुर्माना सेबी द्वारा लगाया जा सकता है। इसी विधेयक में लघु निवेशकों के साथ धोखाधड़ी के मामलों में एक लाख रुपये प्रतिदिन की दर से एक करोड़ रुपये जुर्माना आरोपित करने का प्रावधान किया गया है।

	भारत के मान्यता प्राप्त 23 स्टॉक एक्सचेन्ज*		
1.	उत्तरप्रदेश स्टॉक एक्सचेन्ज, उत्तरप्रदेश	13.	दिल्ली स्टॉक एक्सचेन्ज, दिल्ली
2.	बड़ौदा स्टॉक एक्सचेन्ज, वड़ोदरा	14.	गोवाहाटी स्टॉक एक्सचेन्ज, गुवाहाटी
3.	कोयम्बटूर स्टॉक एक्सचेन्ज, कोयम्बटूर	15.	हैदराबाद स्टॉक एक्सचेन्ज, हैदराबाद
4.	मेरठ स्टॉक एक्सचेन्ज, मेरठ	16.	जयपुर स्टॉक एक्सचेन्ज, जयपुर
5.	मुम्बई स्टॉक एक्सचेन्ज, मुम्बई	17.	कनारा स्टॉक एक्सचेन्ज, मंगलौर
6.	ओवर दी काउण्टर एक्सचेन्ज ऑफ इण्डिया (OTCEI), मुम्बई	18.	लुधियाना स्टॉक एक्सचेन्ज, लुधियाना
7.	राष्ट्रीय स्टॉक एक्सचेन्ज, मुम्बई	19.	चेन्नई स्टॉक एक्सचेन्ज, चेन्नई
8.	अहमदाबाद स्टॉक एक्सचेन्ज, अहमदाबाद	20.	मध्यप्रदेश स्टॉक एक्सचेन्ज, इंदौर
9.	बंगलौर स्टॉक एक्सचेन्ज, बंगलुरू	21.	मगध स्टॉक एक्सचेन्ज, पटना
10.	भुवनेश्वर स्टॉक एक्सचेन्ज, भुवनेश्वर	22.	पुणे स्टॉक एक्सचेन्ज, पुणे
11.	कलकत्ता स्टॉक एक्सचेन्ज, कोलकाता	23.	कैपिटल स्टॉक एक्सचेन्ज केरला लिमिटेड, तिरुअनन्तपुरम, केरल
12.	कोचीन स्टॉक एक्सचेन्ज, कोचीन		
*	सेबी ने पिछले कई वर्षों से निष्क्रिय पड़े सौराष्ट्र कच्छ स्टॉक एक्सचेन्ज का मान्यता 9 जुलाई, 2007 को समाप्त कर दी थी अत: अब मान्यता प्राप्त स्टॉक एक्सचेन्ज की संख्या 24 से घटकर 23 रह गयी है।		

बैंकिंग एवं वित्त व्यवस्था से सम्बन्धित महत्त्वपूर्ण तथ्य

⇨ बैंक ऑफ हिन्दुस्तान (1770) **यूरोपियन प्रबंध में भारत का पहला बैंक** था।

⇨ भारत में **पहला भारतीय बैंक** अवध कमर्शियल बैंक था, जिसकी स्थापना वर्ष 1881 में की गयी थी।

⇨ **पहला पूर्ण रूप से भारतीय बैंक** पंजाब नेशनल बैंक था, जिसकी स्थापना 1894 में हुई थी।

- रिजर्व बैंक ऑफ इंडिया (RBI) की स्थापना 1 अप्रैल, 1935 को 5 करोड़ रुपये की अधिकृत पूँजी से हुई तथा 1 जनवरी, 1949 में इसका राष्ट्रीयकरण किया गया।
- रिजर्व बैंक भारत का केन्द्रीय बैंक है, इसका मुख्यालय मुम्बई में हैं।
- एक रुपये के नोट तथा सिक्के का निर्गमन वित्त मंत्रालय (भारत सरकार) करता है तथा इसके अतिरिक्त समस्त करेंसी नोटों का निर्गमन रिजर्व बैंक करता है।
- मुद्रा की दशमलव प्रणाली के साथ प्रचलित नया पैसा 1 अप्रैल 1957 से पैसा हो गया।
- सार्वजनिक क्षेत्र के बैंकों द्वारा कुल बैंक जमा का लगभग 91% का नियंत्रण किया जाता है।
- सार्वजनिक बैंकों में भारतीय स्टेट बैंक समूह सबसे बड़ा है, जो कुल बैंक जमा का लगभग 29% का नियंत्रण करता है।
- वाणिज्यिक बैंकों द्वारा **स्वैच्छिक सेवानिवृत्ति योजना** (VRS) को लागू करने वाला **सार्वजनिक क्षेत्र का पहला बैंक पंजाब नेशनल बैंक** था। इस बैंक ने यह योजना 1 नवंबर, 2000 को लागू की थी।
- देश में **पहला मोबाइल बैंक** मध्यप्रदेश के खरगोन जिले के ग्रामीण क्षेत्रों में कार्यरत है। लक्ष्मी वाहिनी बैंक नाम के इस चलते-फिरते बैंक की स्थापना 1 करोड़े रुपये की लागत से एक मोबाइल वैन में की गयी है।
- स्टेट बैंक ऑफ इंडिया (SBI) द्वारा देश का पहला तैरता ATM कोच्चि में 9 फरवरी, 2004 को लांच किया गया था। यह ATM केरला शिपिंग एण्ड इनलैंड नेविगेशन कॉर्पोरेशन के झंकार नामक स्टीमर में लगया गया है। यह स्टीमर एर्नाकुलम और व्यपीन के बीच चलती है।
- देश के पहले डाकघर बचत बैंक ATM का उद्घाटन (27 फरवरी, 2014) त्यागराज नगर, चेन्नई में किया गया।

भारत की प्रमुख वित्तीय संस्थाओं के स्थापना वर्ष	
संस्थान	**स्थापना वर्ष**
इम्पीरियल बैंक ऑफ इंडिया	1921
भारतीय रिजर्व बैंक	1 अप्रैल, 1935
रिजर्व बैंक का राष्ट्रीयकरण	1 जनवरी, 1949
भारतीय औद्योगिक निगम	1948
भारतीय औद्योगिक ऋण व निवेश निगम (ICICI)	जनवरी 1955
भारतीय स्टेट बैंक	1 जुलाई, 1955
भारतीय यूनिट ट्रस्ट (UTI)	1 फरवरी, 1964
भारतीय औद्योगिक विकास बैंक (IDBI)	जुलाई 1964
कृषि एवं ग्रामीण विकास राष्ट्रीय बैंक (NABARD)	12 जुलाई, 1982
भारतीय औद्योगिक पुनर्निर्माण बैंक (IRBI)	20 मार्च, 1985
भारतीय लघु उद्योग विकास बैंक (SIDBI)	1990
भारतीय निर्यात-आयात बैंक (EXIM Bank)	1 जनवरी, 1982
राष्ट्रीय आवास बैंक	जुलाई 1988
भारतीय जीवन बीमा निगम (LIC)	सितम्बर 1956
भारतीय साधारण बीमा निगम (GIC)	नवम्बर 1972
क्षेत्रीय ग्रामीण बैंकों का प्रारंभ	2 अक्टूबर, 1975

जोखिम पूँजी एवं टेक्नोलॉजी निमग (Risk Capital and Technology Finance Corporation Ltd. RVTC)	मार्च 1975
भारतीय तकनीकी विकास एवं सूचना कंपनी (Technology Development and Information Co. of India Ltd. TDICI)	1989
अध:सरंचना पट्टेदारी एवं वित्त सेवा लि. (Infrastructure Leasing and Financial Services Ltd.)	1988
गृह विकास वित्त निगम लि. (Housing Development Finance Corporation Ltd. HDFC)	1977

- गैर बैंकिंग वित्तीय कंपनी (NBFC) से बैंकिंग कंपनी के रूप में रूपांतरित होने वाला पहला बैंक, कोटक महिन्द्रा बैंक लि. है। पूर्व में यह कोटक महिन्द्रा फाइनेंस कंपनी के रूप में कार्यरत था।
- निजी क्षेत्र के नये बैंकों में सर्वप्रथम यू.टी.आई. बैंक ने 1994 से कार्य करना प्रारंभ किया था। इस बैंक का मुख्यालय अहमदाबाद में है।
- भारत में सहकारी बैंकों का गठन तीन स्तरों वाला है। **प्रथम स्तर** पर राज्य सहकारी बैंक सम्बन्धित राज्य में शीर्षस्थ (Apex) संस्था होती है। **द्वितीय स्तर** पर केन्द्रीय या जिला सहकारी बैंक जिला स्तर पर कार्य करते हैं। **तृतीय स्तर** पर प्राथमिक ऋण समितियाँ होती है, जो कि ग्राम स्तर पर कार्य करती है।
- प्रथम क्षेत्रीय ग्रामीण बैंक (RRB) की स्थापना 2 अक्टूबर, 1975 को हुई। सिक्किम और गोवा को छोड़कर देश के सभी राज्यों में क्षेत्रीय ग्रामीण बैंक (RRBs) कार्यरत हैं। सितंबर 2005 से क्षेत्रीय ग्रामीण बैंकों के विलय की प्रक्रिया शुरू की गयी है।
- क्षत्रीय ग्रामीण बैंको (RRBs) में केन्द्र सरकार राज्य सरकार एवं प्रवर्तक बैंक की पूँजी अनुपात होती है, क्रमश: 50:15:35।
- **स्वाभिमान योजना** क्षेत्रीय ग्रामीण बैकों द्वारा परवर्तित की गई है।
- बैंकिंग प्रणाली की पुनर्सरचना के सम्बन्ध में सुझाव देने हेतु 1991 में नरसिम्हन समिति का गठन किया गया था।
- राष्ट्रीय स्टॉक एक्सचेन्ज की स्थापना की संस्तुति 1991 में फेरवानी समिति ने की थी।
- एशिया का सबसे पुराना स्टॉक एक्सचेन्ज, 'बम्बई स्टॉक एक्सचेन्ज' (BSE) है, जिसकी स्थापना 1875 मे की गयी थी। बम्बई स्टॉक एक्सचेन्ज 19 अगस्त, 2005 से एक पब्लिक लिमिटेड कंपनी के रूप में रूपांतरित हो गया।
- कर ढाँचे में सुधार के लिए सुझाव देने हेतु 'चेलैया समित' का गठन अगस्त 1991 में किया गया था।
- छोटे व्यापारियों के लिए एकमुश्त आयकर योजना की सिफारिश चेलैया समिति ने की थी।
- **वस्तु एवं सेवा कर (Good and Services Tax-Gst):** राष्ट्र स्तर पर संपूर्ण अर्थव्यवस्था में वस्तुओं तथा सेवाओं के संबंध में सभी उपभोक्ताओं द्वारा क्रय की गयी वस्तुओं तथा सेवाओं पर एक दर से समान रूप से कर देना वस्तु एवं सेवा कर के रूप में जाना जाता है। यह कर व्यवस्था फिलहाल प्रक्रियाधिन है तथा इसे 1 अप्रैल, 2017 से लागू होने की उम्मीद है। इस कर के लागू होने से विनर्माण लागत में कमी आयेगी तथा वाणिज्यिक कुशलता बढ़ेगी।

कर (Tax) के प्रकार	
प्रत्यक्ष कर	आयकर, सम्पत्तिकर, उपहार कर
अप्रत्यक्ष कर	बिक्री कर, तट कर, उत्पाद कर, सीमा शुल्क

केन्द्र सरकार द्वारा लगाये जाने वाले कर	आयकर, निगम कर, सम्पत्ति पर कर, उत्तराधिकार कर, धन कर, उपहार कर, सीमा शुल्क, कृषि धन पर कर
राज्य सरकार द्वारा लगाये जाने वाले कर	भूराजस्व कर, कृषि आयकर, कृषि जोत कर, बिक्री कर, राज्य उत्पादन शुलक, मनोरंजन कर, स्टांप शुल्क, पथ कर, मोटर वाहन कर, व्यावसायिक कर
नोट : केन्द्र सरकार को सर्वाधिक निवल (Net) राजस्व की प्राप्ति सीमा शुल्कों से होती है।	

10. अन्तरराष्ट्रीय वित्तीय संस्थाएँ/व्यापारिक संगठन

संस्थाएँ तथा संगठन	स्थापना	मुख्यालय	सदस्य संख्या
अन्तरराष्ट्रीय मुद्रा कोष (IMF)	1945	वाशिंगटन	188
विश्व बैंक समूह	1945	वाशिंगटन	188
आईबीआरडी (IBRD)	1945	वाशिंगटन	188
आईएफसी (IFC)	1956	वाशिंगटन	184
आईडीए (IDA)	1960	वाशिंगटन	172
एमआईजीए (MIGA)	1988	वाशिंगटन	176
आईसीएसआईडी (ICSID)	1966	वाशिंगटन	158
यूरोपियन संघ (EU)-(EEC का परिवर्तित रूप)	1958	बुसेल्स	27
विश्व व्यापार संगठन (WTO)	1995	जिनेवा	159
आसियान (ASEAN)	1967	जकार्ता	10
एशियाई विकास बैंक (ADB)	1966	मनीला	67
एशिया प्रशान्त आर्थिक सहयोग (APEC)	1989	सिंगापुर	21
दक्षिण एशियाई क्षेत्रीय सहयोग संघ (SAARC)	1985	काठमाण्डू	8
आर्थिक सहयोग और विकास संगठन (OECD)	1948	पेरिस	30
दक्षिण साझा बाजार (MERCOSUR)	1995	मोंटेवीडियो	4
पेट्रोलियम निर्यातक देशों का संगठन (OPEC)	1960	वियना	12
हिमतक्षेस (IORARC)	1997	वाकोस	18
मेकांग-गंगा सहयोग (MGC)	2000	विएनतिएन	6
शंघाई सहयोग संगठन (SCO)	1996	बीजिंग	6
बिमस्टेक (BIMSTEC)	1997	ढाका	7
(G-7)*	1975	–	7
(G-77)	1964	न्यूयॉर्क	131
(G-15)	1989	जिनेवा	19
(G-20)	1999		20
(G-10)	1962	पेरिस	11

इब्सा (IBSA)	2003	–	4
नाफ्टा (NAFTA)	1992	–	3
अंकटाड (UNCTAD)	1964	जिनेवा	194
एशियन इंफ्रास्ट्रक्चर इंवेस्टमेंट बैंक (AIIB)	2015	बीजिंग	21
ब्रिक्स (BRICS) बैंक	2016	शंघाई	5

नोट: * G-7 में पहले रूस भी शामिल था, तब इसे G-8 कहा जाता था। रूस के निलंबन के बाद इस संगठन के सदस्य के देशों की संख्या 7 हो गई। जिससे इसे अब G-7 कहा जाता है।

11. आर्थिक शब्दावली

▷ **अनुदान (Subsidy)** : सरकार द्वारा किसी उद्योग या व्यापार को किया गया भुगतान, ताकि उससे उत्पादित वस्तु की कीमतें न बढ़े या वह अपनी गतिविधियाँ बंद न करे। अनुदान प्रदान करने का उद्देश्य उद्योगों के साथ-साथ उपभोक्ताओं को भी सहायता पहुँचाना है।

▷ **अनुषंगी हितलाभ (Fringe Benefits)** : निर्धारित मौद्रिक वेतन के अतिरिक्त नियोक्ताओं द्वारा अपने कर्मचारियों को जो अतिरिक्त सुविधाएँ उपलब्ध करायी जाती है, उन्हें अनुषंगी हितलाभ कहा जाता है।

▷ **अस्थिर उद्योग (Footloose Industry)** : वह उद्योग जो किन्हीं विशिष्ट अवस्थिति सम्बन्धी आवश्यकताओं के अभाव के कारण कहीं भी स्थापित किये जा सकते हैं अर्थात् किसी भी क्षेत्र में उनकी स्थापना की जा सकती है, उन्हें अस्थिर उद्योग कहते हैं।

▷ **अतिरेक बजट (Surplus Budget)** : ऐसा बजट जिसमें सरकार की आय उसके व्यय से अधिक होती है, अतिरेक बजट कहलाता है।

▷ **अनौपचारिक क्षेत्रक (Informal Sector)** : विकासशील अर्थव्यवस्था वाले देशों में बड़ी संख्या में लोग छोटे-मोटे एवं श्रम प्रधान स्वरोजगार में संलग्न रहते हैं। अर्थव्यवस्था के इस क्षेत्रक को 'अनौपचारिक क्षेत्रक' कहते हैं। उदाहरणार्थ- दर्जी, धोबी, रिक्शाचालक, मोटर मैकेनिक आदि इस अनौचारिक क्षेत्रक के अन्तर्गत आते हैं।

▷ **अल्पाधिकार (Oligopoly)** : यदि किसी वस्तु के बाजार में विक्रेताओं की संख्या बहुत कम होती है, किन्तु दो से अधिक होती है तो ऐसा बाजार अल्पाधिकार बाजार कहलाता है।

▷ **अधिविकर्ष (Overdraft)** : बैंकों में जमाकर्ताओं द्वारा अपनी जमा रकम के अतिरिक्त धन निकालना 'अधिविकर्ष' कहलाता है।

▷ **अमूर्त सम्पत्तियाँ (Intangible Assets)** : इस प्रकार की सम्पत्तियों का कोई भौतिक अस्तित्व नहीं होता अर्थात् इनका आन्तरिक मूल्य कुछ नहीं होता, परन्तु इनका मूल्य स्वामित्व एवं कब्जे के द्वारा प्रदत्त अधिकारों से प्राप्त किया जाता है। जैसे- व्यापारिक चिह्न, पेटेंट, ख्याति, कॉपीराइट इत्यादि।

▷ **अनुसूचित व्यापारिक बैंक (Scheduled Commercial Banks)** : वे बैंक, जिन्हें भारतीय रिजर्व बैंक द्वारा अपनी दूसरी अनुसूची में शामिल कर लिया गया है। इस श्रेणी में शामिल किये जाने की कुछ आवश्यक शर्तें हैं, जिन्हें पूरा करने के पश्चात् ही बैंकों को इस अनुसूची में शामिल किया जाता है। उदाहरणस्वरूप बैंक की चुकता पूँजी तथा आरक्षित पूँजी का योग कम-से-कम 5 लाख रुपये होना चाहिए तथा बैंक का संचालन ऐसा होना चाहिए कि जिससे जमाकर्ता के हित सुरक्षित रहे।

▷ **अभ्यंश (Quota)** : जब किसी वस्तु के आयात के लिए एक निश्चित सीमा निर्धारित कर दी जाती है, जिससे अधिक मात्रा में उस वस्तु का आयात नहीं किया जा सकता, तो यह अभ्यंश कहलाता है।

▷ **आर्थिक विकास (Economic Development)** : किसी अविकसित राष्ट्र की सकल और प्रतिव्यक्ति आय में वृद्धि के साथ-साथ उसके सामाजिक ढाँचे में भी मौलिक परिवर्तन होना,

जैसे द्वितीयक तथा तृतीयक क्षेत्रों का विकास, नगरीय विकास, आयातों पर निर्भरता में कमी तथा आत्मनिर्भरता की प्राप्ति आदि, आर्थिक विकास कहलाता है।

- **आर्थिक संवृद्धि (Economic Growth)** : किसी देश की अर्थव्यवस्था की उत्पादन क्षमता और राष्ट्रीय आय में वृद्धि की प्रक्रिया 'आर्थिक संवृद्धि' कहलाती है।
- **आर्थिक नियोजन (Economic Planning)** : आर्थिक संसाधनों का पूर्ण मूल्यांकन कर, एक निर्धारित अवधि में आर्थिक विकास करने की ऐसी पूर्व नियोजित पद्धति, जिसमें योजनाबद्ध ढंग से विभिन्न क्षेत्रों का विकास किया जाता है।
- आर्थिक नियोजन (Economic Planning) के अन्तर्गत प्राथमिक आवश्यकताओं का निर्धारण कर लिया जाता है और उन्हीं के आधार पर संसाधनों का आवंटन किया जाता है।
- **आवर्ती जमा खाता या संचयी जमा खाता (Recurring Deposit Account or Cumulative Deposit Account)** : आवर्ती जमा खाता के अन्तर्गत खाता खोलने वाले व्यक्ति को एक निश्चित राशि एक नियत अवधि तक प्रति मास अपने खाते में जमा करनी पड़ती है। यह एक प्रकार का सावधि खाता है, इसलिए इस खाते पर दिये जाने वाले ब्याज की दर बचत जमा खातों की तुलना में कुछ अधिक होती है।
- **आर्थिक मंदी (Recession)** : जब वस्तुओं की आपूर्ति की तुलना में माँग कम हो, तब रिसेशन या आर्थिक मंदी की स्थिति उत्पन्न हो जाती है तथा उत्पादित वस्तुओं का विक्रय नहीं हो पाता। इससे उद्योगों को बन्द करने की प्रक्रिया आरम्भ हो जाती है तथा बेरोजगारी बढ़ने की सम्भावना भी बढ़ जाती है। वर्ष 1930 की विश्वव्यापी आर्थिक मंदी प्रसिद्ध है।
- **आयोजन व्यय (Planned Expenditure)** : ऐसे व्यय जिनकी व्यवस्था केन्द्रीय योजनाओं के अन्तर्गत की जाती है, आयोजन व्यय कहलाते हैं।
- **उत्पाद शुल्क (Excise Duty)** : देश में निर्मित वस्तुओं के उत्पादन-बिन्दु पर लगया गया कर उत्पाद शुल्क कहलाता है।
- **उपहार कर (Gift Tax)** : किसी भी व्यक्ति को उपहार दिये जाने पर जो कर लगाया जाता है, उसे उपहार कर कहते हैं। यह प्रत्यक्ष कर का एक उदाहरण है।
- **उत्तर दिनांकित चेक (Post Dated Cheque)** : यदि किसी चेक के आहरणकर्ता द्वारा चेक लिखते समय उस पर कोई आगामी तारीख लिखी जाती है तो इस प्रकार के चेक को 'उत्तर दिनांकित चेक' कहते हैं। यद्यपि ऐसा चेक विधि-अमान्य तो नहीं होता, परन्तु यह उस तारीख से प्रभावित होता है, जो उसमें लिखी गयी होती है।
- **उदार मुद्रा (Soft Currency)** : वह मुद्रा जिसके पक्ष में भुगतान संतुलन की स्थिति प्राप्त हो जाये अथवा माँग की तुलना में अधिक आपूर्ति हो जाये, उदार मुद्रा कहलाती है।
- **उदार ऋण (Soft Loan)** : वह ऋण, जिसे कम ब्याज और लम्बी भुगतान अवधि जैसी आसान शर्तों पर प्राप्त किया जा सके, उसे उदार ऋण की संज्ञा दी जाती है।
- **उद्यमी (Entrepreneur)** : किसी फर्म का स्वामी एवं प्रबन्धक, जो अपने पारिश्रमिक के रूप में लाभ लेता है। उत्पादन के अन्य मुख्य साधनों भूमि, श्रम और पूँजी का वही नियोक्ता होता है।
- **एम्बार्गो (Embargo)** : एम्बार्गो का अभिप्राय 'व्यापार प्रतिषेध' से है, जिसके अन्तर्गत कोई देश या कुछ देश एक साथ मिलकर किसी विशेष देश के साथ अपना सम्पूर्ण व्यापार या किसी वस्तु विशेष का व्यापार बन्द कर देते हैं। एम्बार्गो का प्रयोग घाटाबन्दी के रूप में भी किया जाता है, जिसके अन्तर्गत कोई देश या एक से अधिक देश मिलकर किसी देश के जहाजों के बढ़ने पर रोक लगा देते हैं। ऐसी स्थिति में उन जहाजों को किसी बंदरगाह पर रोक दिया जाता है।
- **एड वेलोरम (Ad Valorem)** : किसी वस्तु पर लगाया गया कर, जो उनकी मात्रा के आधार पर न लगाकर मूल्यानुसार लगाया जाता है, एड वेलोरम कहलाता है।

- **एन्युटी (Annuity)** : किसी पूर्व निर्धारित योजना के अन्तर्गत एक या दो अथवा इससे अधिक किश्तों में प्राप्त होने वाला भुगतान 'एन्युटी' कहलाता है। यथा सरकार से प्राप्त ऋण पत्रों पर आज का भुगतान एन्युटी के रूप में हो सकता है।
- **एडवांस-डिक्लाइन (Advance Decline)** : यह शेयर बाजार की प्रवृत्ति को प्रदर्शित करने वाला एक प्रकार का माप है। किसी समयावधि में मूल्य वृद्धि की स्थिति को प्रदर्शित करने वाले शेयरों की संख्या का मूल्य ह्रास वाले शेयरों की संख्या के साथ अनुपात एडवांश-डिक्लाइन कहलाता है।
- **एमोर्टाइजेशन (Amortization)** : जब किसी ऋण के निर्धारित ब्याज का पूर्ण भुगतान किया जाता है, तो उसे एमोर्टाइजेशन कहा जाता है।
- **एकीकरण (Amalgamation)** :जब दो अलग-अलग फर्म अथवा लिमिटेड कंपनियाँ मिलकर अपना अस्तित्व खोते हुए नई व्यापारिक इकाई को स्थापित करते हैं, तब इस प्रक्रिया को एकीकरण कहा जाता है।
- **एर्गोनॉमिक्स (Ergonomics)** : इसके अन्तर्गत किसी श्रमिक की कार्यक्षमता तथा उसके द्वारा किये जाने वाले वास्तविक कार्य के मध्य सम्बन्ध का अध्ययन किया जाता है।
- **एस्टेट डयूटी (Estate Duty)** : किसी व्यक्ति की मृत्यु के उपरान्त उसकी सम्पत्ति के हस्तांतरण के समय जो कर उस सम्पत्ति पर लगाया जाता है, वह 'एस्टेट ड्यूटी' कहलता है।
- **कर (Tax)** : किसी भी अर्थव्यवस्था में जनता द्वारा सरकार को दिया जाने वाला भुगतान कर कहलाता है।
- **कर-दर (Tax Rate)** : जिस दर पर कर लगाया जाता है, उसे कर-दर कहा जाता है।
- **करेंसी फ्लोटिंग (Currency Floating)** : किसी मुद्रा की विनियम दर को स्वतन्त्र छोड़ने की क्रिया, ताकि माँग और पूर्ति की दशाओं के आधार पर वह अपना नया मूल्य स्वयं तय कर सके, 'करेंसी फ्लोटिंग' कहलाती है।
- **कर अपवंचन (Tax Evasion)** : आय को छिपाने की वह प्रक्रिया जिसमें कर अदायगी को अवैध रूप से बचा लिया जाता है, कर अपवंचन कहलाती है। कर अपवंचन द्वारा संचित किये गये धन को काला धन (Black Money) कहा जाता है।
- **कर लोच (Tax Elasticity)** : सरकार द्वारा किसी कर के विस्तार या उसकी दरों में संशोधन के फलस्वरूप जनता द्वारा उस पर व्यक्त की गयी प्रतिक्रिया कर लोच कहलाती है।
- **कॉर्टेल (Cartel)** : जब कहीं भी व्यापार में कुछ सीमित उत्पादक आपस में मिलकर उत्पादन मूल्य तथा वितरण पर नियन्त्रण कर लेते हैं, तो उसे कॉर्टेल कहा जाता है।
- **काला बाजारी (Black Marketing)** : बाजार की वह स्थिति जिसमें वस्तुओं को गोदामों में व्यापारियों द्वारा संग्रहित करके वस्तुओं का कृत्रिम अभाव उत्पन्न कर दिया जाता है और कृत्रिम अभाव उत्पन्न हो जाने के उपरान्त उन वस्तुओं की कीमतें बढ़ाकर उन्हें बेचा जाता है। इस प्रक्रिया को काला बाजारी कहा जाता है।
- **कॉल मनी (Call Money)** : जब कोई भी कम्पनी अपना शेयर जारी करती है, जो शेयर मूल्य का एक भाग शेयर आवेदनकर्ता से आवेदन पत्र के साथ ले लेती है। शेष राशि शेयर धारकों से आगामी निश्चित तिथि तक ले ली जाती है, जिसे कॉल मनी कहा जाता है।
- **कागजी स्वर्ण (Golden Paper)** : अन्तरराष्ट्रीय मुद्राकोष द्वारा वर्ष 1969 में जारी की गयी हिसाबी मुद्रा है जिसे विशेष आहरण अधिकार (SDR) के नाम से जाना जाता है। वर्तमान समय में भी आई.एम.एफ. के सभी सदस्यों के खाते एवं लेन-देन एस.डी.आर. इकाई में ही किये जाते हैं। 1 जनवरी, 1981 से एस.डी.आर. का मूल्य विश्व के पाँच बड़े निर्यातक देशों की मुद्राओं की पिटारी द्वारा निर्धारित किया जाता है।

- **कृषि साख पत्र (Agricultural Credit Card)** : वाणिज्य बैंकों द्वारा प्रारम्भ की गयी ऐसी व्यवस्था जिसमें अच्छे उत्पादन का रिकार्ड रखने वाले कृषकों को कृषि के लिए तत्काल ऋण प्रदान करने की सुविधा उपलब्ध करायी गयी है।

- **क्रियात्मक घाटा (Operational Deficit)** : राजकोषीय घाटे में स्फीतिक समायोजन के लिए जब ब्याज के कुछ भाग को घटा दिया जाता है तो क्रियात्मक घाटा प्राप्त होता है।

- **कुटीर उद्योग (Small Scale Industry)** : वह उद्योग जिसे अंशत: पारिवारिक सदस्यों द्वारा आंशिक अथवा पूर्णकालिक कार्य के रूप में चलाया जाता है, कुटीर उद्योग कहलाता है।

- **केन्द्रक क्षेत्र (Core Sector)** : आर्थिक विकास के लिए जिन मूलभूत क्षेत्रों का विकास आवश्यक है, उसे केन्द्रक क्षेत्र के अन्तर्गत शामिल करते हैं, जैसे- लौह-इस्पात, सीमेंट, भारी मशीनें आदि। ये केन्द्रक क्षेत्र अर्थव्यवस्था के अन्य उद्योगों के विकास में सहायता करते हैं।

- **खुला व्यापार (Free Trade)** : अन्तरराष्ट्रीय व्यापार, जिसमें वस्तुओं और सेवाओं के आवागमन पर सरकार द्वारा किसी प्रकार का हस्तक्षेप नहीं किया जाता अर्थात् व्यापार के लिए कोई विशेष शर्तें नहीं रखी जाती।

- **खुले बाजार की क्रियाएँ (Open Market Operations)** : केन्द्रीय बैंक द्वार साख नियन्त्रण के लिए किया गया एक महत्त्वपूर्ण उपाय जिसमें केन्द्रीय बैंक द्वारा बाजार में किसी प्रकार के बिलों अथवा प्रतिभूतियों का क्रय-विक्रय किया जाता है, परन्तु संकीर्ण अर्थ में इसका अभिप्राय यह है कि केन्द्रीय बैंक द्वारा केवल सरकारी प्रतिभूतियों का ही क्रय-विक्रय होता है।

- **गरीबी रेखा (Poverty Line)** : आय की वह न्यूनतम स्थिति, जिससे औसत आकार के परिवार के जीवन निर्वाह के लिए आवश्यक वस्तुओं को खरीदा जा सके, गरीबी रेखा के रूप में माना जाता है, किन्तु जिनमें ऐसी क्षमता का अभाव होता है, उन्हें गरीबी रेखा के नीचे की श्रेणी में रखा जाता है।

  भारत में इस न्यूनतम आय के स्तर का निर्धारण शहरी एवं ग्रामीण के लिए अलग-अलग प्रति व्यक्ति प्रतिदिन आवश्यक कैलोरी प्राप्त करने के आधार पर किया जाता है।

- **गैर-योजना ऋण (Non-plan Loan)** : केन्द्र द्वारा राज्य सरकारों को लघु बचतों से जमा राशि के बदले में दिया जाने वाला ऋण। यह ऋण केन्द्रशासित राज्यों को भी उनके गैर-योजना पूँजी अन्तराल को पूरा करने के लिए तथा सार्वजनिक क्षेत्र के उद्यमों को उनके नकद घाटे और क्रियाशील व्ययों को पूरा करने के लिए भी प्रदान किया जाता है।

- **गैर-कर राजस्व (Non-tax Revenue)** : सरकार की ब्याज प्राप्ति और शिक्षा, सार्वजनिक स्वास्थ्य आदि सेवाओं द्वारा हुई प्रशासकीय प्राप्ति आदि गैर-कर राजस्व के अन्तर्गत आते हैं। केन्द्र सरकार के गैर-कर राजस्व में विभागीय उपक्रमों जैसे- रेलवे, डाक व तार, करेंसी आदि सार्वजनिक क्षेत्र की इकाइयाँ, सरकार की वित्तीय संस्थाएँ आदि के प्राप्त लाभ शामिल हैं, जबकि राज्य सरकारों के गैर-कर राजस्व में विभागीय उपक्रम जैसे- विद्युत बोर्ड, वाणिज्यिक, सिंचाई एवं वन आदि से प्राप्त लाभ आते हैं।

- **गैर-योजना व्यय (Non-plan Expenditure)** : सरकार द्वारा किये गये वे सभी व्यय जिन्हें किसी योजना के अन्तर्गत व्यय नहीं किया जाता, गैर-योजना व्यय कहलाते हैं। इसका कुछ भाग ब्याज, पेंशन और राज्यों को वैधानिक अन्तरण पर, कुछ भाग रक्षा और आन्तरिक सुरक्षा पर तथा कुछ विदेशी सम्बन्धों, मुद्रा आदि पर खर्च होता है।

- **गैर-योजना अनुदान (Non-plan Grants)** : भारतीय संविधान के अनुच्छेद 275(1) के अन्तर्गत वित्त आयोग के प्रतिवेदन पर और विशिष्ट योजनाओं के लिए राज्यों को दिया जाने वाला वह अनुदान, जो कॉलेज एवं विश्वविद्यालयों के शिक्षकों के वेतन संशोधन, पुलिस योजनाओं, विस्थापित लोगों के पुनर्वास, सीमा सड़कों के निर्माण एवं रख-रखाव यात्री किरायों पर कर आदि के लिए दिया जाता है।

- **घटिया ऋण (Bad Debt)** : वह ऋण, जिसकी वसूली संदिग्ध अथवा अत्यन्त कठिन होती है, घटिया ऋण कहलाती है।

- **घाटे का बजट (Budget Deficit)** : जब आय की तुलना में सरकार का व्यय अधिक होता है तब यह बजट 'घाटे का बजट' कहलाता है। मन्दी के समय यह घाटे का बजट महत्त्वपूर्ण भूमिका निभाता है।

- **घिसावट या मूल्य (Depreciation)** : किसी परिसम्पत्ति के निरन्तर प्रयोग से उसमें टूट-फूट के कारण उसके मूल्य में होने वाले ह्रास या किसी मुद्रा की माँग में कमी होने से उसका सोने या अन्य मुद्राओं की तुलना में होने वाला मूल्य ह्रास।

- **चालू खाता (Current Account)** : इस खाते के अन्तर्गत किसी भी दिन और अनेकों बार कितनी भी राशि का लेन-देन किया जा सकता है। यह एक प्रकार से माँग जमा खाता है। इन खातों में जमा राशियों पर कोई ब्याज नहीं दिया जाता, बल्कि बैंक द्वारा लेन-देन की संख्या के आधार पर कुछ सेवा शुल्क अवश्य वसूल किया जाता है।

- **चिट फण्ड (Chit Fund)** : लघु बचतों का उपयोग करने के लिए कुछ लोग मिलकर चिट फण्ड का आयोजन करते हैं, जिसमें प्रत्येक सदस्य एक निर्धारित राशि देता है, और इस राशि को प्रत्येक महीने या हफ्ते किसी एक सदस्य को प्रदान कर दिया जाता है। इस प्रकार बारी से (क्रम से) सभी सदस्यों को यह राशि प्राप्त होती जाती है।

- **चेक (Cheque)** : यह एक प्रकार की विनियम हुण्डी है, जो किसी विशेष (निर्दिष्ट) बैंक के ऊपर आहरित होती है तथा माँग के अनुसार ही जिसका भुगतान किया जा सकता है। चेक में तीन पक्ष होते हैं–
  (i) भुगतान का आदेश देने वाला आहर्ता
  (ii) जिसको आदेश दिया जाता है अर्थात् बैंक
  (iii) जो भुगतान प्राप्त करता है अर्थात् चेक का धारक

- **छँटनी (Layoff)** : किसी औद्योगिक संस्थान में उत्पादन कम हो जाने या उस वस्तु की माँग कम हो जाने पर कर्मचारियों को नौकरी से पृथक् करना 'ले ऑफ' या छँटनी कहलाता है।

- **छूट (Rebate)** : किसी संस्थान या व्यक्ति को दिये जाने वाले धन में छूट के रूप में एक निश्चित भाग को कम कर दिया जाता है, तो वह छूट कहलाता है।

- **जन्म दर (Birth Rate)** : किसी क्षेत्र में किसी वर्ष प्रति इकाई जनसंख्या पर जन्म लेने वाले शिशुओं की संख्या जन्म-दर कहलाती है। भारत में जन्म-दर की माप प्रति 1000 की इकाई पर की जाती है।

- **जमा राशि (Caution Money)** : किसी संविदा या दायित्व को पूर्ण करने हेतु जमानत के रूप में माँगी जाने वाली धन राशि।

- **जीवन प्रत्याशा (Life Expectancy)** : व्यक्ति के जीवित रहने की औसत अवधि (वर्ष में) जीवन प्रत्याशा कहलाती है।

- **ड्राफ्ट (Draft)** : यह एक साख पत्र है, जिसमें किसी बैंक द्वारा अपने बैंक की किसी अन्य शाखा को पावक के आदेशानुसार धनराशि माँग पर भुगतान करने का आदेश होता है।

- **डिविडेण्ड (Dividend)** : विभिन्न प्रकार की कंपनियों से शेयरों पर प्राप्त लाभांश डिविडेण्ड कहलाता है।

- **तालाबन्दी (Lockout)** : श्रमिकों में असन्तोष अथवा अन्य कारणों से उद्यमी द्वारा औद्योगिक इकाई या अन्य उद्यम को बन्द कर देना। इसका मुख्य उद्देश्य श्रमिकों पर अपनी शर्तें वापस लेने के लिए दबाव डालना होता है।

- **धारक चेक (Bearer Cheque)** : किसी चेक पर धारक या बियरर लिखे जाने का तात्पर्य यह है कि उस चेक को बैंक में प्रस्तुत करने वाले व्यक्ति और उसे जारी करने वाले व्यक्ति दोनों के अधिकार समान होंगे।

- **तेजड़िया (Bulls) :** स्टॉक एक्सचेंच में जो व्यक्ति शेयरों की कीमत बढ़ाना चाहता है, उसे तेजड़िया कहा जाता है।
- **द्वितीयक क्षेत्र (Secondary Sector) :** द्वितीयक क्षेत्र में विनिर्माण क्षेत्र अर्थात् प्राथमिक वस्तुओं का रूप बदलकर उसे विनिर्मित वस्तु बनाने वाले उद्योग जैसे- निर्माण, गैस, जल आपूर्ति, वस्तु निर्माण आदि शामिल किये जाते हैं।
- **तृतीयक क्षेत्र (Tertiary Sector) :** तृतीयक क्षेत्र में सेवाएँ जैसे- बैंकिंग, बीमा, यातायात व संचार, व्यापार-वाणिज्य आदि को शामिल किया जाता है। इसलिए इस क्षेत्र को **सेवा क्षेत्र** भी कहा जाता है।
- **द्वैध अर्थव्यस्था (Dual Economy) :** ऐसी अर्थव्यवस्था, जिसमें आधुनिक और प्राचीन व्यवस्थाएँ साथ-साथ चलें। भारत इसका प्रत्यक्ष उदाहरण है। अल्पविकसित या विकासशील देशों में आमतौर पर ऐसी ही अर्थव्यवस्थाएँ होती हैं।
- **परिसम्पत्ति (Asset) :** किसी व्यक्ति या फर्म की सभी प्रकार की चल-अचल सम्पत्ति, जिसके द्वारा वह अपने ऋणों का कानूनी भुगतान कर सकता है।
- **प्रतिभूति (Security) :** अर्थव्यस्था के क्षेत्रों में प्रतिभूति का प्रयोग अनेक अर्थों में होता है, यथा-शेयर, डिबेंचर, ऋण-पत्र आदि के लिए बैंकों में ऋणों की जमानत के लिए अर्थात् जब सरकार या कंपनी जनता से ऋण लेती है, तब ऋण के बदले जनता को दिये गये धन वापसी के प्रतिज्ञा पत्र को प्रतिभूति कहा जाता है।
- **प्रति व्यक्ति आय (Per Capita Income) :** किसी भी देश में एक वित्तीय वर्ष में वस्तुओं एवं सेवाओं से जितना उत्पादन होता है, उस मूल्य के योग को ही स्थूल रूप में राष्ट्रीय आय कहा जाता है और कुल राष्ट्रीय आय में कुल जनसंख्या से भाग देने पर जो भागफल प्राप्त होता है, उसे प्रति व्यक्ति आय कहते हैं।
- **प्रत्यक्ष कर (Direct Tax) :** व्यक्ति या कंपनियों पर लगाया जाने वाला कर, जो उनकी आय या सम्पत्ति पर लगया जाता है। इस कर का किसी अन्य व्यक्ति पर अन्तरण सम्भव नहीं हो पाता, जैसे- आयकर, निगम कर आदि।
- **पूँजी (Capital) :** उत्पादन का वह महत्त्वपूर्ण साधन जिसके द्वारा उत्पादन की प्रक्रिया को संचालित किया जाता है। इसके अभाव में उत्पादन की कल्पना नहीं की जा सकती।
- **पूँजीवाद (Capitalism) :** ऐसी राजनैतिक-आर्थिक व्यवस्था, जो निजी सम्पत्ति एवं निजी लाभ की अवधारणा को मान्यता देती है और सार्वजनिक क्षेत्र के विस्तार और आर्थिक गतिविधियों में सरकारी हस्तक्षेप का विरोध करती है।
- **पेट्रो डॉलर (Petro Dollar) :** पेट्रोलियम उत्पादक एवं निर्यातक देशों द्वारा पेट्रोल की ऊँची कीमतों पर बिक्री के द्वारा जो विदेशी मुद्रा विशेषकर अमेरिकी डॉलर के रूप में प्राप्त होती है, वह पेट्रो डॉलर कहलाती है।
- **पेटेण्ट (Patent) :** जब शोध/आविष्कार के परिणामस्वरूप कोई नई उत्पादन प्रक्रिया अथवा मशीनरी मॉडल तैयार किया जाता है तब सरकार इस सफल आविष्कार को पेटेण्ट अधिकार प्रदान करती है। इस कानून से शोधकर्ता अपने आविष्कार के निषेधक उपयोग का अधिकारी हो जाता है।
- **पोर्टफोलियो (Portfolio) :** किसी निवेशकर्ता के पास उपलब्ध विभिन्न प्रकार की वित्तीय परिसम्पत्तियों का सम्पूर्ण समूह जैसे- शेयर, ऋण-पत्र, सरकारी बॉण्ड, यूनिट ट्रस्ट प्रमाण पत्र तथा (सप्ताह, महीने या वर्ष के) आय एवं व्यय का लेखा-जोखा, जो देश या किसी वित्तीय संस्था या परिवार के वित्तीय मामलों की भावी रणनीति को व्यक्त करता है।
- **बजट (Budget) :** बजट में किसी संस्था या सरकार के एक वर्ष की अनुमानित आय-व्यय का लेखा-जोखा तथा आगामी वर्ष के आय-व्यय का अनुमान भी प्रस्तुत किया जाता है।
- **बफर स्टॉक (Buffer Stock) :** आपात स्थिति में किसी वस्तु की कमी की पूर्ति के लिए वस्तु का स्टॉक तैयार करना बफर स्टॉक कहलाता है।
- **बचत बैंक खाता (Saving Bank Account) :** बचत बैंक खाता उन व्यक्तियों के लिए है, जो

अपनी भावी आवश्यकताओं को पूरा करने के लिए अपनी वर्तमान आय का कुछ भाग बचाकर रखना चाहते हैं। इस खाते में जमा राशि पर कुछ ब्याज दिया जाता है।

➪ **ब्लू चिप (Blue Chip)** : यह शब्द प्रायः उन कंपनियों के शेयरों के लिए प्रयुक्त होता है, जो अत्यन्त सुदृढ़ है तथा जिनका प्रबन्धन अत्यन्त कुशल है।

➪ **बैलेंस शीट (Balance Sheet)** : यह एक ऐसा लेखा-पत्र है, जिसमें किसी व्यापारिक संस्थान की किसी निश्चित तिथि को समस्त आस्तियों व देनदारियों को दिखाया जाता है। बैलेंस शीट के आधार पर किसी फर्म की वास्तविक वित्तीय स्थिति का अनुमान लगाया जाता है।

➪ **बैंक दर (Bank Rate)** : ब्याज की वह दर, जिस पर केन्द्रीय बैंक सदस्य बैंकों की प्रथम श्रेणी के बिलों की पुनर्कटौती करता है अथवा स्वीकार्य प्रतिभूतियों पर ऋण देता है।

➪ **बोनस (Bonus)** : उद्यमी द्वारा अपने कर्मचारियों को नियमित वेतन के अलावा दिया गया धन या किसी उद्यम द्वारा अपने भागीदारों को सामान्य लाभांश के अतिरिक्त दिया गया धन।

➪ **बौद्धिक सम्पदा अधिकार (Intellectual Property Right)** : किसी विशिष्ट बौद्धिक पद्धति से विकसित वस्तु, सेवा या ज्ञान का स्व-उपयोग करने या अन्य व्यक्ति द्वारा उसके उपयोग को प्रतिबन्धित करने या उचित मुआवजा प्राप्त करने का अधिकार।

➪ **भुगतान संतुलन (Balance of Payment)** : किसी देश द्वारा अन्य देशों या अन्तरराष्ट्रीय संस्थाओं के साथ होने वाले लेन-देन में आगत-निर्गत का लेखा-जोखा, जो खण्डों में विभाजित होता है, चालू खाता और पूँजी खाता। चालू खाता दृश्य-अदृश्य मदों के व्यापार का लेखा है, जबकि पूँजी खाता विनियोग एवं अन्य पूँजी प्रवाहों का लेखा है।

➪ **मानव विकास सूचकांक (Human Development Index)** : किसी देश में आधारभूत मानवीय आवश्यकता की औसत प्राप्ति जैसे- लोगों की जीवन प्रत्याशा, साक्षरता तथा अच्छे रहन-सहन के स्तर के लिए आय से वंचन, इन तीनों का संयुक्त सूचकांक ही मानव विकास सूचकांक कहलाता है।

➪ **मृत्यु दर (Death Rate)** : किसी क्षेत्र में किसी वर्ष में प्रति हजार जनसंख्या पर मरने वाले व्यक्तियों की संख्या उस क्षेत्र की मृत्यु दर कहलाती है।

➪ **मुद्रा संकुचन या अवस्फीति (Deflation)** : जब मुद्रा की कमी के कारण मूल्य गिरता है, तो उत्पादन व व्यापार का स्तर भी गिर जाता है और बेरोजगारी में वृद्धि होती है, तो उसे मुद्रा संकुचन की स्थिति कहते हैं।

➪ **मुद्रा स्फीति (Inflation)** : मुद्रा-स्फीति वह स्थिति है, जिसमें मुद्रा का मूल्य घटता है तथा वस्तुओं की कीमतें बढ़ती हैं।

➪ **मंदड़िया (Bears)** : स्टॉक एक्सचेंज में जो व्यक्ति शेयरों की कीमतें गिरने की आशा कर वस्तु को भविष्य में देने का वायदा कर बेचता है, उसे मंदड़िया कहा जाता है।

➪ **मिश्रित अर्थव्यवस्था (Mixed Economy)** : ऐसी अर्थव्यवस्था, जिसमें निजी और सार्वजनिक दोनों क्षेत्रों का अस्तित्व होता है, जो एक-दूसरे से सहयोग करते हुए आर्थिक विकास में योगदान करते हैं।

➪ **म्युचुअल फण्ड (Mutual Fund)** : इस फण्ड के अन्तर्गत जन-साधारण के निवेश योग्य धन को ऐच्छिक आधार पर एकत्रित कर विनियोग से बेहतर अवसरों में प्रयोग किया जाता है।

➪ **मौद्रिक नीति (Monetary Policy)** : ऐसी नीति जो अर्थव्यवस्था में मुद्रा की मात्रा पर नियन्त्रण करके मुद्रा स्फीति कम करने, भुगतान संतुलन को सुधारने, राष्ट्रीय आय को बढ़ाने आदि का प्रयास करती है।

➪ **मॉडवेट (Modvat)** : वर्ष 1986 में प्रारंभ किया संशोधित मूल्य संवर्द्धन पर लगाया गया केन्द्रीय उत्पाद शुल्क है, जिसके फलस्वरूप विनिर्मित वस्तुओं को उत्पादक, प्रयुक्त आगतों पर बार-बार उत्पाद कर देने के भार से मुक्त हो जाता है।

➪ **माँग पत्र (Demand Draft)** : ऐसा विनिमय बिल जिसका भुगतान तात्कालिक रूप से किया जाता है।

- **मनी लाउण्ड्रिग प्रिवेंशन एक्त-1998 (Money Laundering Prevention Act-1998):** अवैध रूप से प्राप्त किये धन की आवाजाही पर निगरानी रखने तथा दोषी मामलों में समुचित दण्ड के लिए मनी लाउण्ड्रिग प्रिवेंशन बिल को सरकार द्वारा 4 अगस्त, 1998 को प्रस्तुत किया गया। विधेयक में 25 लाख रुपये से ऊपर के सभी वित्तीय लेन-देनों पर निगरानी रखने तथा उनकी रिपोर्ट तैयार करने का दायित्व वित्तीय संस्थानों को सौंपा गया है। ऐसा करने में असफल रहने पर वित्तीय संस्थानों के अधिकारियों पर भी 1 लाख रुपये तक का दण्ड (कम-से-कम 10 हजार रुपये) आरोपित किया जा सकेगा।
- **लिमिटेड कंपनी (Limited Company)** : ऐसी कंपनी, जिसका स्वामित्व अशंदाताओं के बीच बँटा होता है और प्रत्येक अंशदाता का उत्तरदायित्व उसके अंश तक ही सीमित रहता है।
- **वस्तु विनिमय प्रणाली (Barter System)** : वस्तुओं का आदान-प्रदान करना वस्तु विनिमय प्रणाली कहलाता है, इसमें मुद्रा का उपयोग नहीं होता है।
- **वास्तविक आय (Real Income)** : मौद्रिक आय की क्रय शक्ति को वास्तविक आय कहा जाता है।
- **विनिमय दर (Exchange Rate)** : जिस दर पर एक देश की मुद्रा दूसरे देश की मुद्रा में बदल जाती है, उसे 'विनिमय दर' कहते हैं।
- **विदेशी मुद्रा खाता (Foreign Currnecy Account)** : इस प्रकार के जमा खाते कुछ चुनी हुई परिवर्तनशील मुद्राओं में खोले जाते हैं। जिस मुद्रा में खाते खोले जाते हैं, ब्याज उसी मुद्रा में अदा किया जाता है।
- **विमुद्रीकरण (Demonetization)** : जब काले धन में वृद्धि से अर्थव्यवस्था के लिए संकट उत्पन्न हो जाता है, तो इसे दूर करने के लिए विमुद्रीकरण की विधि अपनायी जाती है। विमुद्रीकरण के अन्तर्गत सरकार पुरानी मुद्रा को समाप्त कर नई मुद्रा को लागू करती है।
- **वैधानिक तरलता अनुपात (SLR)** : बैंकिंग विनियमन अधिनियम की धारा (24) के अन्तर्गत सभी बैंकों के लिए अनिवार्य है कि वे भारत में अपनी जमाराशियों के कम से कम 25% के बराबर धन अर्थ सुलभ आस्तियों में (प्रतिभूतियों के रूप में) रखें। रिजर्व बैंक इस प्रतिशत को 25% से बढ़ाकर 40% तक कर सकता है, जिसके परिणामस्वरूप बैंकों को प्रतिभूतियों के रूप में अधिक धन रखना होता है तथा साख की मात्रा घट जाती है।
- **शून्य बजट (Zero Budget)** : भारतीय बजट के इतिहास में सर्वप्रथम 1985 में शून्य बजट की अवधारणा का विकास हुआ। इसके अन्तर्गत गैर-योजना बजट के कोष को पूर्वयोजनाओं के प्रावधान से अलग करके देखा जाये और उस मद का पुनर्मूल्यांकन करके नये सिरे से उसके लिए धन की व्यवस्था करने का प्रावधान किया जाये। इस व्यवस्था का उद्देश्य उन योजनाओं को अतिरिक्त वित्त जारी करने के बजाय समाप्त कर देना है, जिनका महत्त्व समाप्त हो या अब वे अप्रासंगिक हो चुकी हों।
- **शेयर सूचकांक (Share Index)** : शेयरों के बाजार में मूल्य का प्रदर्शन शेयर सूचकांक द्वारा किया जाता है। प्रत्येक शेयर को उनके आकार एवं महत्त्व के अनुसार भार देकर मूल्यों में होने वाले परिवर्तनों के आधार पर शेयर सूचकांक तैयार किये जाते हैं।
- **सार्वजनिक क्षेत्र (Public Sector)** : अर्थव्यवस्था के अन्तर्गत ऐसे क्षेत्र, जिनका प्रबन्धन और संचालन सरकार के स्वामित्व में होता है। भिलाई, दुर्गापुर, एवं बोकारो स्टील प्लान्ट सार्वजनिक क्षेत्र के अन्तर्गत आते हैं।
- **सार्वजनिक ऋण (Public Debt)** : सरकार द्वारा जनता से या वित्तीय संस्थाओं से या बाहर के देशों से लिया गया ऋण सार्वजनिक ऋण कहलाता है।
- **हार्ड करेंसी (Hard Currency)** : अन्तरराष्ट्रीय बाजार में जिस मुद्रा की आपूर्ति माँग की अपेक्षा कम होती है, वह हार्ड करेंसी कहलाती है। विकसित देशों की मुद्रा को प्राय: हार्ड करेंसी कहते हैं।

www.ingramcontent.com/pod-product-compliance
Lightning Source LLC
Chambersburg PA
CBHW060131260626
47160CB00005B/2069
* 9 7 8 9 3 5 7 9 4 1 5 2 5 *